U0582056

# 风雅颂

**诗经三百首精选**

许松华◎注析

APETIME
时代出版

时代出版传媒股份有限公司
北京时代华文书局

图书在版编目（CIP）数据

风雅颂：诗经 300 首精选/ 许松华注析．—北京：北京时代华文书局，2016.6
ISBN 978-7-5699-0935-7

Ⅰ.①风… Ⅱ.①许… Ⅲ.①古体诗–诗集–中国–春秋时代 ②《诗经》
Ⅳ.①I222.2

中国版本图书馆 CIP 数据核字（2016）第 101485 号

新业文学经典丛书

**风雅颂：诗经 300 首精选**

著　　者 ｜ 许松华
出 版 人 ｜ 杨红卫
选题策划 ｜ 黎　雨
责任编辑 ｜ 胡俊生　余荣才
装帧设计 ｜ 张子墨
责任印制 ｜ 刘　银
营销推广 ｜ 新业文化

出版发行 ｜ 时代出版传媒股份有限公司 http://www.press-mart.com
　　　　　北京时代华文书局 http://www.bjsdsj.com.cn
　　　　　北京市东城区安定门外大街 136 号皇城国际大厦 A 座 8 楼
　　　　　邮　编：100101　电话：010-64267120　64267397

印　　刷 ｜ 河北信德印刷有限公司
开　　本 ｜ 880mm×1230mm　1/32
印　　张 ｜ 11.25
字　　数 ｜ 301 千字
版　　次 ｜ 2016 年 6 月第 1 版　2024 年 1 月第 3 次印刷
书　　号 ｜ ISBN 978-7-5699-0935-7
定　　价 ｜ 48.00 元

版权所有，侵权必究

# 前　言

　　在长达数千年的时间里，我国一直以光辉灿烂的文学成就，闪耀于世界的东方。而作为我国第一部诗歌总集的《诗经》，便是我国文学光辉的起点。

　　《诗经》所反映的社会生活内容十分丰富，它包括天文地理、政治经济、祭祀典礼、战争徭役、定都建国、燕飨欢聚、狩猎耕耘、采摘渔牧、君王贵族、将军大夫、君子淑女、农夫商贾、思妇弃妇、游子隐逸、初恋思慕、闺怨春情、幽期密会、洞房花烛、迎亲送葬、怀人悼亡、草木鱼虫、飞禽走兽、莺啼马鸣、风萧雨晦、波光山影、火山地震、祈祷祝愿、占卦圆梦等等，其信息量之大，文献价值之高，令人惊叹。可以说，一部《诗经》立体地再现了生存环境、世态人情，是当时社会生活的多方位、多角度的反映，其内容在世界古代诗歌作品中是独一无二的，远比印度的《吠陀》与基督教《圣经》中的诗篇要广泛得多。它的主题已不限于宗教性，或仅仅表达一种虔诚的感情，它也不像荷马史诗只谈论战争与冒险，它歌唱的是人的生活、人的感情，用英国诗人华兹华斯的诗说："卑俗的山歌俚曲，现今日常熟悉的事情，天然的悲苦和伤逝，过去有过，以后还会有"（选自《孤独的割麦女》）。在如此自然、如此朴素、如此亲切地表现普通人民的心声和感情方面，很少有别的诗集堪与《诗经》相提并论。

《诗经》的"颂""雅"的言语方式与石鼓文、金鼎文相似。起初亦未必是"诗"，有一些产生于祭祀、祷告，相当于文告、政令；有一些相当于我们今天的书信、台词，用来解决生活中的一些实际问题；另一些是情诗，可以视为性灵之抒。细究《诗经》，基本可以肯定，即使是"风"当中的作品，亦未必是出自底层百姓之手。所谓"献诗采诗"，因于"周公制礼作乐"，"制礼"即周公整理夏商与文王典册，制定周王室典礼；"作乐"即三公六卿的公私书信，必须先交内史抄写存档，原件再交信史传送。而存档付件中，凡可适于作乐之简书，交王室大司乐谱曲配器，由大司乐题名后，作为王室乐歌。

《系辞》说："易无无思也，无为也，寂然不动，感而遂通天下之故。非天下之至神，其孰能与于此?"《诗》与《易》相似。与我们今天众声喧嚣，言语和信息量过剩的年代不同，《诗经》中不少诗"深文周纳，如切如磨"，简直如石刻一般，历千年时光依然不可磨灭其独特的魅力。

在日益迷失生活坐标的今天，我们重温《诗经》，可以清晰地看到华夏民族如何从童年一路走来，可以触摸到现实的丰腴与贫瘠，可以寻回人生的航标，获得心灵的感悟。就让我们一同受益于《诗经》，一同在《诗经》的智慧和文化里汲取营养吧。

# 目　录

## 第一章　红了相思

## 第二章　理性之光

## 第三章　家庭悲欢

## 第四章　人间祝福

## 第五章　美丽的劳动

## 第六章　泛黄的民俗

## 第七章　官场人生

# 第八章　大众的心声

## 第九章　烽火沙场

# 第一章

# 红了相思

在逝川那边，我们有个约会。

## 关雎：那倾影画情透骨

关关①雎鸠②，在河之洲③。窈窕淑女④，君子好逑⑤。
参差⑥荇菜⑦，左右流⑧之。窈窕淑女，寤寐求之。
求之不得，寤寐⑨思服⑩。悠哉悠⑪哉，辗转⑫反侧。
参差荇菜，左右采之。窈窕淑女，琴瑟⑬友之。
参差荇菜，左右芼⑭之。窈窕淑女，钟鼓⑮乐之。

**【注释】**

①关关：雌鸟和雄鸟相互应和的叫声。

②雎鸠：一种类似秧鸡的水鸟。

③洲：水中陆地。

④淑：贤良美好的女子。

⑥好逑：好的配偶。逑，配偶。

⑥参差：长短不齐的样子。

⑦荇（xìng）菜：水生植物。圆叶细茎，根生水底，叶浮在水面，可供食用。

⑧流：同"求"，求取之意。之：指荇菜。左右流之：时而向左、时而向右地求取荇菜。这里是以勉力求取荇菜，隐喻"君子"努力追求"淑女"。

⑨寤寐：醒和睡。指日夜。寤，醒觉。寐，入睡。又，马瑞辰《毛诗传笺注通释》说："寤寐，犹梦寐。"也可通。

⑩思服：思念。服，想。《毛传》："服，思之也。"

⑪悠：感思。见《尔雅·释诂》郭璞注。哉，语词。悠哉悠哉，犹言"想念呀，想念呀"。

⑫辗转反侧：翻覆不能入眠。辗，古字作展。展转，即反侧。反侧，犹翻覆。

⑬琴、瑟：皆弦乐器。琴五或七弦，瑟二十五或五十弦。友，

此处有亲近之意。这句说，用琴瑟来亲近"淑女"。

⑭芼：择取，挑选。

⑮钟鼓乐之：用钟奏乐来使她快乐。乐，使……快乐。

## 【简析】

《战国楚竹书·孔子诗论》云："《关雎》以色喻于礼。"这首诗成于周公。召公分陕而治，是周王朝刚刚建立，王朝统治还很不稳定的时期。周文化相对有数百年发展史的殷商文化而言，显得根基薄弱，而殷末社会淫乱之风非常盛行，以致周人认为纣王丧国的主要原因就是男女关系不正。孔子生活的时代正是礼崩乐坏的时代。当时男女关系非常自由开放，"好色"是一种社会风尚。孔子要为人们树立《关雎》这样一个婚恋的样板，用以教化世人，从而改变当时道德沦丧的社会现实。这就是《关雎》居一篇之首，"以正夫妇，夫妇正，则人伦备"的意义。诗的一二句以鱼鹰求鱼象征男子向女子求爱，而"参差荇菜"句，写采荇菜的"淑女"的美好姿容，令人无法释怀。四到六句极写男子的缠绵苦恋。从儒家的角度说，男子是"为情所困"。所以《孔子诗论》云："《关雎》之改，则其思益矣。"改，改者，怡也、和也，因为其能以色喻于礼，能反纳于礼也。在儒家看来男子思恋太过分了，于是"以琴瑟之悦拟好色之愿，以钟鼓之乐拟婚姻之好"。从男女之事转到婚姻之礼，体现了"以礼节情"的观念，在周，"琴瑟钟鼓"为君之器，"君子"指三公六卿和诸侯，此诗作者据说为周公。《关雎》负载的深层意蕴是周公治民的理念：对人的情欲肯定其正当性与合法性，但人的情欲应当有所节制，情欲的释放与实现要通过符合社会规范的礼乐方式。全诗格调纯洁清新，高雅热烈，流露出古代汉民族爽朗、明快、自由的爱情观。从艺术上看，本诗情景相生，跌宕婉致，犹如人生与艺术合一的宣示，翩翩然出现在文学史的黎明。

## 摽有梅：韶光易逝花易谢

摽①有梅，其实七②兮。求我庶③士，迨④其吉兮。

摽有梅，其实三兮。求我庶士，迨其今兮。

摽有梅，顷筐塈⑤之。求我庶士，迨其谓⑥之。

### 【注释】

①摽（biào）：坠落。有：助词。

②七：十分之七。后文中的三指十分之三。

③庶：众。

④迨（dài）：及，趁着。

⑤塈（jì）：取。

⑥谓：通"归"，指女子出嫁。

### 【简析】

这是一首大胆热烈的求爱诗。先秦时期，如果超过结婚年龄（女子20岁，男子30岁），允许青年男女自己择偶。这首诗就是一个女子在仲春之会上的口吟之作。女子望着熟透的梅子越来越少，联想到自己青春流逝，嫁期将过，仍夫婿无觅，怎能不令人情急意迫！于是以落梅为比，唱出了此歌。此诗最令人称道之处在于，女主人公不是羞涩地将对爱情的渴求隐藏在心里，而是主动出击，大声呼唤着属于自己的爱情；不是一个因为青春渐逝，只好一再退而求其次，廉价地推销自己的待字怀春的女子；而是一位勇敢地追求自己幸福的女子。姑娘的表白率真动人，其情感之炽烈，性格之泼辣，令今天的女孩也自叹不如！珍惜青春，渴望爱情，是中国诗歌的母题之一。《摽有梅》作为春思求爱诗之祖，其原始意义在于建构了一种抒情模式：以花木盛衰比青春流逝，由感慨青春易逝而追求婚恋及时。作为先民的首倡之作，却更为质朴而清新，明朗而深情。

## 静女：只有襄王在梦中

静女其姝①，俟我于城隅②。爱③而不见，搔首踟蹰④。
静女其娈⑤，贻我彤管⑥。彤管有炜⑦，说怿女美⑧。
自牧归⑨荑，洵⑩美且异。匪女之为美⑪，美人之贻。

【注释】

①静：娴雅。姝：容貌美丽的样子。

②俟：等待。城隅：城角。

③爱：通"薆"，隐藏。

④踟蹰：踌躇，徘徊。

⑤娈：美好容颜。

⑥贻：赠送。

⑦炜：《毛传》："赤貌。"

⑧说怿：喜悦。说：通"悦"。怿：喜欢。

⑨牧：郊外。归：通"馈"，赠送。

⑩洵：信，确实。

⑪匪：通"非"。

【简析】

这首诗写青年男女约会，男子焦灼等待的心理微澜，表现了男子对爱情的一往情深。白茅始生成为"荑"，"荑"与彤管为同一物，白茅象征纯洁的爱情。此前，那位娴静美丽的女子赠男子白茅，作为爱的信物，相约在城墙下约会。男子久等，女子未至。男子看着手中的白茅，引起他相思爱慕之情，觉得它特别明亮悦目，又奇又美。不是白茅又奇又美，只不过是他的心上人送的，代表着她的爱情。凭着爱的光芒，怀着温暖的期待，男子痴痴地想，可能女子故意躲藏起来了吧？"微生尽恋人间乐，只有襄王在梦中"，只是一种亦真亦幻难取舍的烂漫情怀。然而，"江南无所有，聊赠一枝春"，一根白茅作为爱的馈赠，洋溢着多么朴素的醇香啊！

## 野有死麕：粉融香汗流山枕

野有死麕①，白茅②包之。有女怀春③，吉士④诱之。
林有朴樕⑤，野有死鹿。白茅⑥纯束，有女如玉。
舒而脱脱⑦兮！无感我帨⑧兮！无使尨也吠⑨！

【注释】

①麕：鹿的别名。死麕，狩猎来的鹿。
②白茅：即茅草。
③怀春：指女子到了青春期，寻找配偶。
④吉士：好的男子。
⑤朴樕：小木，灌木。
⑥纯：捆扎。
⑦舒而：舒然，慢慢地。脱脱：轻缓的样子。
⑧无：不要。感：通"撼"。帨：女子的佩巾。
⑨尨（máng）：多毛的狗。

【简析】

这是一首优美的爱情诗。男子猎获了一头鹿，用白茅包着去求爱。在周代，"白茅"用于祭祀，"白茅包之"表示隆重和尊敬。《尸子》"殷汤救旱，素车白马，身婴白茅，以身为牲"，表示最大的虔诚。男子能够猎来鹿，说明他勇敢强壮，能为女子提供生活保障，所以称之为"吉士"，这也是女子爱上他的前提。鹿，是阳性的象征；"玉女"写女子的美好形象。"哪个少年不多情，哪个少女不怀春"，在这个男子眼里，女子如花似玉，这既是女子纯洁的写照，也是男子"情人眼里出西施"的结果。女子正在春心萌动的时候，所以男子带着猎来的鹿作为礼物，兴冲冲地去求爱。女子当然十分愿意，于是晚上邀请男子到她家。女子说："慢一点，轻一点，不要动了我的佩巾，不要惊动了我家的长毛狗！"姑娘的话看似质直实则深婉，蕴含着令人迷醉的情趣，构成美妙的意境，一个天真、纯洁、害羞而有点矜持的少女形象跃然纸上。

## 柏舟：要休且待青山烂

泛彼柏舟，在彼中河。髧①彼两髦②，实维我仪③。
之④死矢⑤靡它⑥。母也天只⑦！不谅人只！
泛彼柏舟，在彼河侧。髧彼两髦，实维我特⑧。
之死矢靡慝⑨。母也天只！不谅人只！

【注释】

①髧（dàn）：头发下垂状。

②髦（máo）：男子未成年时剪发齐眉。

③仪：配偶。

④之：到。

⑤矢：誓。

⑥靡它：无他心。

⑦只：语助词。

⑧特：配偶。

⑨慝（tè）：邪恶，恶念，引申为变心。

【简析】

这首诗表现了女子非君不嫁、海枯石烂的爱情。周代的爱情婚姻在很大程度上受礼教的约束，诗中"柏舟"为河畔的缆绳所牵制不得自由，正是女子婚姻不自由的象征。女子爱上了一个心仪的男子，却遭到了母亲的反对。她不愿屈服，勇敢地呼喊："除了他，我谁都不要！不能和他在一起我宁愿去死！"这样惊天动地的誓言，千年之后也令人震撼。这是对封建礼教的反抗和指斥，对自由、幸福、爱情的追求，歌颂了爱情的坚贞不屈和至死不渝。

## 桑中：双花双叶又双枝

爱采唐矣①？沫之乡矣。云谁之思②？美孟姜矣。
期③我乎桑中，要④我乎上宫，送我乎淇⑤之上矣。
爱采麦矣？沫之北矣。云谁之思？美孟弋⑥矣。
期我乎桑中，要我乎上宫，送我乎淇之上矣。
爱采葑⑦矣？沫之东矣。云谁之思？美孟庸矣。
期我乎桑中，要我乎上宫，送我乎淇之上矣。

【注释】

①爱：于何、何处。唐：菜名。

②谁之思：思谁。

③期：约会。

④要：通"邀"。

⑤淇：淇水。

⑥弋：姓。

⑦葑：蔓菁。

【简析】

这首诗是写男女幽会。全诗生动优美，流畅明快。"云谁之思"是一篇的线索，对心上人的相思是一篇之旨。所思之人并未点出，既得幽会隐秘的甜美，又似是当时的一种风气。"采唐、采麦、采葑"都非事实，乃起兴也。如果说有一点寄意，取其缠绕依附之象。"桑中、上宫、淇上"是幽会的地点。事由和地点的繁复，表现了当时人们追求感情的自由、奔放和浪漫，体现了爱情的美好。

"双花双叶又双枝，花间更有双蝴蝶"，"桑间濮上"后来成为一个成语，指淫靡风气盛行的地方。

## 蝃蝀：我要和你在一起

蝃蝀在东，莫之敢指①。女子有行②，远父母兄弟。
朝隮③于西，崇朝④其雨。女子有行，远兄弟父母。
乃如之人⑤也，怀⑥昏姻也。大无信⑦也，不知命⑧也！

### 【注释】

①蝃蝀（dì dòng）：彩虹，爱情与婚姻的象征。莫：没有人。古代以指虹为忌。

②有行：原指出嫁，这里指私奔。

③隮：虹。

④崇朝：终朝，整个早晨。

⑤乃如之人：像这样的人。

⑥怀：想着。昏：通"婚"。

⑦大：太。信：信用。

⑧知命：遵从父母之命。

### 【简析】

这首诗写一个女子私奔时的矛盾复杂的心情。在女孩子私奔的这个早晨，一条彩虹出现在天边，她听说过这是不祥之兆，不可以对它指手画脚。她本来就已经心惊胆战，这条彩虹更加重了她的心理负担："有个女子私奔了，把父母兄弟骨肉齐抛去。"不能说她怀疑那条彩虹的出现和自己的行为有直接的关系，但毫无疑问，她的不安感更重了。彩虹一般出现在雨后的西天，这场雨下了很久了，天刚亮就开始下，现在已是早饭时候。雨天会影响人的心情，会让人变得怯懦和不自信，迈出的每一步都是那么泥泞，她心里反复念叨的还是那句话："女子有行，远父母兄弟。"当她关上了家中的院门，当她冒着细雨匆匆而行，当那条艳异的彩虹挂在天上，她的心灵已经到了崩溃的边缘。她无法判断自己是否正在犯下致命的错误，是否辜负了亲人也辜负了命运，是否已经成了传说中的坏女人。"乃如之人也，怀婚姻也。大无信也，不知命也！"她在心中用最难听的话严厉的指责自己，只有这样，才能让自己好受一点。一张看不见的网罩在她的脸上，这个正在奔赴爱情的女子的容颜，显得支离破碎。但即使是这样，她的脚步仍然在朝前迈进。她明知道前方险象环生，知道这行为将会给包括自己在内的很多人造成伤害，却没有办法中止。忘掉世俗规则、舆论喧哗、难以割舍的亲情，以及对于安全与安宁的诉求！天啊，我明明比谁都知道有这一切，被这一切拖着，羁绊着，仍然无法中止迈向你的脚步。我要和你在一起，我只能和你在一起，这事，没商量。

## 有狐①：执子之手相偕老

有狐绥绥，在彼淇梁。心之忧矣，之子②无裳。
有狐绥绥，在彼淇厉③。心之忧矣，之子无带。
有狐绥绥，在彼淇侧④。心之忧矣，之子无服。

**【注释】**

①狐：指男性。
②之子：这个人。
③厉：水深过腰。
④侧：岸边。

**【简析】**

这是一首年轻寡妇的求爱诗。卫国经过动乱，人民遭受灾难，流离走徙，不少人失去配偶。有位年轻寡妇，在路途中遇到一位鳏夫，对其产生爱意，很想嫁给他，所以写下此诗。"狐"在古代是婚姻的祥瑞。首章说，在梁（梁为石不沾水之处）则可以穿好下裳，所以这多情的寡妇，以"有狐"求偶，对其所怜惜的鳏夫，表白自我的爱心说："我心里所忧愁的，是那人还无以为裳，若是他娶了我他就可以不愁没有衣裳了。"次章说，她担心的，是心上所爱慕的那人还没有衣带。她想："若是我嫁给他，我可以替他结成衣带，他就不愁涉过深水时没有衣带了。"三章说，此"狐"既然已在淇侧，可见已经渡过淇水，可以穿好衣服。可是她担心那个人，还无以为服，她心想："若是我和他结为婚姻，那么，那人就不愁没有衣服了。""裳、带、服"是她求偶的谦称。这三章诗充分而细致地表露了这位年轻寡妇的真挚爱心，即事抒怀，不作内心的掩蔽，大胆吐露真情，在旧时代，遭逢丧乱，怨女旷夫，在各自失去配偶之后，想重建家庭，享受室家之爱，这是人生起码的要求，可贵的是，这位妇女敢于大胆追求自己的幸福。

## 东门①之枌：情人节的欢歌

东门之枌②，宛丘之栩③。子仲④之子，婆娑其下。

谷旦于差⑤，南方之原。不绩其麻，市⑥也婆娑。

谷旦于逝，越以鬷迈⑦。视尔如荍⑧，贻我握椒。

【注释】

①东门：陈国都城东门。

②枌（fén）：白榆。

③栩：音许，柞树。

④子仲：陈国的姓氏。

⑤谷（gǔ）：指风光美好。差：同"搓"，搓小麦。

⑥市：集市。

⑦鬷迈：音纵力，多次来回走。

⑧荍（qiáo）：紫红荆葵。

## 【简析】

这是一首描写男女爱情的情歌，它反映了陈国当时尚存的一种社会风俗。诗的意思是：晴好早晨搓小麦，在那南边平粮台。不在屋下编布麻，商旗也在舞翩跹。良辰时光即流逝，看你像朵锦葵花。光阴瞬间就消逝，送我一把香花椒。通过男子被女子吸引的视线，呈现出市井女子街舞、搓麦、织麻、买卖等一系列活动，并表达了男女之间天然的爱情美。诗中的舞者"子仲之子"不是一般意义上的事神之巫，也不是参与男女聚会歌舞相乐的贵族子女，而是一位为生计奔波和借助肢体语言吸引游人的市井女子，属于破落"大夫氏"的后裔。"商旗"的迎风飘舞表明"子仲之子"又是一个兼作编布麻买卖的工商业者。子仲之子一年四季都在搓麦、织麻、做买卖维持生计。歌作者爱上了她，"锦葵花"表现了女子的健康美丽。热恋的美好时光稍纵即逝，临别时，女子赠给他一把香花椒作为定情物。在古代，花椒因为浓香四溢，果实累累，被当作爱情的信物和多子多孙的象征。香花椒不仅散发着自然芬芳，而且是姑娘芳心吐露的殷殷情意，是主客体心灵感应的生命火花。

## 木瓜：永结同好的缔约

投我以①木瓜，报之以琼琚②。匪③报也，永以为好④也！
投我以木桃⑤，报之以琼瑶。匪报也，永以为好也！
投我以木李⑥，报之以琼玖。匪报也，永以为好也！

## 【注释】

①投：掷，此处指赠送。以：用。
②报：报答，回赠。琼：美玉。琚：佩玉。
③匪：非，不是。
④永：永久。好：相爱。

⑤木桃：桃子。

⑥李：李子。

## 【简析】

《楚竹书·孔子诗论》云："《木瓜》，有藏愿而未得达也。""《木瓜》，以喻其怨者也。"《孔丛子·记义》载："于《木瓜》见苞苴之礼行也。"这是男女互赠定情物、希望永结同心的诗。在古代，恋人之间以瓜果、佩饰相赠表达情意。诗中，年轻姑娘将熟透的木瓜掷给自己心爱的小伙子，传达自己内心的情意。小伙子深深懂得这不是平常的瓜果，而是一颗赤诚的少女的心，他高兴地接受姑娘投来的木瓜，马上解下自己所佩戴的美玉回赠给她，表示永久相爱。远古时代，玉石是神物，是一种图腾的载体，表示着人们对平安、祥和的祈求。人们往往把玉当作情人间相互表示爱慕、传递情感的信物，表示纯洁坚贞、天长地久。在金钱至上、爱情变味的今天，诗中男女朴素真挚的爱情尤其令人动容。你赠给我果子，我回赠你美玉，与"投桃报李"不同，回报的东西价值要比受赠的东西大得多，这体现了一种人类的高尚情感（包括爱情，也包括友情）。这种情感重的是心心相印，精神上的契合，因而回赠的东西及其价值的高低在此实际上也只具有象征性的意义，表现的是对他人对自己的情意的珍视。

## 采葛：想你到无法呼吸

彼①采葛兮，一日不见，如三月兮！

彼采萧兮，一日不见，如三秋②兮！

彼采艾兮！一日不见，如三岁兮！

## 【注释】

①彼：那。

②三秋：一秋三月，三秋为九个月。后来又以"一秋"代指一

年，"三秋"即三年。

## 【简析】

　　一首《采葛》，寥寥几句，被无数人传承了几千年，如此"简约而不简单"的诗句，就是情侣咏别相思之苦的恋歌。一位男青年对一位采葛的姑娘无限爱慕，唱出他的深深思恋之情：我心爱的姑娘去采葛、萧、艾了啊，一天不见她的影，好像隔了三月、三秋、三年那么久。对于热恋中的情人，分离是极大的痛苦，哪怕是短暂的时光，在他或她感觉也是漫长难耐的。乍一看，这一悖理的时间似痴语、疯话，却由于融进了他们无以复加的恋情，能妙达离人心曲，唤起不同时代读者的情感共鸣。诗歌抓住了恋人因离别相思而感觉时间漫长的这一典型心理活动，采用夸张的手法，表达对姑娘的执著、热切的相思之情，真实地映照出他们如胶似漆、难分难舍的恋情。诗歌的语言是直率的，感情是炽热的，具有强烈的艺术感染力。

## 大车：不能同室求同穴

　　大车①槛②槛，毳③衣如菼。岂不尔④思？畏⑤子不敢。
　　大车啍啍，毳衣如璊⑥。岂不尔思？畏子不奔⑦。
　　榖⑧则异室，死则同穴⑨。谓予不信⑩，有如皦日⑪。

## 【注释】

　　①大车：贵族坐的车，与拉货的牛车不同。

　　②槛：车行走的声音。

　　③毳（cuì）：兽类的细毛。

　　④尔：你，特质驾车的男子。

　　⑤畏：害怕。

　　⑥璊（mén）：红色美玉。

⑦奔：私奔。

⑧穀：生，活。

⑨穴：墓穴。

⑩予：我。诚：诚实。

⑪如：此，这。皓：明亮。

## 【简析】

　　这是一首爱情诗。写一个女子深情地爱着一个"大夫"，但由于阶级地位的差别，欲爱而不能，只能在诗中表明心迹，并立下了对爱情真诚而又深挚的誓词。诗共三章，第一、二章都写女子欲私奔而不敢，第三章则写了女子的誓词。前两章只改了几个字。"槛槛"写出了车声的响亮，引起了女子的注意；"哼哼"写出了车声的迟钝，表现了女子沉重的心情。随着大车渐近，女子看到了车中人，但没有写他的容貌，而是一眼注定了"毳衣如菼"。"毳衣"是古代天子和大臣才能穿的衣服，它如此鲜艳夺目，却又成为女子不可逾越的阶级障碍。难怪她"见物而不见人"。心上人就在眼前，能不思念你吗？可是畏惧你不敢去。这两句感情一热一冷。在巨大的阶级障碍面前，抑制住心头的爱变成"淫奔"的行为，可是压抑住爱不代表爱的消亡。第三章终于在低沉、悲凉中陡起。与心上人虽生而异室，但希望死能同穴，如果认为这是虚语，有上天光明的太阳为证！至此，我们不能不被其悲剧气氛所感动。这种对爱情的严肃态度和真挚的誓言，使人深为震撼和钦敬！

## 叔于田：除却巫山不是云

叔于①田②，巷无居人。岂无居人？不如叔也。洵③美且仁。

叔于狩④，巷无饮酒。岂无饮酒？不如叔也。洵美且好。

叔适野⑤，巷无服马⑥。岂无服马？不如叔也。洵美且武。

**【注释】**

①于：去，往。
②田：通"畋"，打猎。
③洵：真正的，的确。
④狩：冬猎为"狩"，此处为田猎的统称。
⑤野：郊外。
⑥服马：骑马之人。

**【简析】**

　　这首诗写的是一个女子对自己喜欢的男子的表白和赞美。这个男子外貌俊美，性情温良，有情有义，武艺高强，怎么能不让人动心啊！在她眼里，天下男子的美集于他一身，没有人比他更好。见到他时，别人都不存在了，使人体会到恋爱时"眼里只有他"的那种感觉，语气中充满纯净和率真，清晰地表达了女子强烈的爱恋。诗中的女子爱得理性，她的择偶标准是：颜值爆表，待人仁爱，品德高尚，武艺高超。人活在世间，常常是不自由的，爱情是比较自我的东西，亦受许多东西牵制，俗一点讲，是金钱地位。高洁一些的，以相貌性格才华为条件的，岂不也是受到世间的价值观的牵制？总有更美更有才性格更好的，若是以此取舍抉择，那么，手中的爱，就永远处于一种临时状态，时刻等待着被刷新，被出局。而爱情的最高境界，是一种不可言说的感觉，或者，没道理的爱情更令人心折。

<h3 style="text-align:center;">有女同车①：美貌与美德同寓</h3>

　　有女同车，颜如舜华②。将翱将翔，佩玉琼琚③。彼美孟姜，洵④美且都。
　　有女同行，颜如舜英。将翱将翔，佩玉将将⑤。彼美孟姜，德音⑥不忘。

## 【注释】

①同车：男子驾车迎娶。

②舜：芙蓉花。华：花。

③琼琚：美玉。

④洵：确实。

⑤将将：玉石互相击打而发出的声响。

⑥德音：美好的品德声誉。

## 【简析】

本首诗表达的是一个男子对与他同坐一车的妻妾的赞美。他们一会坐着车子奔驰，一会又下车漫步，诗的字里行间充溢着欢乐轻松，而诗的明快节奏和意境更是让人读起来有心旷神怡之感。在他的眼中，自己的恋人美不可言，她的面庞就像盛开着的木槿花，是那样的鲜艳和美丽；她的体态就像小鸟在飞翔，是那样的轻盈和多姿；她佩带的玉饰，不时发出悦耳的叮当声，越发衬托了她的高贵和娴雅。诗中两个"将翱将翔"传神地写出了女子轻盈如飞的美好姿态。"天生丽质，披金戴玉以悦目；风度闲雅，德行溢露以悦心。"与面容姣好、体态轻盈的外表相比，女子优雅的德行和品性更是让男子心动。真正的爱情可以使任何一个女人拥有沉鱼落雁的美丽和魅力，并且在她的爱人眼里都是无与伦比的。总之，这首诗描绘了一个理想的"淑女"形象，表达了男子对自己妻妾的由衷喜爱。

## 山有扶苏：千娇百媚爱意浓

山有扶苏①，隰有荷华②。不见子都③，乃见狂④且。

山有乔⑤松，隰有游龙⑥，不见子充，乃见狡童⑦。

【注释】

①扶苏：茂木，一说桑树。

②隰（xí）：洼地。荷华，即荷花。

③子都：古代美男子。

④狂：狂拙的人。

⑤乔：高大。

⑥游龙：水草名。

⑦狡童：狡狯的少年。

【简析】

这首诗写一位女子在与情人欢会时的俏骂。诗以草木的生长各得其所起兴，反衬所见非所愿，更见女子的调皮可爱。在与心上人约会时，女子故意用慧黠狡狯戏谑他：我眼中怎么没有帅哥，却遇见了一只大呆鹅、一个小滑头！一个“狂且”、一个“狡童”，营造出了万般情趣，把恋人的约会写得更加热烈、妩媚，让我们仿佛听到三千年前流淌的笑声。这与今天的女朋友称呼男朋友“傻瓜、坏蛋”有异曲同工之妙，表面上她斥恋人“狂”、“狡”，实际表现了她见到情人后的激动和喜悦。诗的语气颇为娇嗲，把一个小女子想念她喜欢的男子，又气又羞的神态，描绘得非常生动有趣。

## 狡童①：含娇带嗔痴傻爱

彼狡童兮，不与我言兮。维②子之故，使我不能餐兮。

彼狡童兮，不与我食兮。维子之故，使我不能息③兮。

【注释】

①狡童：狡狯的少年。狡，狡狯。

②维：通“惟”，因为。

③息：止，指内心平静。

## 【简析】

这是一首写一个女子对情人怨诉的诗。全诗共两节，每节前两句都写了女子对恋人的怨恨。"狡童"是女子对心爱的人带怨气的称呼，有娇嗔意味，实属骂中带爱，恨里含情。姑娘因为恋人"不愿和我再说话"、"不愿和我同吃饭"，而感到受了莫大的委屈，可见他们从前的感情是何等的融洽。每节的后两句则写女子对恋人怨恨之余又爱意浓浓，在怨和爱的纠结中，她相信他不会这么绝情，希望他回心转意，两人重归于好。于是她开始向他倾诉自己的委屈与痛楚：因为你的原因，我痛苦无比，寝食难安！她是多么希望得到他的安慰和爱抚，可以说是句句有怨，字字含情，但丝毫没有决绝之情，而是将一腔幽怨化为绵绵情意，女主人公的娇情柔态更是跃然纸上。

## 丰①：为谁风露立中宵

子之丰兮，俟②我乎巷兮，悔予不送③兮。
子之昌④兮，俟我乎堂兮，悔予不将⑤兮。
衣锦褧⑥衣，裳锦褧裳。叔兮伯兮，驾予与行⑦。
裳锦褧裳，衣锦褧衣。叔兮伯兮，驾予与归⑧。

## 【注释】

①丰：丰满。

②俟：等候。

③送：从行。

④昌：健壮。

⑤将：同行。

⑥褧（jiǒng）：细麻布材质，套外的罩衣。

⑦行：往。

⑧归：回。

## 【简析】

有一种感情总在梦醒后，才相信是"爱情"；有一种目光总在分手时，才明白是"眷恋"；有一种心情总在离别时，才感到是"后悔"。有些往事是长在心头的刺，回忆起来会有刺痛的感觉；有些往事是心里暗流的眼泪，无法明目张胆地展示它的脆弱，在很久以后一个人暗暗回想时，还会被悔恨逼得毫无退路，只能在黑暗中隐忍地哭，无声地痛。《丰》就是这样一首诗。它生动表达了姑娘对当初拒绝小伙子求爱的悔恨，并渴望小伙子能够重新来把她迎娶。诗的一二两节写姑娘为当初拒绝小伙子爱情的悔恨之情。她对他的感情并没有随当初的拒绝而消失，反而随着时光的流逝，爱得越发深切了。他的容貌，他的身姿，仍然清晰如初地回旋于她的脑海，这愈加让她无法消解自己心中的痛悔。现在，当年的这些情景对她来说全是痛苦的折磨。当年的情景磨人般地一遍遍重现于眼前：他在巷口苦苦等待着她去赴约，他在堂上焦急地等待着她出来答应他的求婚，但是她一次次地让他失望了。能怪谁呢？苦果是自己种下的，苦酒是自己酿造的，现在，他重新向她求婚该有多好啊！于是三、四两节，她呼唤着他，希望他能够带着迎亲的人马重新来将她迎娶，那么她一定将自己打扮得漂漂亮亮的，兴高采烈地随他回去，做他美丽的新娘。其实，梦醒后感到的爱情，那才是真正的爱情。

## 子衿：悠悠青衿梦里人

青青子衿①，悠悠②我心。纵③我不往，子宁④不嗣⑤音？
青青子佩⑥，悠悠我思。纵我不往，子宁不来？
挑⑦达兮，在城阙⑧兮。一日不见，如三月兮。

## 【注释】

①衿：衣领。

②悠悠：遥远的样子，这里形容忧思的绵长。

③纵：纵然。

④宁：岂，难道。

⑤嗣：通"贻"，给予。

⑥佩：佩玉，特指系佩玉的绶带。

⑦挑兮：来回走动的样子。

⑧城阙：古代城池中用来遥望的城门两旁的城楼。

## 【简析】

古代服饰有严格的规定，当时读书人地位比较高，允许穿优雅高贵的青色衣服，所以"青衿"指代书生，后来又成为文人贤士的雅称。"青青子衿"有一种淡淡的悠然书生的味道。这首诗写一个女子些许日子没有见到她的书生恋人，于是登上城楼，可是几次登楼，都没有看到他，女子的心情越来越焦灼，由爱生怨，由怨生责：我没去你不会来吗？你不知道我一天没见到你就像隔着三年吗？我"不往"，不是不愿意往，是不敢往，是"情怯"。情到深处，不但让人孤独，还常常没来由地心虚气短，不敢多说一句话，不敢多走一步路，说了，走了，便是永不能自恕的错。如果说，思念有颜色的话，那一定是青色。《子衿》里的这个女子便是如此：你来不来都一样，城头的夕阳是你，风声是你，仿佛的人影是你，起伏的意绪是你，想念你的我也是你。这样一场等待，就因了没有迈出去的那一步，成了凝立千年的画卷，为世间爱者，一遍遍温习。站在原地，等待命运给予救赎，这是多么无望的事！也许，书生是女子心灵的寄托吧。

## 出其东门：我独爱你这一种

出其东门，有女如云①。虽则如云，匪我思存②。缟衣綦巾③，聊④乐我员。

出其闉阇⑤，有女如荼⑥。虽则如荼⑦，匪我思且⑦。缟衣茹藘，聊可与娱⑧。

### 【注释】

①如云：形容众多。

②匪：通"非"，不是。存：在，一说念。

③缟衣，白色的绢制衣服。綦（qí）：茜青色。巾：佩巾。

④聊：姑且。员：通"云"，语助。

⑤闉阇（yīn dū）：古代城门外筑起的半环形城墙，这里指城门。

⑥如荼：形容众多。荼：白色茅花。

⑦且（jū）：通"徂"，同上文的"存"。

⑧茹藘（lú）：茜草，可制染料。娱：乐。

### 【简析】

这首诗是告诫已经订婚的男子不可移情别恋。"缟衣綦巾"是未嫁女子穿的衣服，这首诗是她写给与自己已经订婚的男子。东门，在今河南新郑县，该县西北为河流流经之地，东门成了人们游乐聚会的场所。男子走在熙熙攘攘的东门，尽管其他女子象积云一样多，像荼花一样美丽，但都不能打动他的心，只钟情于一位白衣绿佩巾的姑娘。她虽然衣着朴素，"我"却独以为美。"这世上原有百媚千红，我独爱你这一种"，女子殷勤告诫男子不要因际遇改变而更改自己的爱。"弱水三千，我只取一瓢饮"，握在自己手里的一瓢，才是最珍贵的。爱一个女子，且能做到心如金石，对她忠诚一生，这样的爱情或许贫困卑微，却稀缺如黄金。面对浮华万丈，美女如云，却能坐怀不乱，所需要的坚定意志，大概不会逊于战场上刀光剑影下的英雄气概。读着这样的诗歌，我们才知道，世间有许多平凡的英雄，也有许多珍贵的东西从我们身边流失。

## 东方之日：妹妹来到我房间

东方之日兮，彼姝①者子，在我室兮。在我室兮，履我即兮②。
东方之月兮，彼姝者子，在我闼③兮。在我闼兮，履我发④兮。

【注释】

①姝：貌美。
②履：放轻脚步；即：接近。
③闼（tà）：内门。
④发：走去。

【简析】

这是一首男子吟咏思慕女子的诗歌。第一章写女子与男子相就的情形。太阳从东方出来了，我那美丽的姑娘来到我房中。她跟着我走，放轻脚步追随着我，来到我房中。这是男子的想象，并非实际发生的事。原因是这个男子思慕自己的恋人，因而想象她来到了自己内室。第二章换"日"为"月"，表达朝思暮想，希望日夜相会，长相厮守不分离的意思。诗中的女子是个小鸟依人的可爱小姑娘，可以想象，她若进夫家必定会是个夫唱妻随的贤妻良母。一个女子亦步亦趋地跟着男子，依附着男子，对男子来说，是一种无比的幸福，同时也激发起一种强烈的责任感，他必须去创造一番事业，来满足女子的依恋。如果说，女子如水，那么，恋爱使男子长成了一座山。如果说，母亲保护一个小男孩的成长，那么，被心爱的女子依附，诞生了一个真正的男子汉。

# 蒹<sup>①</sup>葭<sup>②</sup>：一支短蒿向何处

蒹葭苍苍<sup>③</sup>，白露为霜<sup>④</sup>。所谓<sup>⑤</sup>伊人<sup>⑥</sup>，在水一方<sup>⑦</sup>，溯<sup>⑧</sup>洄从之，道阻且长<sup>⑨</sup>。溯游<sup>⑩</sup>从之，宛<sup>⑪</sup>在水中央。

蒹葭萋萋<sup>⑫</sup>，白露未晞<sup>⑬</sup>。所谓伊人，在水之湄。溯洄从之，道阻且跻<sup>⑭</sup>。溯游从之，宛在水中坻<sup>⑮</sup>。

蒹葭采采<sup>⑯</sup>，白露未已<sup>⑰</sup>。所谓伊人，在水之涘<sup>⑱</sup>。溯洄从之，道阻且右。溯游从之，宛在水中沚<sup>⑲</sup>。

## 【注释】

①蒹：多年生长的草本植物。

②葭：芦苇。

③苍苍：老青色。

④白露为霜：露水本无色，因凝霜呈白色，故称为白露。

⑤所谓：所说的。

⑥伊人：那个人。

⑦在水一方：在水的那一方。

⑧溯：沿水向水的上游方向行。

⑨道阻且长：道路上有障碍，要绕远的路。

⑩游：直流的水道。

⑪宛：宛然、好像。

⑫萋萋：茂盛的样子。

⑬晞（xī）：干，指晒干。

⑭且跻：且要攀登山崖。

⑮坻（chí）：水中高地。

⑯采采：鲜明的样子。

⑰未已：为止。

⑱涘（sì）：水边。

⑲沚（zhǐ）：水中小洲。

## 【简析】

这是一篇情深景真、风神摇曳的美丽情歌。萧瑟清秋，白露为霜的清晨，站在四面环水的芦荡，闭上双眼，河的对岸布满了那个人的影子。多么想逆游从之，可是，河水太长，蒿子太短，该如何追去？全诗三节，每节八句，前两句写景，后六句叙事抒情。写景句借兼葭的茂盛、霜露的高洁，烘托出抒情主人公炽烈的追求和纯洁的爱情，同时因为它是主人公目之所见、情之所趋，因而兼有了写景叙事的作用。"苍苍"、"凄凄"、"采采"，写出芦苇的颜色由苍青至凄青到泛白，把深秋凄凉的气氛渲染得越来越浓，烘托出诗人当时所在的环境十分清冷，心境十分寂寞。而且作者巧用秋水牵动情思：秋水盈盈，似乎是相爱者之间的脉脉深情；盈盈秋水，又似乎是意中人顾自生盼的眼睛。这首诗的动人力量在于，尽管伊人可望而不可即，中间阻隔千重，主人公却竭力想要泅渡过去，这是对爱情千回百度地追求，是对爱情的执着坚韧，这种明知不可为而为之的奋斗精神令人动容，后来引申为为理想而不屈不饶的上下求索。这应该是诗人因思心徘徊，不能自抑其无限惆怅而产生的心灵幻象。而这首诗最独特的，是创造了含蓄朦胧的美，兼葭的对面，水南水北，伊人无处不在，成为文学史上令人无限向往的美神。

### 晨风：日日望郎郎不来

鴥①彼晨风，郁②彼北林。未见君子，忧心钦钦③。如何如何，忘我实多！

山有苞④栎，隰⑤有六驳。未见君子，忧心靡乐。如何如何，忘我实多！

山有苞棣⑥，隰有树⑦檖。未见君子，忧心如醉。如何如何，忘我实多！

## 【注释】

①鴥（yù）：鸟疾飞的样子。

②郁：郁郁葱葱，形容茂密。

③钦钦：忧而不忘之貌。

④苞：众生样子。

⑤隰：低洼的湿地。

⑥棣：唐棣。

⑦树：形容檖树直立的样子。

## 【简析】

这首诗是写恋爱中的女子焦急地盼望情郎来的情景。三章都用景物起兴，写出了女子经常到山头村边眺望情郎，她望得情深意切。首章用鴥鸟归林起兴。女子在那里日日眺望的，不是鸟，不是林，而是心上人。从鸟飞入林到北林葱郁，可见女子望的时间之长，真是望眼欲穿！鸟还知道归林，可是你这个薄情郎，你这个负心汉，你怎么就不来？天天盼郎来，总不见郎来，她急得快要哭了，好像面对着情郎跺脚撒娇道："怎么样怎么样？你忘记我太多了！"是不是她的情郎真的好长时间没来看她呢？不一定，所谓"一日不见，如隔三秋"，情郎一时片刻不在身边，她就觉得天空地空心空空，于是发出这样的抱怨。到了二三章，感情层层加深。不仅起兴物换了，女子眼见万物各得其所，独有自己无所适从，心底不免忧伤苦涩；又是暮色苍茫的黄昏，仍瞅不到意中的"君子"，再细细思量，越想越怕，怎么办呵怎么办？那人怕已忘了我！——怎么办呵怎么办？那人怕是要抛弃我了？明白如话的质朴语言，表达出真挚感情，使人如闻其声，如见其心。所以她的忧伤越来越沉重。"钦钦"形容忧而不忘；"靡乐"，不再有往时和现实的欢乐；"如醉"，如痴如醉精神恍惚。再发展下去，也许就要精神崩溃了。而从"忘我实多"可以揣测他们间有过许许多多花间月下、山盟海誓的情事，这个未出场的"君子"究竟是不是负心汉，留给读者品味。全诗各章感情的递进轨迹相当清晰和真实可信。

## 东门之杨：人约黄昏月上梢

东门之杨，其叶牂①牂。昏②以为期，明星③煌煌。

东门之杨，其叶肺肺。昏以为期，明星晢④晢。

## 【注释】

①牂（zàng）牂：风吹树叶的响声。

②昏：黄昏。期：约定的时间。

③明星：启明星。

④晢（zhì）：明貌。

## 【简析】

这首诗写初恋情人约会时的期盼心情。这一对年轻的情侣相约在黄昏，相约在东门，相约在杨树。可是不知什么缘故，她迟迟未来。他等呀等，在东门，他等来了黄昏；在黄昏后，他等来了月亮；在月光下，他等来了杨树的树影婆娑；在树影婆娑中，他等来了东方那颗闪烁的启明星；在启明星下，他等不到她那美丽的身影……茫茫的星空，亲爱的人呀，你在哪里？对于初恋，约会是期盼，是神秘，是羞涩，是新奇，而此时，约会是彳亍的，约会是寂寞的，约会是惆怅的，约会是焦灼的，约会是失望的，约会是懊恼的，约会是难耐的。这首诗最成功之处在于创造了一个"人约黄昏后"的独特意境。它用以动衬静的手法，用沙沙作响的白杨，衬托夜的寂静，用星光灿烂衬托夜色的美好，同时又用明亮的启明星，表示时间的推移，暗示另一方的失约，把等待情人的焦灼心情隐在"昏以为期，明星煌煌"之中。焦急、懊恼、埋怨充溢于字里行间，写来十分含蓄、深刻、生动，又耐人寻味。

## 泽陂：决堤的爱情洪波

彼泽<sup>①</sup>之陂<sup>②</sup>，有蒲与荷。有美一人<sup>③</sup>，伤<sup>④</sup>如之何？寤寐<sup>⑤</sup>无为<sup>⑥</sup>，涕泗滂沱<sup>⑦</sup>。

彼泽之陂，有蒲与蕑。有美一人，硕<sup>⑧</sup>大且卷。寤寐无为，中心<sup>⑨</sup>悁悁<sup>⑩</sup>。

彼泽之陂，有蒲菡萏<sup>⑪</sup>。有美一人，硕大且俨<sup>⑫</sup>。寤寐无为，辗转<sup>⑬</sup>伏枕。

## 【注释】

①彼泽：池塘。

②陂：堤岸，本处是指美人所居的地方。

③有美一人：有一美人。

④伤：忧思。

⑤寤寐：睡着和醒着。

⑥无为：没有办法。本句话是说无论醒着还是睡着了都会思念，但想不出一个达到目的地的办法。

⑦涕：眼泪。泗：鼻涕。滂沱：雨大的样子，形容鼻涕眼泪声泪俱下。

⑧硕：硕大、高大。

⑨中心：心中。

⑩悁悁：忧郁的样子。

⑪菡萏（hàn dàn）：莲花。

⑫俨：端庄。

⑬辗转：转动。

## 【简析】

这首诗是一首思念意中人的情歌。诗人观赏着荷塘边土坡上生机盎然的蒲草相伴着亭亭玉立的荷花，不禁又想起日夜萦思的意中人。他（她）高大伟岸的身躯（《诗经》时代女子亦以高大为美）、秀美多姿的鬓发，昂首而立、端庄安详的仪表，如蒲似荷，无时无刻不浮现在眼前，燃起她（他）胸中炽烈的爱焰。然而由于某种原因他们却无缘亲近，这就使诗人的爱慕之情化成难以排遣的深沉愁闷，通宵达旦的辗转反侧。可是爱情的洪波终于越过一切礼仪的闸门而奔涌倾泻，诗人居然毫无顾忌地为自己不被对方所知的爱情痛哭了一场。这是多么真挚纯洁、炽热奔放的感情！这是多么动人的爱的颂歌！这首诗给两千年来的读者留下了深刻难忘的印象，给予人们淳厚的美的享受。结构上，每章以"彼泽之陂，有蒲与荷（蕑、菡萏）"的写景句起兴，清新芬芳、生机勃勃的蒲草和荷花象征正处在青春焕发、追求爱情的黄金时代的青年男女，使全诗洋溢着浓郁的春意。三章只改动了几个字，采用重章叠句的写法，从三个方面形象而细腻地写出炽烈、深沉、萦回不去、无法排遣的相思恋情。而全诗的这种回环往复的咏唱则有力地加强了诗歌的浓烈的抒情气氛。

## 丘中有麻：婵娟影动麻麦里

丘中有麻①，彼留②子嗟。彼留子嗟，将其来施施。

丘中有麦，彼留子国。彼留子国，将③其来食。

丘中有李，彼留之子。彼留之子，贻④我佩玖。

### 【注释】

①麻：大麻，古时种植以其皮织布做衣。

②留：一说留客，一说刘姓。

③将：请，愿。

④贻：赠予。

### 【简析】

这首诗写农耕时代青年男女在野外幽会和恋爱的情形。在先秦时代，男女情爱相对自由。特别是农村男女青年自由交往，野外幽会，相当普遍，带有原始民族婚配的形式。那一蓬蓬高与肩齐的大麻地，那一片片密密的麦田垄间，那一棵棵绿荫浓郁的李子树下，都是姑娘与情郎情爱激发的地方。姑娘来到这些地方，隐约看到有人，料想就是与自己约会的情郎，到了地方一看，果然是自己的情郎——他缓缓走来。随着感情的加深，又约他来家吃饭，最后情郎赠送她黑玉，把非物质的关系（情爱）确定下来，以玉的坚贞纯洁牢固，表示两人爱情的永恒。诗歌是以姑娘的口吻写出来的，但女子不一定是同一个女子，男子也不一定是同一个男子。这种诗歌是当时的流行歌，吟咏青年男女约期相会，形容他们约会的情形，未必真有其事。就像今天的流行歌曲，"李家妹妹约了张家哥哥去碧潭划船呀"，"张家妹妹约了李家哥哥去山上看杜鹃花呀"，歌词是作者臆想出来的，只是描绘出当时社会男女爱情的情景，都是相约游乐，不拘于某人某事。这首诗情绪热烈大胆，敢于把与情郎幽会的地点一一唱出，既显示姑娘的纯朴天真，又表达俩人的情深意绵。

## 东门之墠①：咫尺天涯相思苦

东门之墠，茹藘②在阪。其室则迩③，其人甚远。
东门之栗，有践④家室。岂不尔思？子不我即⑤！

**【注释】**

①墠（shàn）：铲平的土地。

②茹藘（rú lǘ）：草名。

③迩：近。

④有践：行列整齐的样子。

⑤即：就，接近。

## 【简析】

这是一首民间男女互诉相思之苦的恋歌。这首诗采用了男女对唱的形式。第一章是男唱。"东门平地在城郊，斜坡上面长茜草"是男指女的住处。茜草是一种攀援草本植物，用以兴起女子居室。下面接着说："你家离我这么近，你人距我路遥遥。"女家虽然就在附近，不知什么缘故女子却不能外出，男子心里记挂、爱恋着她，但因不能相见而如隔千里，感到非常苦恼。其中"其室则迩，其人甚远"两句将相思而不得见的心情写得委婉隽永。第二章是女和。"东门郊外栗树下，那里有户好人家"是女指男的住处。栗树是一种落叶乔木，树高质坚，用以兴起男子之家。男方是户好人家，女子心向往之，所以下面接着写道："难道我不想念你？你不前来就我呀！"意谓我本有意于你，但你不来我家求婚，我能有什么办法？只好白白地苦苦相思。这显然是一首男女唱和的爱情诗歌，一赠一答，此起彼落，表现形式生动活泼、灵活自由。

### 月出：明月佳人相映皎

月出皎①兮。佼②人僚③兮。舒④窈纠⑤兮。劳心⑥悄⑦兮。
月出皓兮。佼人懰⑧兮。舒忧受⑧兮。劳心慅⑨兮。
月出照⑩兮。佼人燎⑪兮。舒夭绍⑫兮。劳心惨兮。

## 【注释】

①皎：形容月光洁白明亮。

②佼：美好。

③僚：美貌。

④舒：舒缓，形容女子举止娴雅。

⑤窈纠：形容女子行走时体态的轻盈优美。

⑥劳心：忧心、愁苦。

⑧悄：忧愁的样子。

⑧嬼（liǔ）：妩媚。

⑦忧受：形容行走时的舒迟婀娜。

⑨慅（cǎo）：忧愁而心神不安的样子。

⑩照：明亮的样子。

⑪燎：明亮，形容女子顾盼生姿，光彩动人之美。

⑫夭绍：女子体态柔美。

## 【简析】

这是一首描绘对月思念远方佳人的优美抒情诗。月亮出来了，洒下多么皎洁明亮的光亮。月光娴静优雅，让人情不自禁地想起窈窕贤淑的远方佳人。此刻，明净的月光正照在她娇媚靓丽的脸庞上吗？远方的她是否也像我一样，惹起满腔相思？绵绵不绝的相思啊，牵动他的愁肠，痴恋的心情，是多么的焦躁，是多么的烦忧。"明月当空引人愁，万家欢乐唯我忧。"皓月当空，清辉皎洁，千里的明月光中，却让歌者忧伤起来。歌声仿若天籁，飘散在纤尘不染的天空之中。诗中的美人，若真若幻，似梦非梦，恍惚迷离，究竟是作者意中之境还是真实之境？或者说，它是一种迷离的意境，一种怅惘的情调，也许，这是月光美人的最初印象。"月出皎兮，佼人僚兮。"一个"皎"字，传达出后人对月光的永久记忆，就是皓洁。于是，月光几乎等于美人，成为一种世间最动人的意象。那么就是《月出》的作者第一个用含情脉脉的审美眼光关照月亮，在冰冷的自然之物中发现了温情的诗意。

## 宛丘：别有幽情暗恨生

子①之汤②兮，宛丘③之上兮。洵④有情⑤兮，而无望兮。

坎其⑥击鼓，宛丘之下。无冬无夏⑦，值⑧其鹭羽⑨。

坎其击缶，宛丘之道。无冬无夏，值其鹭翿⑩。

## 【注释】

①子：舞蹈的女子。

②汤：通"荡"，摇摆。

③宛丘：陈国丘名，四周高中间低的如山。

④洵：诚然、实在。

⑤有情：对巫女有爱慕之情。

⑥坎：击鼓声。

⑦无冬无夏：是指说一年四季总会有歌舞。

⑧值：持。

⑨鹭羽、鹭翿（dào）：舞蹈道具。翿，用五彩羽毛做成的扇形舞具。

## 【简析】

《战国楚竹书·孔子诗论》云："《宛丘》曰：'洵有情，而亡望。'吾善之。"宛丘是陈国著名的娱乐场所，每逢祭神之时，人们从四面八方汇集于宛丘，载歌载舞，祈神赐福，也借此谈情说爱，是一种特殊的民间风俗习惯。每到祭日，人们倾城而出，万人空巷，宛丘成了美妙的乐园。诗人满怀景仰之情表达对一位女巫的爱慕，可是女巫沉浸于对神灵世界的向往，在宛丘之上日日舞蹈，一个"汤"字写出了她热情奔放的舞姿。她企盼着神的降临，而不会注意到宛丘之下有人间的男子爱上了她。好像今天的歌星、舞星，女巫是"大众明星"，诗人深知自己的爱是无望之爱，因为人神的交接本来艰难，被漠视的爱情又使两个人好像隔了关山千重。这首诗就是那男子在吟唱着自己悲伤而无望的爱情。男子所能做的，只有把这份美好的情愫深埋于心底，一次次地去观看她那美妙轻盈的舞姿。"别有幽情暗恨生"，诗人那饱含深情的注视寄托了他万般柔情，满腹相思，但，"此时无声胜有声"，青春如同一场华丽的舞蹈，所有姿势在相爱那一刻都是动人的，何况暗恋是一种更为纯洁的精神之恋。

## 园有桃：轻叩心扉的求爱

园有桃，其实之①肴。心之②忧矣，我歌且谣③。不知我者，谓我士也骄。彼人是④哉，子曰何其⑤？心之忧矣，其谁知之？其谁知之，盖⑥亦勿思！

园有棘⑦，其实之食。心之忧矣，聊⑧以行国。不知我者，谓我士也罔极⑨。彼人是哉，子曰何其？心之忧矣，其谁知之？其谁知之，盖亦勿思！

【注释】

①之：是。

②之：其。

③歌、谣：曲合乐曰歌，徒歌曰谣，都为动词。

④是：对。

⑤其：做语助词。

⑥盖：通"盍"，何不。

⑦棘：酸枣。

⑧聊：姑且。

⑨罔极：无极，妄想。

【简析】

本篇应当是秋季丰收祭时男性向女性求爱的诗。第一章是说，园里桃已熟，果子即可食。心忧人烦恼，唱了诗歌哼民谣。不懂我的人，说我性情太狂妄。果真如此吗？你又怎么看？我的内心多忧愁，谁能真的理解我。若真无人晓，我又怎能不苦恼。第二章是说，园里枣已熟，果子即能食。满心忧愁多，暂且离京他乡游。不懂我的人，说我自以为是太放任。果真如此吗？你又怎么看？我的内心多忧愁，谁能真的理解我。或许真的无人晓，我又怎能不苦恼。诗歌用"桃、枣"象征婚姻爱情，桃、枣已熟即可食，而主人公渴慕的心上人还不知道他对她的这份感情。他用唱诗歌哼民谣、外出旅游来掩饰自己，却又故意征询女性的看法，唤起她明白自己对她的痴情。

## 褰①裳：泼辣火热的爱情

子惠②思我，褰裳涉溱。子不我思③，岂无他人。狂童之狂④也且。

子惠思我，褰裳涉洧。子不我思，岂无他士⑤。狂童之狂也且。

【注释】

①褰（qiān）：提起下衣。

②惠：见爱。

③不我思：不思念我。

④狂：痴。

⑤士：青年男子。

【简析】

这首诗是被拒绝的女子对男子的戏谑。全诗二章，意思差不多，以重章叠唱加重女子痛斥的语气。第一句，女子见男子忘却前好，恩断义绝，指责男子忘恩负义。你爱我的时候，思我念我，不惜提起下衣，徒步涉过溱洧二水来会我。以男子当初的舍命追求反衬他现在的无情。第二句，是女子负气的话，表示与男子的决绝。现在男子已经不爱她了，也就不再思念她了，于是脱口而出：你不思念我，难道没有别人？！掷地铿锵，毫无乞怜之态，表示对自我价值的充分肯定，表明了不依求男子，而要把自己的命运掌握在自己手中的决心。第三句，是女子对男子的痛斥：狂妄的小子，真狂啊！在爱情面前，女子要求与男子同等的地位，绝不任人摆布。一个性格泼辣、勇敢挑战传统的女子形象呼之欲出。当然，这些终究是少女对所爱男子的戏谑之词，所以，我们在看到其中显豁出来的反抗意识的同时，又感受到她内心深处炽热的爱。诗中"褰裳涉溱"一句，若按现在一般的理解，是女子对男子所望，那么，这种热切期待的本身，就反映了她本人无比真诚的爱情。女子敢于"褰裳涉溱"，恰恰反映了她无所顾忌的爱，她的追求是执着的，勇敢的，可以舍弃一切的。后半部分，在"岂无他士"的戏语中，也同样体现着少女的爱，因为这包含着一种暗示，暗示着她身边追求者之众，从而更表明她现在这份爱的不平常。可见，这个女子和其他诸多爱情诗中的女子一样，对爱情的追求是真诚炽热的，不过这首诗把一片深情寄寓于谈笑轻松的词语之中，这就使女主人公爽直泼辣的个性在短小的篇幅中得以充分的展现，使人物形象有了独特的风貌。

## 隰桑：清纯的爱情滋长

隰桑有阿①，其叶有难②。既见君子，其乐如何。

隰桑有阿，其叶有沃③。既见君子，云何不乐。

隰桑有阿，其叶有幽④。既见君子，德音孔胶⑤。

心乎爱矣，遐不谓矣⑥？中心藏之，何日忘之！

【注释】

①隰（xí）：低湿的地方。阿（ē）：通"猗"，美盛貌。

②难：通"傩（nuó）"，盛多。"阿傩"是联绵词，这里分用。

③沃（wò）：柔美。

④幽：即黝，色青而近黑。

⑤胶：固。

⑥遐不：就是胡不，也就是何不。

【赏析】

这是一首爱情诗，是一个女子对她心上人的表白。诗共四章，前三章重调，末章单独成篇。重调是从叶儿的"有难"，叶儿的"有沃"，叶儿的"有幽"，视觉方面的感受，逐步扩展开来，以衬托出她内心的喜悦，从"其乐如何'到"云何不乐"到"德音孔胶"，一层深入一层，亲密无休。调子是轻松愉快，而又反复歌咏。以美景而衬欢情，妙合无垠。末章忽转为心理描绘，显示出一个少女的初恋情怀，爱着所欢的，又不便说出来。心里有着他，一天忘不掉，曲折矛盾，无可奈何，但又执着不放，是把爱情深深的藏起。诗，从背景的桑叶美茂，映对着少女的爱情滋长，心花怒放，相映成最后是口里说不出来，心里忘不了他。多么含蓄的爱情，高贵的单纯，无怪乎它成为永恒的主题。

## 车辖：高山景行的爱情

间关车之辖兮①，思娈季女逝兮②。匪饥匪渴③，德音来括④。虽无好友？式燕且喜⑤。

依彼平林⑥，有集维鷮⑦。辰彼硕女⑧，令德来教。式燕且誉⑨，好尔无射⑩。

虽无旨酒？式饮庶几⑪。虽无嘉肴？式食庶几。虽无德与女？式歌且舞？

陟彼高冈，析其柞薪。析其柞薪，其叶湑兮⑫。鲜我觏尔⑬，我心写兮⑭。

高山仰止，景行行止⑮。四牡骓骓⑯，六辔如琴。觏尔新婚，以慰我心。

**【注释】**

①间关：车行时发出的声响。辖（xiá）：同"辖"，车轴头的铁键。

②娈：妩媚可爱。季女：少女。逝：往，指出嫁。

③饥、渴：《诗经》多以饥渴隐喻男女性事。

④括：犹"佸"，会合。

⑤式：发语词。燕：通"宴"，宴饮。

⑥依：茂盛的样子。

⑦鷮（jiāo）：长尾野鸡。

⑧辰：通"珍"，美好。或训为善，亦通。

⑨誉：通"豫"，安乐。

⑩无射（yì）：不厌。亦可作"无斁"。

⑪庶几：此犹言"一些"。

⑫湑（xǔ）：茂盛。

⑬鲜：犹"斯"，此时。觏（gòu）：遇合。

⑭写：通"泻"，宣泄，指欢悦、舒畅。

⑮景行：大路。

⑯骓（fēi）骓：马行不止貌。

## 【赏析】

这首诗赞美有着永久魅力的爱情——附依在美貌下面的美德。据《左传·昭公二十五年》："叔孙婼如宋迎女，赋《车辖》。"从整首诗不断变换着的场景来看，这是诗作者在迎亲途中喜滋滋地吟诵出的歌唱。你听：迎亲的马车吱嘎吱嘎地欢叫着，小伙子迎娶的美人快来到，从此再也不如饥似渴，可以同具备美德的姑娘聚首在一块儿。虽然没有邀请三朋四友，我们在一起喝酒该多快活。随着车轮的转悠，小伙子看到浓绿茂盛的平林中，野鸡成对儿在栖息。他又想到那善良姑娘的美德将会给自己增添光彩，在热闹的家宴上，要发誓永远相爱不离弃。他想到自己家境贫寒，虽然拿不出甘甜的醇酒，即使薄酒也要同姑娘干几杯。虽然没有山珍海味，也希望同姑娘一道载歌载舞。随着车轮的转悠，小伙子在高冈上看到嫩叶葱绿的柞树，他想到砍柴作火把来迎亲，今天就可见到姑娘，不觉满心相思之愁一扫光。这些节奏欢快的诗句描写了小伙子对"硕女"美德的倾慕，这是一种发自内心的对恋人内在美与外表美的整体崇仰和爱慕。最后一章，用一连串的比喻来强调这种感情，并在抒写中发挥了想象：望着车上的新娘，甜蜜幸福充满我的心房。全诗所采用的艺术手法很值得玩味，诗的开首就用象声词推出那辆通贯全诗的迎亲马车，通过车轮的奔驰，读者忽而来到平林，忽而来到高冈，人们的感情随着车轮的转动，仿佛也跟着诗作者一起往迎亲的道路上颠簸，一起分享着他那无尽的喜悦。诗歌所流露的感情是真挚的、坦率的，诗作者所用的语言是朴实的、生动的，作品中虽然没有出现新娘的形象描写，我们却体会得出这是一个品貌兼优、端庄贤惠、擅长歌舞的姑娘。最后所用的"高山仰止，景行行止"则凝练地表达了诗作者的感情升华：巍巍高山要仰望才能看到峰巅，宽敞的大道要快跑才能达到目的，把全诗的思想感情推向高潮，而这也正是诗作者对于恋人热烈感情所凝聚成的炽点。"高山景行"，从此便成为历代人们对于崇高德行的赞颂语。

# 第二章

# 理性之光

把新繁放在鼻子下，新繁轻，鼻子会呼吸。

## 小毖：谋长治久安之道

予其惩①，而毖后患②。莫予荓蜂③，自求辛螫④。肇允彼桃虫⑤，拚飞维鸟⑥。未堪家多难⑦，予又集于蓼⑧。

### 【注释】

①惩：警戒。

②毖（bì）：谨慎。

③荓（píng）蜂：小草和细蜂。

④螫（shì）：毒虫刺人。

⑤肇：开始。允：诚，信。桃虫：鸟名，即鹪鹩。

⑥拚：翻飞。

⑦多难：指武庚、管叔、蔡叔之乱。

⑧蓼（liǎo）：草名，生于水边，味辛辣苦涩。

### 【简析】

《小毖》是周成王在"管蔡之乱"之后，写的一首具有反思和告诫性的政治诗。其主要用意是要求居安思危，谋求长治久安，吸取前车之鉴，加强自律，防患于未然。全诗有四层含义：首先是要惩前毖后。"予其惩，而毖后患"的"惩"是警惕，"毖"是谨慎，意为要吸取教训，谨慎小心，不重犯错误。其次，要预防腐败。"莫予荓蜂，自求辛螫"意为不要因贪图小利而被人引诱、上当受骗或受到牵连、惹上麻烦、拖累自己。第三，要防微杜渐。"肇允彼桃虫，拚飞维鸟"是说原来的小鸟（桃虫）后来飞舞成大鹰，也就是说要在错误或危险刚有苗头或征兆时，就加以制止，不使它发展，以免"千里之堤，溃于蚁穴"，酿成大祸。第四，要休养生息。"未堪家多难，予又集于蓼"，"蓼"是一种苦草，比喻陷入困境，意为经过动乱的国家多灾多难，再也经受不起内乱和折腾，应该保持安定求发展。诗文采用比较谦虚和共勉的语气，貌似反省，实则告诫一些皇亲国戚和前朝遗老要吸取"管蔡之乱"的教训，自我约束，安分守己。

## 葛覃：见其美欲反其本

葛之覃兮①，施②于中谷，维叶萋萋③。黄鸟④于飞，集⑤于灌木，其鸣喈喈⑥。

葛之覃兮，施于中谷，维叶莫莫⑦。是刈⑧是濩⑨，为絺⑩为绤，服之无斁⑪。

言⑫告师氏，言告言归。薄⑬污我私，薄浣我衣。害⑭浣害否，归宁⑮父母。

### 【注释】

①葛：年生草本植物。覃（tán）：指延长之意，此指蔓生之藤。

②施（yì）：蔓延。

③维：发语助词，无义。萋萋：茂盛。

④黄鸟：一说黄鹂，一说黄雀。

⑤集：栖止，休憩。

⑥喈（jiē）喈：象声词，鸟叫声。

⑦莫莫：茂盛。

⑧刈（yì）：斩，割。

⑨濩（huò）：水煮。

⑩絺（chī）：细的葛纤维织的布。

⑪斁（yì）：厌。

⑫言：第一人称。

⑬薄：语助词。

⑭害：通"盍"。

⑮归：出嫁。宁：慰安。归宁：回家慰安父母，或出嫁以安父母之心。

## 【简析】

《战国楚竹书·孔子诗论》云："吾以《葛覃》得是初之诗，民性固然。见其美，必欲反其本。夫葛之见歌也，则以叶萋之故也。"意思是：我从《诗经·葛覃》的诗中得到崇敬本初的诗意，人们看到了织物的华美，一定会去了解织物的原料。葛草之所以被歌咏，因为它的叶子茂盛。《坤》"牝马地类"而能"行地无疆"，正如葛之静植而能延展（覃）之象。坤道之大者在"施于中谷"、"行地无疆"；坤德之细者在"为絺为绤，服之无斁"，葛布絺绤象征女德。这首诗完整地再现了"见葛、采葛、织布、服衣、澣濯、归宁"的过程。第一章写"葛藤繁茂"，由视觉写到听觉，由视景写到声景。葛蔓生藤茂密繁盛，覆盖交叉，碧绿鲜润，长数丈的葛藤一直伸进谷中。葛藤茂密正是黄鸟觅食的好去处，只见黄鸟像一道道黄色流线从谷中飞过，停栖在清脆的灌木上啼叫，叫声清脆，空谷传响。葛藤、黄鹂、灌木丛和谐自然地融合在一起，画面色彩纯净亮丽，鲜艳轻快。这幅图景就是华美织物的本初图景。黄鸟一般是流徙的象征，与诗中的女子的"归宁"相应照。第二章写"采葛、织葛"的劳动过程。女子从山谷中割回葛，忙着砍葛、煮葛，织了粗布织细布，忙得脚不点地，却干得欢快，原来她请了假，就要回家看望父母了，生动地描写了一个身在异地的女子准备回家"归宁父母"的心情。这幅画面是华美织物的完成过程。第二章写女子干完活后的"心景"。为了让父母放心，女子把自己的衣服洗得干干净净。朴实恬淡的生活，辛勤繁忙的劳作，深深眷念的亲情，全都是真情实感的自然流露，表现了女子知足常乐、乐天知命的幸福感。

## 汉广：慕广智而不可得

南有乔木[①]，不可休思[②]；汉[③]有游女，不可求思。汉之广矣，不可泳思；江之永矣[④]，不可方[⑤]思。

翘翘错薪⑥，言刈⑦其楚；之子于归⑧，言秣⑨其马。汉之广矣，不可泳思；江之永矣，不可方思。

翘翘错薪，言刈其蒌⑩；之子于归，言秣其驹⑪。汉之广矣，不可泳思；江之永矣，不可方思。

## 【注释】

①乔木：高而大的树木。

②休：支息，不能休息。思：原作"息"，《韩诗》作"思"，是。为句末语词，无意义。

③汉：汉水，长江支流之一。

④江：也指汉水。永，长。

⑤方：竹木筏，这里是环绕的意思，指从上游水绕道对岸的水。

⑥翘（qiáo）翘：茂盛的样子。错薪：杂乱的柴草。

⑦刈（yì）：割。

⑧归：出嫁。

⑨秣：喂马。

⑩蒌：蒌蒿，多年生草本的植物。

⑪驹：刚刚长大的马。

## 【简析】

《战国楚竹书·孔子诗论》云："《汉广》之智，则智不可得也。"诗歌以游女象"智"，围绕"不可求思"展开。第一章，以"乔木"起兴。南方乔木乃神灵所栖之树，不可休息；游女不是神女，却像神女一样难得。到"不可求思"意思已经表达明了，却生出"汉广、江永"的比拟咏叹，顿觉精神百倍，情致无穷。智慧像那广阔的汉水不能够泅泳过去，像那长长的汉水不能靠竹木筏探求其长，徒自令人兴叹而已。然而这兴叹，既非怨恨亦非遗憾，而是仰慕。二三章，"楚、蒌"是"薪"中的翘楚，比喻"众女高洁，吾欲取其尤高洁者"，想采撷最高贵的智慧。这是人物行为的实写。
"之子于归"则是突发奇想，想把她娶回家，为她喂马，真乃悦慕
至极，却再不添一语，只用"汉广、江永"反复咏叹，可见"求
之诚求之难"。这是深情流连而非绝望。这是对浩瀚无垠的智慧的
无限渴望，是一份热烈、持久、温暖着人生的精神素质。

## 殷其雷：行为过恭则无智

殷①其雷，在南山之阳②。何斯违斯③，莫敢或④遑？振振⑤君
子，归哉归哉！

殷其雷，在南山之侧。何斯违斯，莫敢遑息？振振君子，归哉
归哉！

殷其雷，在南山之下。何斯违斯，莫或遑处？振振君子，归哉
归哉！

### 【注释】

①殷（yīn）：犹"殷殷"，状雷声。

②阳：山的南边。

③斯：指示词。何斯，此时也。违斯：斯，此地也。

④活：有。遑：闲暇。

⑤振振：勤奋的样子。

### 【简析】

这首诗是召康太保夫人写给天君的诗。第一章是说，天响雷，
在南山之阳。何故久违，不散闲遑，堂堂君子，速归速归。第二章
是说，天响雷，在南山之侧。何故久违，不敢归息。堂堂君子，速
归速归。第三章是说，天响雷，在南山之下。何故久违，不敢悠
处。堂堂君子。速归速归。召康太保夫人精通《易经》之学。《易
经·小过》中的"小过"意为有点小过依然亨通。这章的《象辞》
说：周朝的君子要注意行为过于恭，居丧过于悲用度过于俭。夫人

借用夫君父兄之言而"批评"他行为过乎于恭，不能说不睿智。

## 鹿鸣：天地交则万物通

呦呦①鹿鸣，食野之苹②。我③有嘉宾，鼓④瑟吹笙⑤。吹笙鼓簧，承⑥筐是将。人⑦之好我，示⑧我周行⑨。

呦呦鹿鸣，食野之蒿⑩。我有嘉宾，德音⑪孔昭⑫。视民⑬不恌，君子⑭是则是效。我有旨酒⑮，嘉宾式燕⑯以敖⑰。

呦呦鹿鸣，食野之芩⑱。我有嘉宾，鼓瑟鼓琴。鼓瑟鼓琴，和乐且湛⑲。我有旨酒，以燕乐嘉宾之心。

## 【注释】

①呦呦：鹿鸣的声音。

②苹：扫帚草。

③我：指主人自己。

④鼓：弹奏。

⑤笙：管乐器。

⑥承：奉。

⑦人：客人。

⑧示：指示。

⑨周行：大道，指处事所应遵循之道。

⑩蒿：香气。

⑪德音：内在的德行和外在的言语。

⑫孔：很。昭：明。

⑬视：示。民：众民。

⑭君子：特指贵族。

⑮旨酒：美酒。

⑯燕：安乐。

⑰敖：即"遨游"，游乐。

⑱芩：蒿类植物。

⑲湛（dān）：尽情欢乐。

## 【简析】

　　《楚竹书·孔子诗论》云："《鹿鸣》以乐始而会，以道交，见善而效，终乎不厌人。"《孔丛子·记义》载："于《鹿鸣》见君臣之有礼也。"《鹿鸣》的描写都是从奏乐开始，主人以丰富的食物和美酒来款待与会的嘉宾，这就是"以乐始而会"。"终乎不厌人"紧扣结尾"我有美酒，来愉悦嘉宾"。宴会不但是人们交往的重要媒介，而且关乎"王道"这一古代政治的根本问题。《礼记·乐记》说："古先王制礼乐，人为之节。……射乡食飨，所以正交接也。……礼乐刑政，四达而不悖，则王道备矣。"与何人交，如何交，是有一定的原则的，这个原则，就是"道"。"交之道"具有深刻的文化内涵。《易经》认为："天地交而万物通也。上下交而其志同也。""天地不交而万物不通也。上下不交而邦无道也。"把"以道交"提高到"与天地之大义"的哲学高度来认识。"交之道"，孔子还制订了原则："上交不谄，下交不渎"，"君子安其身而后动，易其心而后语，定其交而后和"。"见善而效"是"交之道"的原则之一，意思与"见贤思齐"相似，主要在诗的第二章体现。"所效之善"是源于"道"而合于"道"，即乾坤之善，天地之善。"善"与"德"是相配的，"简易之善配至德"（《易经》）。

## 狼跋：历史上源的狼行

狼跋其胡①，载疐②其尾。公孙硕肤③，赤舄几几④。
狼疐其尾，载跋其胡。公孙硕肤，德音不瑕⑤？

## 【注释】

①跋：通"拔"，高挺。胡，颈下垂肉，借指颈。
②载：则。疐（zhì）：跌倒。

③公孙硕肤：公孙即成王，齮公之孙也。硕，大。肤，美。

④赤舄（xì）：赤色鞋，一说指大官。几几：鲜明，《毛传》："几几，绚貌。"朱熹《诗集传》又以为是"安重貌"。

⑤瑕：疵病，过失。或谓瑕借为"嘉"，不瑕即"不嘉"。

## 【简析】

据钱穆考证，此诗系周公早期之作，当在《关雎》之前。其时周公居齮（今山西临汾一带），遭四方流言、幼主生疑，忧愁郁结之下，乃作此诗。诗以狼起兴。时周民族及西北游牧民族，由于经常与狼打交道，对狼的性格是非常熟悉的，且充满崇敬之感，甚至有以狼为图腾者。第一章，一匹狼高昂着头，倒拖着尾巴——突出其威仪猛姿。一位德高望重者身材魁伟，德艺皆美，赤色的鞋绚烂夺人，在对比写出这位"公孙"的威仪不凡。第二章则侧重写这位"公孙"品德高尚，没有瑕疵。诗歌以威猛的雄狼形象作比，意在鼓舞齮人，呼唤有德有威的强者。

## 椒聊：一枝独大亦无"亨"

椒聊之实，蕃衍盈升①。彼其之子，硕②大无朋。椒聊且③，远条④且。

椒聊之实，蕃衍盈匊。彼其之子，硕大且笃⑤。椒聊且，远条且。

## 【注释】

①蕃衍：生长众多。盈：满。升：量器。

②硕：大。

③且：语气助词。

④远条：香气远扬。

⑤笃：厚重。

## 【简析】

《毛诗序》云："椒聊，刺晋昭公。"周景王十六年（前529年），昭公为恢复霸业，与齐国争夺霸主，召开平丘之会。会中齐、晋二国有冲突，齐国宰相晏婴提出"盟无常主，惟有德者居焉"。晋将羊舌肸说："德虽不足，而众可用也。"晋国最后失去了盟主的地位。孔子以此诗讽刺晋昭公。板椒结满椒枝，两两之间那么协调，每个辣椒都充满活力，欣欣向荣。人类社会与辣椒树阐释的机理相同，如果把国家比喻为"椒树"，国君为"椒枝"，"椒树"不大，椒枝、板椒却"硕大且笃、硕大无朋"，椒树最终会被椒枝、板椒压垮。这就是孔子在《论语》中感叹的："过犹不及"、"恶紫夺朱"（不当之执、不当之志，压垮了整体）。为政以德是天子之本，不要成为"独夫"。一枝独大则无朋，一枝独大亦无"亨"。乾卦：元亨利贞。"亨"要"长远"。齐家如治国，治国如治家，要寥廓在胸，总揽全局，善于协调，立足长远，"椒瞭诸嘉，远调诸谐"。

### 相鼠：人不知礼不如鼠

相鼠有皮①，人而无仪②。人而无仪，不死何为③？
相鼠有齿，人而无止④。人而无止，不死何俟⑤？
相鼠有体⑥，人而无礼。人而无礼，胡不遄死⑦？

## 【注释】

①相：看。
②仪：人的外表，指可供他人取法的端庄美好的容貌、姿态、风度。
③何为：为何，为什么。
④止：容止，指合乎礼法的行为。

⑤俟：等待。

⑥体：身体。

⑦遄（chuán）：速、快。

## 【简析】

东周至春秋时期，卫国诸多昏君寡鲜廉耻，政治腐败，社会动荡，这首诗歌直斥统治阶级伦理丧尽、暗昧无耻。诗以老鼠起兴，具有强烈的反衬作用。老鼠尖嘴利牙，掘洞夜盗，容貌丑陋，见不得天日。然而贵族老爷的嘴脸和行径却连老鼠也不如，可见他们丑恶到何种程度。诗的第一章指斥贵族老爷们没有做人的起码姿态；第二章指斥贵族老爷们肆无忌惮的丑恶行径；第三章指斥贵族老爷们完全丧失了礼义廉耻。三章一体，从仪态、行止到全部作为，对贵族老爷们进行了全面否定。批判的着眼点指斥其"无礼"。这是含有深意的。周代统治者强调"以礼治国"，"礼"是他们为了愚昧、钳制人民制定的一整套严格的礼法。但是他们自己却凌驾于礼法之外，任意压榨、奴役、残害人民，过着放纵、奢靡、淫逸的生活。老百姓看透了他们这种欺人的行径，于是从沦礼丧德的角度大胆揭露他们，毫不留情地诅咒他们快快死去，充分表达了广大人民对统治阶级的憎恶感情和决绝态度。

## 墙有茨：慎密而不知言也

墙有茨，不可埽也①。中冓②之言，不可道③也。所④可道也，言之丑也。

墙有茨，不可襄⑤也。中冓之言，不可详⑥也。所可详也，言之长⑦也。

墙有茨，不可束⑧也。中冓之言，不可读⑨也。所可读也，言之辱⑩也。

## 【注释】

①茨：生有三角刺的蒺藜，古人种在墙上防盗。埽：通"扫"，扫除。

②中冓（gòu）：内室，指闺门之内。

③道：说。

④所：若，如果。

⑤襄：除去。

⑥详：细说。

⑦言之长：说不尽。

⑧束：打扫干净。

⑨读：宣扬。

⑩辱：耻辱。

## 【简析】

《孔子诗论》："《墙有茨》，慎密而不智（知）言。"这首诗指的是说话应当谨慎周密，懂得哪些话能说，哪些话不能说，懂得怎么说，懂得说话的分寸。卫国宣公占夺儿媳宣姜，有人说宣姜不应相从的，但这尚可说宣姜是被动的。宣公死后，她的儿子朔即位，称为惠公，才十五六岁。齐国人却强迫卫宣公的庶子顽（昭伯）与宣姜私通，生下三男二女。这可以说是政治压迫，也是丑不可言的事，却被传得沸沸扬扬，以致被作诗讽刺。诗以"墙有茨"起兴，一二句与三四句呼应，是说墙的蒺藜不可以扫去，扫去就刺手；闺中的阴事不可以谈论，谈论就太丑了。"扫、襄、束"，"道、详、读"意思一层更进一层，三章反复，突出闺中之丑不可闻。丑事是什么，究竟丑到什么程度，歌者没有明言，更意味深长，更增加了嘲笑和讽刺的力量。孔子裁断此诗，从事件出发，上升到"言"的问题，孔子认为，"中冓之言"本当"慎密"，而卫国宫廷之人不知如何言说，足见孔子对言的重视。

# 将仲子：人之言不可不畏

将①仲子兮，无逾我里②，无折③我树杞。岂敢爱之④？畏我父母。仲可怀⑤也，父母之言亦可畏也。

将仲子兮，无逾我墙，无折我树桑。岂敢爱之？畏我诸兄⑥。仲可怀也，诸兄之言亦可畏也。

将仲子兮，无逾我园⑦，无折我树檀。岂敢爱之？畏人之多言。仲可怀也，人之多言亦可畏也。

## 【注释】

①将（qiāng）：请。

②无：毋，不要。逾：跨越。里：居，住所。

③折：折断。

④之：指树。

⑤怀：想念。

⑥诸兄：家族中的兄长。

⑦园：园圃的墙。

## 【简析】

《战国楚竹书·孔子诗论》："将中之言不可不韦也。"《将仲子》畏父母、诸兄、旁人之言，"人言可畏不可不畏"。这首诗写的是一个女子希望她所爱的青年仲子不要翻墙到她家约会。诗中的女主人公与一个字为"仲子"的男子热烈相爱，因爱而有密约，仲子急切践约，引起了女子的婉言规劝。她对仲子说：仲子呵，不要翻我家的墙，不要折我家的树枝，不是我心疼它们，我是害怕我的父母，你虽然可爱啊，父母所言我也不敢不怕啊。不仅是父母，哥哥们的话也令我生畏；旁人的闲话同样也是让人受不了的。全诗三章，每一章都以"将仲子兮"的呼告手法起头，很恰当地表现出激切、急剧的心情，而且因"呼告"的直接，给人以亲切、清晰的印象。三章中的"父母之言"、"诸兄之言"、"人之多言",以重叠婉转的章句,更深、更细地表现出她苦闷和矛盾的心情,也表明了这种自发的恋爱所受到的种种压力。背后是"千夫所指"的压力,面前是不顾一切的情人,女子先劝之以不要攀树爬墙,后表之以"仲可怀也",再晓以重重压力,她痛苦的心情、委婉的态度、无可奈何的模样,表现得既深刻又生动,人物声口毕肖,神态呼之欲出。

## 鸡鸣:古之君子不忘敬

鸡既鸣矣,朝①既盈矣。匪②鸡则鸣,苍蝇之声。

东方明矣,朝既昌③矣。匪东方则明,月出之光。

虫飞薨薨④,甘⑤与子同梦。会⑥且归矣,无庶⑦予子憎。

## 【注释】

①朝:朝堂。

②匪:同"非"。

③昌:盛也,指人多。

④薨(hōng)薨:飞虫的振翅声音。

⑤甘:愿。

⑥会:会朝,上朝。

⑦无庶:通"庶无"。庶,幸,希望。予子憎:恨我。

## 【简析】

《孔丛子·记义》载:"于《鸡鸣》见古之君子不忘敬也。"古制,国君鸡鸣即起视朝,卿大夫则提前入朝侍君。全诗以夫妇间对话展开,丈夫留恋床笫,妻子怕他误了早朝,催他起身。开头写妻子提醒丈夫:"听见鸡儿叫唤啦,朝里人该满啦。"丈夫梦中被妻子唤醒,听见妻子以"鸡鸣"相催促,便故意逗弄妻子说:"不是鸡儿叫,那是苍蝇闹。"下两章时间由鸡鸣至天亮,官员由已上朝至快散朝，丈夫愈拖延愈懒起，故意把天明说成"月光"，贪恋衾枕，缠绵难舍，竟还想与妻子同入梦乡，而妻子则愈催愈紧，最后一句已微有嗔意："朝会都要散啦，别叫人骂你懒汉啦！"表现夫妇私生活，可谓"真情实境，写来活现"（姚际恒《诗经通论》）。钱钟书《管锥编》赞赏此诗"作男女对答之词"而"饶情致"，并说："莎士比亚剧中写情人欢会，女曰：'天尚未明；此夜莺啼，非云雀鸣也。'男曰：'云雀报曙，东方云开透日矣。'女曰：'此非晨光，乃流星耳。'可以比勘。"这可作为中西比较文学的一段佳话。

## 绿衣：执政文化须固本

绿兮衣兮，绿衣黄里①。心之忧矣，曷②维其已③？

绿兮衣兮，绿衣黄裳。心之忧矣，曷维其亡④？

绿兮丝兮，女⑤所治兮。我思古⑥人，俾无訧兮⑦。

絺兮绤兮⑧，凄⑨其以风。我思古人，实获⑩我心。

【注释】

①衣、里：上曰衣，下曰裳；外曰衣，内曰里。

②曷：语气助词。

③已：止。

④亡：通"忘"。

⑤女：通"汝"。

⑥古：通"故"，一说指亡故之人。

⑦俾：使。訧（yóu）：过失、过错。

⑧絺（chī）：细葛布。绤（xì）：粗葛布。

⑨凄：凄凉而有寒意。

⑩获：得。

【简析】

《战国楚竹书·孔子诗论》云："《绿衣》之忧，思古人也。"

这是一首写执政文化直接关系国家存亡的政论诗。《毛诗序》云"绿，间色（即贱色之意）"，朱熹《诗集传》曰："绿，苍胜黄之间色。黄，中央之土正色。间色贱而以为衣，正色贵而以为里，言皆失其所也。""黄"，《周易·坤卦·文言》云："君子'黄'中通理，正位居之，美在其中，而畅于四支，发于事业，美之至也。"一二章"绿衣黄里"、"绿衣黄裳"是尊卑失序，小人当道，邪恶在途，礼崩乐坏的写照，说到底是"公权私用"的结果，所以诗人忧心如焚。第三章由"绿衣"追本溯源，"绿衣"乃是女子所织，引起诗人由混乱不堪的现实而追思"古人"。"我思古人"是一篇之目。思"古人"本质是对"执政为公"、"德行天下"的执政文化的追寻。执政文化是政权的核心，如果做到了"执政为公"，就不会出现种种无序和混乱。所以从内涵上可以理解为：第一章强调执政为公国恒强，文质相克命不长。第二章强调共荣同耻国恒强，廉耻丧尽则国亡。第三章强调暴敛无常国将丧，文武并重国运长。第四章强调告诫后人，一定要牢记"钦明文，思安安"，居安思危、按客观规律做事、做人。

## 彤弓：执政要有功必报

彤弓弨兮①，受言藏②兮。我有嘉宾③，中心贶之④。钟鼓既设，一朝飨⑤之。

彤弓弨兮，受言载⑥兮。我有嘉宾，中心喜之。钟鼓既设，一朝右⑦之。

彤弓弨兮，受言櫜⑧之。我有嘉宾，中心好之。钟鼓既设，一朝酬⑨之。

**【注释】**

①彤弓：漆成红色的弓，天子用来赏赐有功诸侯。弨（chāo）：弓弦松弛貌。

②言：句中助词。藏：珍藏于祖庙中。

③嘉宾：有功诸侯。

④中心：内心。贶（kuàng）：《郑笺》："贶者，欲加恩惠也。"马瑞辰《毛诗传笺通释》："贶古通作况，……《广韵》：'况，善也。'中心贶之，正谓中心善之。"

⑤一朝：整个上午。飨（xiǎng）：用酒食款待宾客。

⑥载：装在车上。

⑦右：通"侑"，劝酒。

⑧櫜（gāo）：装弓的袋，此处指装入弓袋。

⑨酬：互相敬酒。

## 【简析】

《孔丛子·记义》载："于《彤弓》见有功之必报也。"这首诗是写天子赏有功诸侯，使功劳得到应有的报偿。《荀子·大略》篇"天子雕弓，诸侯彤弓，大夫黑弓"所言，巫觋（祖灵）将诸侯使用的弓授予诸侯，诸侯将其置于宗庙，以祭祀"嘉宾"祖先之灵。三章都以"彤弓弨兮"起兴，显得英武堂皇，豪气满怀。第一章是写文治。文武之道一张一弛，用于操守、演练、象征武道的彤弓，珍藏于祖庙中，我衷心地把它赐给有功诸侯，藏之则文，满朝吉祥。第二章是写武功。武功满载我兵车、谋略满载我朝，我拥有甲兵，感到由衷的欢欣。行之则武，庇佑我朝。第二章是写文武之道。我朝不忘武备，不忘"仁义"的价值观，依靠价值观团结一切可以团结的力量，我朝优秀人物济济一堂，文质彬彬，我由衷喜好之，偃武修文的愿望，终于在这一天实现了。诗歌表现出敢于博弈、敢于战胜一切困难的勇气、硬气、英气，这才是君子的精气神。"偃武修文"表现博爱之道，博爱需要道德观，需要勇气，需要雄厚的才力，需要智慧。

## 汾①沮洳：思想混乱则败亡

彼汾沮洳，言采其莫②。彼其之子，美无度③。美无度，殊异④

乎公路。

　　彼汾一方，言采其桑。彼其之子，美如英⑤。美如英，殊异乎公行。

　　彼汾一曲⑤，言采其藚⑥。彼其之子，美如玉。美如玉，殊异乎公族。

## 【注释】

　　①汾：汾水。

　　②莫：草名。

　　③度：衡量；美无度：极言其美无比。

　　④殊异：优异出众。

　　⑤曲：河道弯曲之处。

　　⑥藚（xù）：药用植物。

## 【简析】

　　这首诗的主旨，《毛诗序》云："《汾沮洳》，刺俭也。其君子俭以能勤，刺不得礼也。""不得礼"包含两层语义：得不到国家应该给予的礼遇和得不到儒术真谛。汾沮洳在这里指自然，"莫、桑、藚"，皆汾沮洳之子。"公路""公行""公族"是指"有权、有产"的既得利益集团，他们口头上的"公美"，比起"自然之子的莫、桑、藚"带来的自然美，已经毫无价值。这是讽刺魏国伪善之风盛行。"言采其莫"是治丧之兆；"言采其桑"是垂死之兆；"言采其藚"是一泻千里。诗的三章分别对应如下义：制度正义，如果遭遇伪善的邪恶官员，结果会怎样？真学术，如果遭遇伪善学者，结果会怎样？真命题遭遇似乎是真的假命题时，判断就会出现误判，这就是"言语以为阶，造成的思维乱象"，由此得出整个社会都处于真伪命题共存而又无法辨析的状态，即社会思想意识混乱。可是，为善之路，只有一条；伪善之路却有千万条。伪善之风盛行就会导致国家败亡，也就会"得不到儒术真谛"，结果产生苟子所说的"俗儒"。也就是说，像墨子这样的技术类型的大匠、商鞅这种的依法治国型大匠、吴起这种军争术大匠，是无法完成"国家如月之恒、如日之升"的重任的。

## 羔羊："和平崛起"强国道

羔羊之皮，素丝五纪①。退食②自公，委蛇③委蛇。
羔羊之革④，素丝五緎⑤。委蛇委蛇，自公退食。
羔羊之缝⑥，素丝五总⑦。委蛇委蛇，退食自公。

## 【注释】

①羔羊：正值壮年的公羊。皮：外观阵形，寓意为威武之师。五纪：丝结、丝钮，这里指缝制细密，通"五行之托"，指阵法如山之牢固。

②食（sì）：公家供卿大夫之常膳。

③委蛇（wěi yí）：悠然自得的样子。

④革：裘里，革里，寓意为仁义之师。

⑤緎（yù）：缝也。

⑥缝：皮裘，密不透风，寓意为常胜之师。

⑦总（zōng）：扭结。

## 【简析】

《孔丛子·记义》载："于《羔羊》见善政之有应也。"这篇诗代表了孔子仁义之师的基本战略思想，极有现代"和平崛起"的强国之道。孔子对子贡说：子贡啊，尔爱其羊，我爱其羊有礼，这礼就是仁义之礼。你看《诗》云"羔羊之皮，素丝五纪。退食自公，委蛇委蛇。"何其有礼！那是废寝忘食为公之礼，哪像小人废寝忘食为私之鄙。人要仁义，先学人礼；人要吉祥，先学"羔羊"。《羔羊》赞扬公羊为保护老弱幼小而布的"仁义"之阵，那是

"温、良、恭、俭、让"的五行之阵：儒家之战阵如"羔羊之皮"，文质彬彬；如"羔羊之革"，软中有硬；如"羔羊之缝"，密不透风。"退食自公（先劳后食为公义）"，是地球上动物生生不息之"元"；"委蛇委蛇"，一代新人苗壮成长，一代更比一代文明仁义，那就是"吉"。这个道就是"人文"哲学之道。一个致力官场的人，必须是一个致力谋道的人。假如为富贵而不仁不义，岂不自己断了自己的人生道路或者后代的生存之路，这样的富贵，只能是粪土不如。

## 山有枢：小康之后怎么办

山有枢，隰①有榆。子有衣裳，弗曳②弗娄。子有车马，弗驰弗驱③。宛④其死矣，他人是愉⑤。

山有栲，隰有杻。子有廷⑥内，弗洒弗扫。子有钟鼓，弗鼓弗考⑦。宛其死矣，他人是保⑧。

山有漆，隰有栗。子有酒食，何不日鼓瑟？且以喜乐，且以永日⑨。宛其死矣，他人入室。

**【注释】**

①隰（xí）：低湿之地。

②弗曳：有好衣服而不穿。

③驱：车马疾走。

④宛：枯死。

⑤愉：快乐、享受。

⑥廷：庭院。

⑦考：敲击。

⑧保：占有。

⑨永日：整天享乐。

**【简析】**

　　这首诗可以将它理解为一位友人对朋友的热忱劝勉。作者和友人都是贵族阶级，家资殷实，但他们的生活方式不尽相同，诗人主张生命是短暂的，应该及时行乐，通过这种方式得到喜乐，达到永日。而那个侧面描写的友人，则主张努力工作，认真创造价值。这首诗就是在讨论什么样的生活方式更加健康更加有价值，诗意深刻之处正在于此。从诗中可以看出，从古代开始，人们就开始对生活方式进行深入细致的反思，并且真正地把这种思考作用于日常生活，着实难得。

## 扬之水：一捆荆条折不断

　　扬之水，不流束楚。终鲜兄弟①，维予与女。无信人之言，人实诳女②。

　　扬之水，不流束薪。终鲜兄弟，维予二人。无信人之言，人实不信③。

**【注释】**

　　①鲜（xiǎn 显）：缺少。

　　②诳（kuáng）：欺骗。女：通"汝"，你。

　　③信：诚信、可靠。

**【简析】**

　　《郑风·扬之水》是规劝兄弟之间要和睦相处，莫信谗言的诗篇。在宗法统治为主的周代，王室兄弟之间的团结关系着政权的稳定，这首诗针对有人挑拨离间而发出的殷殷劝告。"束楚"、"束薪"一般用于比喻坚贞的爱情，这里比喻兄弟的手足之情。激浪湍急的水流，冲不走一捆"束楚"、"束薪"，比喻团结力量大，兄弟之间要精诚团结。接着再三强调：咱们终究兄弟少，只有我和你两人。莫信他人的谗言，他们是在诓骗你。可谓苦口婆心。"二人同心，其利断金"，分散的力量小，团结就坚不可摧。这也是事物由量变转化为质变的规律。诗歌短小精炼、朴实自然、比喻生动。

## 芄兰：是虫子变不了鸟

芄兰之支①，童子佩觿②。虽则佩觿，能不我知③。容兮遂兮④，垂带悸⑤兮。

芄兰之叶，童子佩韘。虽则佩韘，能不我甲⑥。容兮遂兮，垂带悸兮。

**【注释】**

①支：借作"枝"

②童子：未成年的男子。佩："带着"。觿（xī）：象骨制的解结用具。

③能不我知：我能不知道吗？能：宁，岂；知：认识。

④容：有容。

⑤悸：颤动。

⑥甲：借作"狎"，亲昵。

**【简析】**

这首诗是讽谏人应该守本分。诗由芄兰之枝，枝叶细弱，起兴"童子佩觿"。"觿"是成人用具，现在儿童好大喜高，佩戴在自己身上。即使佩戴"觿"，儿童智慧不足，不能与成人相提并论。可是儿童作秀，强做成人之事，这显然是讽刺平庸的人强做超乎他能力的事，没有才能的人强踞高位。否则，"童子佩觿"有什么值得吐槽的呢？第二句，幼稚的儿童，虽然佩戴着成人的用具，可是他的才能，我难道不知道吗？正如庸者占据高位，他的底细，时人都一目了然一样。这一句的嘲笑意味更进一步。第三句，看他一本正经相啊，垂着腰带颤晃晃啊。"童子"宽袍大袖，举止舒缓，有时放肆，乃至垂下腰带，想赚取眼珠，在诗人眼里都显得滑稽可笑。末二句只就童子容仪咏叹一番，讽意更自深长。是的，人最可怕的是不自知，或者故意遮住自己的眼睛，以为那些居高位的人能做的事自己也能做，殊不知，是虫子变不了鸟，是狗变不了狼。人跟人的差别，比猪和大象的差别还要大，虚心承认自己不如别人，安命乐天，做自己本分内的事，实不失为智者之举。

## 采苓：辨谣识谣不信谣

采苓采苓①，首阳之巅②。人之为言③，苟亦无信④。舍旃舍旃⑤，苟亦无然⑥。人之为言，胡得焉?⑦

采苦采苦⑧，首阳之下。人之为言，苟亦无与⑨。舍旃舍旃，苟亦无然。人之为言，胡得焉?

采葑采葑⑩，首阳之东。人之为言，苟亦无从。舍旃舍旃，苟亦无然。人之为言，胡得焉?

【注释】

①苓：通"蘦"，一种药草，即大苦。

②首阳：山名，在今山西永济县南，即雷首山。

③为（wěi）言：即"伪言"，谎话。为，通"伪"。

④苟亦无信：不要轻信。

⑤舍旃（zhān）：放弃它吧。舍，放弃。旃，"之焉"的合声。

⑥无然：不要以为然。

⑦胡：何，什么。

⑧苦：苦菜，野生可食。

⑨无与：勿用也。指不要理会。

⑩葑：芜菁，大头菜之类的蔬菜。

【简析】

这首诗是劝说世人不要听信谗言。诗分三章，每章以托物起兴开篇。"苓"、"苦"、"葑"这三种植物，都是从首阳山上采来的。首阳山是极高之山，很难攀登，很少有人能攀登上去。所以即使不是从首阳山采来的"苓"、"苦"、"葑"，而制造伪言，自称是从首阳山采来的，用来证明采来的是难得的佳品，也会让人真假难辨。如果轻信谣言，那就会弄假成真，黑白颠倒，是非混淆。诗人用这三种习见之物以起兴，从而表达自己"人之为（伪）言""苟亦无信"、"苟亦无与"、"苟亦无从"的理念。"无信"，是强调伪言内容的虚假；"无与"，是强调伪言蛊惑的不可置理；"无从"，是强调伪言的教唆不可信从。语意层层递进，从而强调伪言之伪。接着诗人又用"舍旃舍旃（放弃它吧放弃它吧）"这个叠句，反复叮咛，进一步申述伪言的全不可靠。假若世人都能做到"无信"、"无与"、"无从"，那么伪言也就没有市场，制造伪言的人也无立足之地了。故此诗人在每章的结尾用"人之为言（伪言），胡得焉"以收束全诗，表明造谣者徒劳无功。

## 鹤鸣：游园的哲理之思

鹤鸣于九皋<sup>①</sup>，声闻于野。鱼潜在渊，或在于渚<sup>②</sup>。
乐彼之园，爰<sup>③</sup>有树檀，其下维萚<sup>④</sup>。他山之石，可以为错<sup>⑤</sup>。
鹤鸣于九皋，声闻于天。鱼在于渚，或潜在渊。
乐彼之园，爰有树檀，其下维榖<sup>⑦</sup>。他山之石，可以攻玉<sup>⑧</sup>。

**【注释】**

①九皋（gāo）：皋，沼泽地。九：虚数，言沼泽之多。

②渚：水中小洲，此处当指水滩。

③爰（yuán）：于是。檀（tán）：古书中称檀的木很多，无定指。常指豆科的黄檀，紫檀。

④萚（tuò）：酸枣一类的灌木。一说"萚"乃枯落的枝叶。

⑤"它山"二句：利用其他山上的石头可以错琢器物。错：砺石，可以打磨玉器。

⑦榖（gǔ）：树木名，即楮树，其树皮可作造纸原料。

⑧攻玉：谓将玉石琢磨成器。朱熹《诗集传》："两玉相磨不可以成器，以石磨之，然后玉之为器，得以成焉。"

## 【简析】

这首诗的主旨历来有多种理解，我们不妨看看孔子对《易经·中孚》九二爻的理解。爻辞云："鸣鹤在阴，其子和之。我有好爵，吾与尔靡之。"孔子曰："君子居其室，出其言善，则千里之外应之，况其迩者乎？居其室，出其言不善，则千里之外违之，况其迩者乎？言出乎身，加乎民；行发乎迩，见乎远。言行，君子之枢机。枢机之发，荣辱之主也。言行，君子之所以动天地也，可不慎乎！"《鹤鸣》一诗，就是向人们展示了一副如诗如画般的极美乐园：沼泽之中，鹤鸣之声，震动四野，声闻云霄；游鱼一会儿潜入深渊，一会儿又跃上滩头。诗人感到这座园林真是其乐无穷，高大的檀树下，堆着一层落叶；当他看到那怪石嶙峋的山峰的石头，想到可以取作磨砺玉器的工具。诗中从听觉写到视觉，写到心中所感所思，一条意脉贯串全篇，结构十分完整，从而形成一幅曼妙的游园图。这幅图画中有色有声，有情有景，充满了诗意，特别是"他山之石，可以为错"、"他山之石，可以攻玉"，这从自然中获得的感悟，具有警策人心、启人心智、让人涵咏不尽的艺术魅力。

## 终风：执道知守长久安

终风且暴①，顾我则笑。谑浪笑敖②，中心是悼③。
终风且霾④，惠⑤然肯来。莫往莫来⑥，悠悠我思。
终风且曀⑦，不日有⑧曀。寤⑨言不寐，愿言则嚏⑩。
曀曀⑪其阴，虺虺⑫其雷。寤言不寐，愿言则怀⑬。

## 【注释】

①终：终日。暴：疾风。

②谑浪笑敖：戏谑。谑，调戏。浪，放荡。敖，放纵。

③中心：心中。悼：伤心害怕。

④霾：阴霾。

⑤惠：顺。

⑥莫往莫来：不往来。

⑦曀（yì）：阴云密布且有风。

⑧不日：不见太阳。有：通"又"。

⑨寤：醒着。

⑩嚏：打喷嚏。

⑪曀曀：天阴。

⑫虺（huǐ）：形容雷声。

⑬怀：思念。

## 【简析】

这首诗是写"怨中要生甄辨"。"终风"，古人解读为"西风"，源于《易》云："夕（西）惕若，厉，无咎。""夕（西）"，夕阳西下，邦无道的开始：庄姜自嫁了庄公后，一直没有生育，所以庄公宠爱州吁的生母和公子完。大概是州吁的生母更讨庄公欢心，因此有意立州吁为太子。但州吁这个人，不仅庄姜"恶之"，而且大臣也极力谏阻。庄姜喜欢的是戴妫之子公子完，也就是后来的卫桓公。桓公二年（前733年），桓公见其弟州吁骄奢，训斥了他，州吁于是离开卫国。逃离卫国期间，与郑伯之弟共叔段结为好友。桓公十六年（前719年），公子州吁聚集从卫国逃走的流民袭杀了桓公，自立为卫君，是为卫前废公。卫桓公是春秋时期第一位被弑杀的国君，从此弑君成为惯例。从上面这段历史可以看出，庄姜的怨恨是对恶人无方、无防的懊悔。庄姜的怨恨、悔恨还是有作用的，在怨恨中醒悟，是文明的开始，是道德的开始。文明就是在不断吸取前人的败亡之道中前进的，这也是"无咎"的原因。孔子通过此事要阐明一个道理："执道知守，预执偕老"，道德支撑下的文质彬彬，才是长治久安的根本保证。诗中展示出狂风疾走、尘土飞扬、日月无光、雷声隐隐等悚人心悸的画面，衬托出女主人公悲惨的命运，有强烈的艺术震撼力。

## 雨无正：深切的历史痛斥

浩浩昊天①，不骏其德②。降丧饥馑，斩伐四国③。旻天疾威④，弗虑弗图。舍彼有罪，既伏其辜⑤。若此无罪，沦胥以铺⑥。

周宗既灭⑦，靡所止戾⑧。正大夫离居⑨，莫知我勩⑩。三事大夫⑪，莫肯夙夜。邦君诸侯⑫，莫肯朝夕⑬。庶曰式臧⑭，覆出为恶⑮。

如何昊天，辟言不信⑯。如彼行迈⑰，则靡所臻⑱。凡百君子，各敬尔身⑲。胡不相畏⑳，不畏于天？

戎成不退，饥成不遂㉑。曾我暬御㉒，憯憯日瘁㉓。凡百君子，莫肯用讯㉔。听言则答㉕，谮言则退㉖。

哀哉不能言，匪舌是出㉗，维躬是瘁㉘。哿矣能言㉙，巧言如流，俾躬处休㉚！

维曰予仕㉛，孔棘且殆㉜。云不何使，得罪于天子；亦云可使，怨及朋友。

谓尔迁于王都㉝。曰予未有室家。鼠思泣血㉞，无言不疾㉟。昔尔出居，谁从作尔室㊱？

## 【注释】

①浩浩：广大的样子。昊天：犹言"皇天"。

②骏：长，美。

③斩伐：犹言"残害"。四国：四方诸侯之国，犹言"天下四方"。

④疾威：暴虐。

⑤既：尽。伏：隐匿、隐藏。辜：罪。

⑥沦胥：沉没、陷入。铺：同"痛"，病苦。

⑦周宗：即"宗周"，指西周王朝。

⑧靡所：没处。止戾：安定、定居。

⑨正大夫：长官大夫，即上大夫。

⑩勚（yì）：劳苦。

⑪三事大夫：指三公，即太师、太傅、太保。

⑫邦君：封国的君主。

⑬莫肯朝夕：《郑笺》："不肯晨夜朝暮省王也。"马瑞辰《毛诗传笺通释》："谓朝朝于君而不夕见也。"

⑭庶：庶几，表希望。式：语首助词。臧：好，善。

⑮覆：反。

⑯辟言：正言，合乎法度的话。

⑰行迈：出走、远行。

⑱臻：至。所臻，所要到达的地方。

⑲敬：谨慎。

⑳胡：何。

㉑遂：通"坠"，消亡。

㉒曾：何。暬（xiè）御：侍御。国王左右亲近之臣。

㉓懆（cǎn）懆：忧伤。瘁：劳苦、憔悴。

㉔讯：读为"谇"，谏诤。

㉕听言：顺耳之言。答：应。

㉖谮（zèn）言：诋毁的话，此指批评。

㉗出：读为"拙"，笨拙。

㉘躬：亲身。瘁：病。或谓憔悴。

㉙哿（gé）：欢乐。能言：指能说会道的人。

㉚休：美好。

㉛维：句首助词。于仕：去做官。

㉜孔：很。棘：比喻艰难。殆：危险。

㉝尔：指上言正大夫、三事大夫等人。

㉞鼠：通"癙"：忧伤。

㉟疾：通"嫉"，嫉恨。

㊱从：随。作：营造。

## 【赏析】

这是一位侍御官讽刺周幽王昏庸、群臣误国的诗。全诗共七章。第一章，是借言天降饥馑而以刺幽王。诗歌从"浩浩昊天"写起，说它是变化无常，不能保持经常的恩德。笔触写的是天，实则是影射人间，直刺暴虐无道的周幽王。接着就诉说其"旻天疾威，弗虑弗图"的罪愆。第二章是痛斥"邦君诸侯"的逃避自全，第三章是揭露"凡百君子"的作恶多端，第四章是自表己心的独深忧虑，第五章是批评能言佞臣的巧言如流。本诗寓精深于质朴，从细笔见本色，给人以深切的历史感和婉丽的诗情美，其艺术创造手法，自有许多独到之处。其一，起语宏壮，收句陡峭。诗的开头蕴藉宏壮，意深境远。既有天庭，也有下界，昊天浩荡，哀鸿遍野，一幅岁饥民乱的图景，展现在人们的眼前。诗的结语，戛然而止。没有拖泥带水的赘述，未留余音杳杳的尾声，只是陡起一问："昔尔出居，谁从作尔室"，便突然收束。不丢余笔，却激人深思，确定是"收语陡峭，特有机锋耳"（陈子展《诗经直解》）。其二，言极沉痛，笔亦斩绝。诗中感叹宗室绝迹，无人救恶，作者于乱作无人止，民生无人遂之际，只有"鼠思泣血"，而言无所不痛。他立场坚定，态度激烈，直言不讳指责昏主，痛斥诸臣。其言"曾我暬御，憯憯日瘁。凡百君子，莫肯用讯"，正是鲜明对照，而"无言不疾"寄托了作者的遥深之慨。其三，对比合说，明白晓畅。诗的笔锋所及，尽是用比照方法，写出是非之态。天与人，罪与冤，利与害"邦君诸侯"与"曾我暬御"，不能言与能言，不可使与可使，等等，都是从对比中明白易晓地表现出来的，沉郁的情思流于笔底。

## 巧言：轻信巧言堪误国

悠悠昊天<sup>①</sup>，曰父母且<sup>②</sup>。无罪无辜，乱如此幠<sup>③</sup>。昊天已威<sup>④</sup>，予慎无罪<sup>⑤</sup>。昊天泰幠<sup>⑥</sup>，予慎无辜。

乱之初生，僭始既涵<sup>⑦</sup>。乱之又生，君子信谗。君子如怒<sup>⑧</sup>，乱庶遄沮<sup>⑨</sup>。君子如祉<sup>⑩</sup>，乱庶遄已。

君子屡盟<sup>⑪</sup>，乱是用长。君子信盗<sup>⑫</sup>，乱是用暴。盗言孔甘<sup>⑬</sup>，乱是用餤<sup>⑭</sup>。匪其止共<sup>⑮</sup>，维王之邛<sup>⑯</sup>。

奕奕寝庙<sup>⑰</sup>，君子作之。秩秩大猷<sup>⑱</sup>，圣人莫之<sup>⑲</sup>。他人有心<sup>⑳</sup>，予忖度之。躍躍毚兔<sup>㉑</sup>，遇犬获之。

荏染柔木<sup>㉒</sup>，君子树之。往来行言<sup>㉓</sup>，心焉数之。蛇蛇硕言<sup>㉔</sup>，出自口矣。巧言如簧<sup>㉕</sup>，颜之厚矣。

彼何人斯？居河之麋<sup>㉖</sup>。无拳无勇<sup>㉗</sup>，职为乱阶<sup>㉘</sup>。既微且尰<sup>㉙</sup>，尔勇伊何？为犹将多<sup>㉚</sup>，尔居徒几何<sup>㉛</sup>？

## 【注释】

①昊天：老天，苍天。

②且（jū）：语尾助词。

③幠（hū）：大。

④威：暴虐、威怒。

⑤慎：确实。

⑥泰幠：太糊涂。泰，通太。幠，怠慢，疏忽。

⑦僭（jiàn）：通"譖"，谗言。涵：容纳。

⑧怒：怒责谗人。

⑨庶：几乎。遄沮：迅速终止。

⑩祉：福，此指任用贤人以致福。

⑪盟：与谗人结盟。

⑫盗：盗贼，借指谗人。

⑬孔甘：很好听，很甜。

⑭餤（tán）：原意为进食，引申为增多。

⑮止共：尽职尽责。止，做到。共，通"恭"，忠于职责。

⑯邛：病。

⑰奕奕：高大貌。寝：宫室。庙：宗庙。

⑱秩秩大猷：多而有条理的典章制度。

⑲莫：制定。

⑳他人有心：谗人有心破坏。

㉑跃（tì）跃：跳跃的样子。毚（chán）：狡猾。

㉒荏（rěn）染：柔弱貌。马瑞辰《毛诗传笺通释》谓"柔即善也，非泛言柔弱之木"。

㉓行言：流言，谣言。

㉔蛇（yí）蛇硕言：夸夸其谈的大话。蛇蛇，"訑訑"之假借。訑，欺。

㉕巧言如簧：说话像奏乐一样好听。簧，笙类乐器的簧片。

㉖麋（méi）：通"湄"，水边。

㉗拳：勇。

㉘职：主要。乱阶：逐渐引出祸乱的一连串事件。阶，阶梯，此为比喻义。

㉙微：通"癓"，小腿生疮。尰（zhǒng）：借为"瘇"，脚肿。

㉚犹：通"猷"，指诡计。

㉛居：语助词。徒：党徒。

## 【赏析】

本诗阐述了乱由谗生、信谗误国的深刻道理。首章，被言谗言所造成的祸害无穷。诗人呼天而诉，表面上是埋怨苍天的不公道、罪及无辜，但实际上指责的是当代君王。诗中三呼"昊天"，指斥它滥施淫威，是非不分，赏罚不明，给百姓带来无穷的祸害、灾难，暗示君王应对人民大众无辜而受难的局面负责，表达了诗人对国政紊乱，百姓遭难的悲愤、忧虑之情。第二、三章，写诗人对上述现象的思考，指出构成悲剧的最根本原因，在于最高统治者的"信谗"。诗中五处明写、两处暗写"君子"应对祸乱的发生和发展负责。正是他们轻信那些甜言蜜语，容纳容忍谗言，故小人日以得志，贤人日益远斥，国政紊乱。其中，有对历史上的经验教训的总结，有对巧言者卑鄙伎俩的揭露，也有诗人对"君子"改变态度的期望。第四章，写谗言是能够被识辨的。诗人先述先王勋业以勉励当代君王。巍峨的宗庙宫室，完善的典章制度，都是在周朝立国之初的兴旺时期建立、制订的。先王创业的精神，圣人手定的典籍等，都是远佞臣、亲贤才的精神武器。那些靠阿谀奉承而得以亲近君王的小人，他们升官有道。但靠的是造谣中伤、吹牛拍马之术，捞取的是个人的一己私利，所以不免言行不一，前后矛盾，时常露出破绽，只要认真观察、辨别，是不难看出其卑鄙用心的。目的是说明小人是可以被发现、官吏队伍是应该也是可以纯洁化的。五、六两章，痛斥进谗者的厚颜无耻与卑鄙猥琐、失道寡助。第五章以"荏染柔木，君子树之"起兴，象征"君子"培育的贤臣是外柔内刚的有用之材，他们能够识别忠奸正邪。只要贤人在位，君臣同心，无论小人如何狡诈，其阴谋也是无法得逞的。末四句，写进谗者形象的丑恶、卑微不足称道和追随者寥寥无几，意在说明只要当今周王幡然悔悟，决心除邪扶正，则谗言可息、小人可黜，国难可止。篇中疾恶如仇、为国忧虑的诗人自我形象，轻信巧言、昏庸无能的当代君王的形象，尤其是口蜜腹剑、卑鄙猥琐的谗人的形象，刻画得更为鲜明、生动，达到了形神兼备的境地，显示了《巧言》诗作者的艺术技巧是高超的。

## 宾之初筵：礼失乃国乱之始

宾之初筵①，左右秩秩②。笾豆有楚③，肴核维旅④。酒既和旨⑤，饮酒孔偕⑥。钟鼓既设，举醻逸逸⑦。大侯既抗⑧，弓矢斯张。射夫既同⑨，献尔发功⑩。发彼有的⑪，以祈尔爵⑫。

籥舞笙鼓⑬，乐既和奏。烝衎烈祖⑭，以洽百礼⑮。百礼既至，有壬有林⑯。锡尔纯嘏⑰，子孙其湛⑱。其湛曰乐，各奏尔能⑲。宾载手仇⑳，室人入又㉑。酌彼康爵㉒，以奏尔时㉓。

宾之初筵，温温其恭。其未醉止㉔，威仪反反㉕。曰既醉止㉖，威仪幡幡㉗。舍其坐迁㉘，屡舞僊僊㉙。其未醉止，威仪抑抑㉚。曰既醉止，威仪怭怭㉛。是曰既醉，不知其秩㉜。

宾既醉止，载号载呶㉝。乱我笾豆，屡舞僛僛㉞。是曰既醉，不知其邮㉟。侧弁之俄㊱，屡舞傞傞㊲。既醉而出，并受其福。醉而不出，是谓伐德㊳。饮酒孔嘉，维其令仪㊴。

凡此饮酒，或醉或否。既立之监㊵，或佐之史㊶。彼醉不臧㊷，不醉反耻。式勿从谓㊸，无俾大怠㊹。匪言勿言㊺，匪由勿语㊻。由醉之言，俾出童羖㊼。三爵不识㊽，矧敢多又㊾。

## 【注释】

①初筵：宾客初入席时。筵，铺在地上的竹席。

②左右：席位东西，主人在东，客人在西。秩秩：有序之貌。

③笾（biān）豆：古代食器礼器。笾，竹制，盛瓜果干脯等。豆，木制或陶制，也有铜制的，盛鱼肉醢酱等，供宴会祭祀用。有楚：即"楚楚"，陈列之貌。

④肴核：肴为豆中所装的食品，核为笾中所装的食品。旅：陈放。

⑤和旨：醇和甜美。

⑥孔：很。偕：通"皆"，遍。

⑦醻（chóu）：同"酬"。举醻，举杯。逸逸：义同"绎绎"，连续不断。

⑧大侯：射箭用的大靶子，用虎、熊、豹三种皮制成。一般的侯也有用布制的。抗：高挂。

⑨射夫：射手。

⑩发功：发箭射击的功夫。

⑪有：语助词。的：侯的中心，即靶心，也常指靶子。

⑫祈：求。尔爵：爵，饮酒尽也；尔爵，据郑玄笺"我以此求爵女（汝）"，则经文"以祈尔爵"为倒文，"盖但言求爵女，则己之求不饮自可于言外得之"（马瑞辰《毛诗传笺通释》），也就是求射中而让别人饮罚酒之意。

⑬籥（yuè）舞：执籥而舞。籥是一种竹制管乐器，据考形如排箫。

⑭烝：进。衎（kàn）：娱乐。

⑮洽：使和洽，指配合。

⑯有壬：即"壬壬"，礼大之貌。有林：即"林林"，礼多之貌。

⑰锡：赐。纯嘏（gǔ）：大福。

⑱湛（dān）：和乐。

⑲奏：进献。

⑳载：则，便。手：取，择。仇：匹，指对手。

㉑室人：主人。入又：又入，指主人亦随宾客入射以耦宾，即耦射。

㉒康爵：空杯。

㉓时：射中的宾客。

㉔止：语气助词。

㉕反反：谨慎凝重。

㉖曰：语助词。

㉗幡幡：轻浮无威仪之貌。

㉘舍：放弃。坐：同"座"，座位。

㉙仙（qiān）仙：同"跹跹"，飞舞貌。

㉚抑抑：意思与前文"反反"大致相同而有所递进，见注㉕。

㉛怭（bì）怭：意思与前文"幡幡"大致相同而有所递进，见注㉗。

㉜秩：常规。

㉝号：大声乱叫。呶（náo）：喧哗不止。

㉞傲傲（qī）：身体歪斜倾倒之貌。

㉟邮：通"尤"，过失。

㊱弁（biàn）：皮帽。俄：倾斜不正。

㊲傞（suō）傞：醉舞不止貌。

㊳伐德：败德。

㊴令仪：美好的仪表礼节。

㊵监：酒监，宴会上监督礼仪的官。

㊶史：酒史，记录饮酒时言行的官员。燕饮之礼必设监，不一定设史。

㊷臧：好。

㊸式：发语词。勿从谓：马瑞辰《毛诗传笺通释》："《尔雅·释诂》：'渭，勤也。'勤为勤劳之勤，亦为相劝勉之勤。'勿从谓'者，勿从而劝勤之，使更饮也。"

㊹俾：使。大怠：太轻慢失礼。

㊺匪言：指不该问话。

㊻匪由：指不合法道的话。

㊼童羖（gǔ）：没角的公山羊。

㊽三爵：《礼记·玉藻》："君子之饮酒也，受一爵而色酒如也，二爵而言言斯，礼已三爵而油油，以退。"孔颖达疏引《春秋传》："臣侍君宴，过三爵，非礼也。"

㊾矧（shěn）：何况。又："侑"之假借，劝酒。

## 【赏析】

据《诗序》说，这首诗是西周末年人卫武公（姬和）所作。当时"幽王荒废，媟近小人，饮酒无度，天下化之。君臣上下，沉湎淫液"，卫武公当时以诸侯卿士入朝为卿士，目睹这种现象因此作此诗以刺时。诗的一、二章，对这些统治者在饮酒开始前，写得非常正经和严肃，似乎一切都合乎当时的礼仪。第三章才转入正题，对那些酗酒的贵族进行讽刺。这一章是通过醉前醉后的对比，来显示出醉酒的丑态和饮酒之害。这些饮酒的客人在入席之初，一个个装得那么富于修养，他们温文尔雅，仪态庄重，但等到酒后耳热，就原形毕露，显出另一个样子。他们既不知道什么时候该坐下，什么时候该起立等等礼节，甚至离开坐席乱舞起来。这种失礼的状态，在当时的上层社会，本来是很失身份的行为。据《左传》记载，许多人因为失礼，常受到嘲笑、指责，甚至被人看作是将死预兆。第四章写进一步烂醉的状态。贵族们不但把应该遵守的礼貌忘得一干二净，而且完全失态了。他们酒后大喊大叫，舞起来歪歪斜斜，把筵席上陈设的食器都打翻了，直到歪戴着帽子还在跌跌撞撞地乱跳舞。这简直是一幅乌烟瘴气的醉鬼丑态图。第五章是全诗的结尾，看似对那些醉鬼进行劝谏，实际上却暗寓着更深刻的讥刺如"凡此饮酒，或醉或否，既立之监，或佐之史"，古代设酒监，本是要监督礼仪，但这时由于周幽主的昏乱，那"酒监"也跟着酗酒的国王一鼻孔出气。诗人认为"酒监"大约也醉了，说的也是一派醉话。这首诗尽管对那些上层贵族的酗酒状况作了深刻的揭露，但是口气却是比较缓和的，尽管多少有点"怨而不怒"的劝诫态度，但毕竟生动地描写了一群上层贵族醉后的丑态，讽刺手法入木三分。

## 瓠叶：人间至味是清欢

幡幡瓠叶[①]，采之亨之。君子有酒，酌言尝之[②]。
有兔斯首[③]，炮之燔之[④]。君子有酒，酌言献之[⑤]。
有兔斯首，燔之炙之[⑥]。君子有酒，酌言酢之[⑦]。
有兔斯首，燔之炮之。君子有酒，酌言酬之[⑧]。

【注释】

①幡幡（fān）：反复翻动貌。瓠（hù）：葫芦。《毛传》："幡幡，瓠叶貌。"

②尝：《传疏》："尝者，主人未献于宾，先自尝也。"

③斯：白。《正义》："有兔之斯首，谓惟有一兔。"

④炮（páo）：裹烧。燔（fán）：烤。吴闿（kǎi）生《诗义会通》："炮者，裹烧之。燔者，加之于火也。"

⑤献：《诗缉》："献者，主人酌宾也。"

⑥炙：《毛传》："炕火为炙。"《正义》："以物贯之而举于火上以炙之。"

⑦酢（zuò）：回敬。《集传》："酢，报也。宾既卒爵，而酌主人也。"

⑧酬：《毛传》："酬，道饮也。"《郑笺》："主人既卒酢爵，又酌自饮卒爵，复酌进宾，犹今俗之劝酒。"《通释》："按古者合献、酢、酬为一献之礼。"

## 【赏析】

方玉润说："大抵古人燕宾，情真而意挚，不以丰备而矜情，亦不以微薄而废礼。瓠叶、兔首固不必拘，然总是微薄意。"他的话道出了诗的主旨。这是贵族宴会宾客的诗。《诗经》中宴会宾客的诗很多，有的描写宾主欢乐之情，如《鹿鸣》。有的刻画主人好客之意，如《伐木》。有的渲染酒菜之美盛，如《鱼丽》。有的则突出菜肴之简约，如本篇。将这些诗对照起来读，《诗经》时代贵族宴饮的概貌可见一斑。全诗四章，每章后两句是只改动一字的叠唱，形式上同《国风》相近。但全诗均用赋句，不像风诗中多用兴句，这又是两者不同之处。首章赋瓠叶，后三章赋首兔，以此二菜勾勒出宴席的简约，用词倒也是颇为简约的。此外，四章的叠唱中分别实之以"尝、献、酢、酬"四个字，一方面井然有序地写出了贵族宴饮依礼而行的过程，另一方面又从这井然中透露出热烈欢快的情绪来。宾主们不因为菜肴简约而扫了兴致，相反依旧是你来我往地敬酒，吃得津津有味。陈延杰《诗序解》称《瓠叶》"有不任欣喜之状"，也许便是这首诗的弦外之音吧。

# 第三章

# 家庭悲欢

我们已经记不清祖母的长相，但祖母身上的光芒却永远留在这天地间。

## 麟之趾：人伦美厚如麟趾

麟<sup>①</sup>之趾，振振<sup>②</sup>公子，于<sup>③</sup>嗟麟兮。
麟之定<sup>④</sup>，振振公姓<sup>⑤</sup>，于嗟麟兮。
麟之角，振振公族，于嗟麟兮。

**【注释】**

①麟：麒麟，传说中的动物。
②振振（zhēn）：诚实仁厚的样子。
③于（xū）：通"吁"，叹词。
④定：通"颠"。
⑤公姓：诸侯之子为公子，公子之孙为公姓。

**【简析】**

《麟之趾》与《关雎》构成因果关系。"关雎"以正夫妇，"麟之趾"则应教化行，人伦美厚如麟趾。如果说，不读《关雎》，不知自己是在向壁而立；那么，不读《麟之趾》，则不知自己的脚如何踏上平地。这首诗，以"麟"起兴赞美国君子孙的高贵和仁厚，也寓示着人们对贵族公子品德的向往，同时寄希望于他们，希望他们能够引领人们走进一种幸福的生活境界。

## 蓼莪：沧桑父母我永伤

蓼蓼者莪<sup>①</sup>，匪<sup>②</sup>莪伊蒿。哀哀父母，生我劬劳<sup>③</sup>。
蓼蓼者莪，匪莪伊蔚<sup>④</sup>。哀哀父母，生我劳瘁。
瓶之罄矣，维罍之耻<sup>⑤</sup>。鲜<sup>⑦</sup>民之生，不如死之久矣。无父何怙<sup>⑧</sup>？无母何恃？出则衔恤<sup>⑨</sup>，入则靡至。
父兮生我，母兮鞠<sup>⑩</sup>我。拊我畜我<sup>⑪</sup>，长我育我，顾我复我<sup>⑫</sup>，出入腹<sup>⑬</sup>我。欲报之德。昊天罔极<sup>⑭</sup>！

南山烈烈，飘风发发⑮。民莫不谷⑯，我独何害！南山律律，飘风弗弗⑰。民莫不谷，我独不卒⑱！

## 【注释】

①蓼（lù）蓼：长又大的样子。莪（é）：一种草，即莪蒿。李时珍《本草纲目》：“莪抱根丛生，俗谓之抱娘蒿。”

②匪：同“非”。伊：是。

③劬（qú）劳：与下章“劳瘁”皆劳累之意。

④蔚（wèi）：一种草，即牡蒿。

⑤瓶：汲水器具。罄（qìng）：尽。罍（lěi）：盛水器具。

⑦鲜（xiǎn）：指寡、孤。民：人。

⑧怙（hù）：依靠。

⑨衔恤：含忧。

⑩鞠：养。

⑪拊：通“抚”。畜：通“慉”，喜爱。

⑫顾：顾念。复：返回，指不忍离去。

⑬腹：指怀抱。

⑭昊（hào）天：广大的天。罔：无。极：准则。

⑮烈烈：通“颲颲”，山风大的样子。飘风：同“飙风”。发发：读如“拨拨”，风声。

⑯谷：善。

⑰律律：同“烈烈”。弗弗：同“发发”。

⑱卒：终，指养老送终。

## 【简析】

《战国楚竹书·孔子诗论》云：“《蓼莪》有孝志。”《孔丛子·记义》载：“于《蓼莪》见孝子之思养也。”诗人所抒发的只是不能终养父母的痛极之情。此诗六章，似是悼念父母的祭歌，分三层意思：首两章是第一层，写父母生养“我”辛苦劳累。头两句以比

引出，诗人见蒿与蔚，却错当莪，于是心有所动，遂以为比。莪香
美可食用，并且环根丛生，故又名抱娘蒿，喻人成材且孝顺；而蒿
与蔚，皆散生，蒿粗恶不可食用，蔚既不能食用又结子，故称牡
蒿，蒿、蔚喻不成材且不能尽孝。后两句承此思言及父母养大自己
不易，费心劳力，吃尽苦头。中间两章是第二层，写儿子失去双亲
的痛苦和父母对儿子的深爱。第三章头两句以瓶喻父母，以罍喻
子，用以比喻子无以赡养父母，没有尽到应有的孝心而感到羞耻。
"鲜民"以下六句诉述失去父母后的孤身生活与感情折磨。第四章
前六句一一叙述父母对"我"的养育抚爱，这是把首两章说的
"劬劳"、"劳瘁"具体化。诗人一连用了生、鞠、拊、畜、长、
育、顾、复、腹九个动词和九个"我"字，语拙情真，言真意切，
絮絮叨叨，不厌其烦，声促调急，确如哭诉一般。诗人因不得奉养
父母，报大恩于万一，痛极而归咎于天，责其变化无常，夺去父母
生命，致使"我"欲报不能！后两章第三层抒写遭遇不幸。头两句
诗人以眼见的南山艰危难越，耳闻的飙风呼啸扑来起兴，创造了困
厄危艰、肃杀悲凉的气氛，象征自己遭遇父母双亡的剧痛与凄凉，
也是诗人悲怆伤痛心情的外化。四个入声字重叠：烈烈、发发、律
律、弗弗，加重了哀思，读来如呜咽一般。《齐书·高逸传》载顾
欢在天台山授徒，因"早孤，每读《诗》至'哀哀父母'，辄执书
恸泣，学者由是废《蓼莪》"。

## 二子①乘舟：儿行千里母担忧

二子乘舟，泛泛其景②。愿③言思子，中心养④养！
二子乘舟，泛泛其逝。愿言思子，不瑕⑤有害？

## 【注释】

①二子：卫宣公两个同父异母的儿子。
②泛泛：飘荡貌。景：通"憬"。
③愿：思念。

④养（yáng）：心中烦躁不安。

⑤瑕：训"胡"通"无"，不瑕："不无"。

## 【简析】

本诗篇可视为一首送别诗。刘向《新序·节士篇》说："寿之母与朔谋，欲杀太子伋而立寿也，使人与乘舟于河中，将沉而杀之。寿知不能止也，固与之同舟，舟人不得杀伋。方乘舟时，伋傅母恐其死也，闵而作诗。"虽然本诗与卫太子伋、寿的典故密合，但我们更相信这是一首母亲牵挂远行儿女的诗作。第一章写两个儿子乘着小小的木舟，顺水漂流的身影渐渐去远。母亲挂思惦念浪迹天涯的游子，心中忐忑不安忧愁无限。第二章写两个儿子乘着小小的木舟，顺水漂流的身影逝出眼帘。母亲惦念挂思浪迹天涯的游子，该不会遇到什么祸患危险？诗歌表达了对这种伟大母爱的赞美。全诗无一句比兴，诗中的意象，只有"二子"和一再重现和消逝的小舟。本诗篇内涵却极为丰富：因为画面只有飘飘远逝的二子、船影，其余全为空白，这为读者的联想，留下了更多的空间。

### 凯风：子不成材愧母恩

凯风①自南，吹彼棘②心。棘心夭夭③，母氏劬④劳。

凯风自南，吹彼棘薪⑤。母氏圣善⑥，我无令⑦人。

爰⑧有寒泉？在浚⑨之下。有子七人，母氏劳苦。

睍睆⑩黄鸟，载⑪好其音。有子七人，莫慰母心。

## 【注释】

①凯风：南风。

②棘：落叶灌木。

③夭夭：生机勃勃的样子。

④劬（qú）劳：劳苦。

⑤棘薪：棘长成薪。

⑥圣善：贤明。

⑦令：善。

⑧爰（yuán）：何处、在哪里。

⑨浚：卫邑。

⑩睍睆（xiàn huǎn）：清和宛转的鸟叫声。

⑪载：传载，载送。

## 【简析】

这首诗写母亲的辛劳和子女的自责。前两章写母亲含辛茹苦地把子女抚养成人。诗以"凯风吹棘"起兴，"凯风"是夏天发荣滋长万物的风，比喻母亲。棘心，酸枣树初发芽时心赤，喻儿子初生。棘心夭夭，喻儿子茁壮成长。棘薪，酸枣树长到可以当柴烧，比喻儿子已成长。后两句一方面极言母亲抚养儿子的辛劳，另一方面极言兄弟不成材，反躬以自责。诗以平直的语言传达出孝子婉曲的心意。除了侧面烘托外，又直抒胸臆，赞美母亲的勤劳、贤明、善良。后二章寒泉、黄鸟作比兴。"寒泉"，《易经·井》曰"井冽，寒泉食"。以母喻泉，日日滋养七子，而七人反不能事母，而使母至于劳苦；黄鸟还能用悦耳动听的声音来使人快乐，而我七子独不能慰悦母心，忏悔自责甚深。诗中各章前两句，凯风、棘树、寒泉、黄鸟等形象构成有声有色的夏日景色图。后两句反复叠唱的无不是孝子对母亲的深情。设喻贴切，用字工稳。刘沅评曰："悱恻哀鸣，如闻其声，如见其人，与《蓼莪》皆千秋绝调。"（《诗经恒解》）这首诗对后代影响深远："六朝以前的人替妇女作的挽词、诔文，甚至皇帝下的诏书，都常用'凯风''寒泉'这个典故来代表母爱，直到宋代苏轼在《胡完夫母周夫人挽词》中，还有'凯风吹尽棘有薪'的句子。"（《诗经选注》）

## 葛屦：两双不一样的鞋

纠纠葛屦①，可以履霜。掺掺②女手，可以缝裳。要③之襋④之，好人⑤服之。

好人提提⑥，宛然左辟⑦，佩其象揥⑧。维⑨是褊心，是以为刺⑩。

### 【注释】

①纠纠：缭绕，缠绕，纠结交错。屦（jù）：鞋。

②掺（shān）掺：形容女子的手很柔弱纤细。

③要：腰，作动词。

④襋（jí）：衣领。

⑤好人：夫君。

⑥提（shí）提：安然的样子。宛然：回转。

⑦辟：通"避"。

⑧揥（tì）：古代的一种首饰，可用来搔头。

⑨维：因。

⑩刺：讽刺。

### 【简析】

这首诗写一个女裁缝对贵族妇女的憎恨，表现了尖锐的阶级对立。诗仅两章，分别写了两个妇女形象。一个是侍候人的缝衣女。她冬天还穿着又破又旧的凉鞋，踏在寒霜上。她缝衣的手又瘦又细，而那件精致的衣服就在这双可怜的手上缝制出来。她的辛勤劳作完全是为了主人的需要。作者对女裁缝的描写没有面面俱到，仅抓住手和脚就把她的身份、伺候他人的地位、艰辛寒酸的处境，极俭省的刻画出来。另一个是被侍候的贵妇人。她地位尊贵，心胸狭隘，态度矜持。她的头上佩戴着象牙发饰，一副安享尊容的神情。缝衣女请试衣，她却转过身子，不理不睬。寥寥数笔勾勒，便使一个贵妇人骄横傲慢的形象跃然纸上。诗的前后两章采用对比的手法，通过两个人物形象地位和态度的悬殊描写，表达了作者是非爱憎的道德评价和感情倾向，显得褒贬分明。尤其是篇末点明"是以为刺"的作诗宗旨，更是《诗经》中他诗所罕见。所以方玉润评道："明点作意，又是一法。"(《诗经原始》)。

## 鸨羽：役夫的仰天长啸

肃肃①鸨羽，集②于苞栩。王事③靡盬，不能蓺④稷黍。父母何怙⑤？悠悠苍天，曷其有所⑥？

肃肃鸨翼，集于苞棘。王事靡盬，不能蓺黍稷。父母何食？悠悠苍天，曷其有极⑦？

肃肃鸨行⑧，集于苞桑。王事靡盬，不能蓺稻粱⑨。父母何尝？悠悠苍天，曷其有常⑩？

## 【注释】

①肃肃：鸨羽之声。鸨（bǎo）：是形状像雁的大鸟，属涉禽类，一名野雁。鸨羽，犹"鸨翼"。《集传》："鸨，鸟名，似雁而大，无后趾。"

②集：鸟类息在树上叫做"集"。苞：草木丛生为"苞"。栩：是栎树。鸨的脚上没有后趾，在树上息不稳，所以颤动羽翼，肃肃有声。这里以鸨栖树之苦，比人在劳役中的苦。

③王事：指战争、徭役。靡盬（gǔ）：没有停息的时候。王引之《经义述闻》："盬者，息也。"

④蓺（yì）：通"艺"，种植。

⑤怙（hù）：依靠。

⑥所：居处。曷其有所：言何时才能安居。

⑦极：止。曷其有极：言何时才是苦尽之时。

⑧行：行列。一说行指鸟翮（hé，鸟的翅膀）。《通释》："鸨行（háng），犹雁行也。雁之飞有行列，而鸨似之。"

⑨粱：《集传》："粱，粟类，有数色。"

⑩曷其有常：言何时恢复正常。《集传》："常，复其常也。"

## 【简析】

此诗以出征在外的年轻征夫的口吻，向天神祈祷结束战争，早一天回归家园的诗作，深切地反映了广大劳动人民的厌战情绪和对安居乐业的向往。诗的意思是，由于无休无止的徭役征发，使百姓没有时间耕种稼穑，以致田园荒芜，家贫，亲老，不得供养。这种苦境熬不到头，又没有解脱的办法，只好抬头呼天，发泄满腔的怨苦。全诗三章，都是围绕这一中心展开，重章叠唱的形式，换字也不多，但是读了这首诗，我们依然被诗中悲苦的情绪所感染，心头受到一种震撼。是什么样的艺术力量使它产生了这种魅力呢？先是诗的起兴："肃肃鸨羽，集于苞栩。"不宜停在树上的鸨鸟却偏偏停到树上去了，其中总有被迫的原因吧，总有极困苦的现状吧，总有悲惨难堪的后果吧。诗人触景生情，以此起兴。特别是"肃肃"二字，通过鸨鸟不安地拍动翅膀的声音，刻画出鸨栖树上那种窘困危急的样子，鸟犹如此，人何以堪！如果说诗的起兴使我们进入诗人困苦的环境氛围，那么真正撼动读者心灵的当推每章末的反诘和呼告。"父母何怙？悠悠苍天！曷其有所？"表达了更强烈的感情。在我们民族的传统观念中，孝养父母是为人子者最大的天职。有父母而无力侍养，以致贫困冻馁，感情上的难堪和痛苦是可以想见的。他不说"妻子何怙"，而要说"父母何怙"，正反映出情感的痛苦引起的情绪上的激烈起伏。"王事"无休止，双亲遭冻馁，这两件事逼得他走投无路，终于发出"悠悠苍天"的呼告。这长声的呼喊，是诗人向老天爷捧出的一颗赤子无告的心，使我们惊悸、战栗、震撼。

## 汝坟①：最是伤心有情人

遵②彼汝坟，伐其条③枚。未见君子④，惄如调饥⑤。
遵彼汝坟，伐其条肄⑥。既见君子，不我遐⑦弃。

鲂鱼赪尾⑧，王室如毁。虽则如燬⑨，父母孔⑩迩。

## 【注释】

①汝：汝河，源出河南省；坟：水涯，大堤。

②遵：循，沿。

③条：山楸树。

④君子：此处指在外服役或为官的丈夫。

⑤惄（nì）：忧愁。调饥：早上挨饿，比喻男女欢情未被满足。

⑥肄：树砍掉之后再生长的新枝芽。

⑦遐：远。

⑧鲂（fǎng）：鳊鱼。赪（chēng）：浅红色的。

⑨燬（huǐ）：烈火。

⑩孔：甚。

## 【简析】

这是一首夫妻团聚之作。诗三章，写的都是女子与男子见面时的事情，却将久别的担忧、思念、欣喜在刚见时的一瞬间，描摹得淋漓尽致。第一章写女子见到男子，追忆去年时候。遵彼汝坟，汝水边都是欢快的青年男女到处嬉戏。有人在伐条枚，是要准备结婚的事情。见此，女子想到当年她的夫君也是如此小心如此虔诚地伐下树枝做成束薪，准备迎娶自己，但夫君外出不在身边，汝坟边尽是快乐的人。眼望自己夫君归来必经之路，望也望不见，路上发生了什么事情，内心的担忧就像当年等待情时的如饥似渴一样。这一章将女子每天等在这汝水之侧时候的内心忧愁写了出来。第二章女子还是像去年一样，还是在汝水的边上，还是有人在砍伐楸树上的小枝条，唯一不同的便是今年所砍伐的小枝条是去年砍伐后重新生长出来的。女子不时眺望夫君可能到来的方向，有人过来，定睛一看，是男子风尘仆仆归来。经年未见，久役在外，万千语言不知说什么好，只好说你还记得回家，没有抛弃我啊。第三章妇人看到汝水中的鲂鱼红着尾巴，想起了当年两人热恋时候的情状，而且又是一年一度水边狂欢，大庙旁边人山人海，虽然氛围这样好，但是我们不能亲热，长久的分别令女子身心俱疲，请你赶快归家，先见父母，他们也跟我一样，望眼欲穿盼望你的归来。诗中的女主人公，既有女子特有的温婉细致，又有男子的刚毅不屈。丈夫在外远役，膝下育有儿女，上有年迈父母，她依靠砍柴维持着一家的生计。偏偏王室的差役这样多，虽有幽怨，但她还是先国后家，这是多么美丽的情怀。

## 女曰鸡鸣：夫妻琴瑟相和合

女曰鸡鸣，士曰昧旦①。子②兴③视夜，明星④有烂。将翱将翔⑤，弋⑥凫与雁。

弋言加之，与子宜之。宜言饮酒，与子偕老。琴瑟在御⑦，莫不静⑧好。

知子之来⑨之，杂佩⑩以赠之。知子之顺⑪之，杂佩以问⑫之。知子之好⑬之，杂佩以报⑭之。

**【注释】**

①昧：晦。旦：明。

②子：你。

③兴：起来。

④明星：启明星。

⑤翱翔：形容鸟回旋飞翔的样子。

⑥弋：射箭。

⑦御：用，弹奏。

⑧静：善。

⑨来：殷勤。

⑩杂佩：玉佩。

⑪顺：柔顺，这里指代性格。

⑫问：赠送。

⑬好：爱恋。

⑭报：赠物报答。

## 【简析】

　　这是一首表现夫妇和谐生活与相互爱悦之情的诗歌。全诗围绕着夫妇间对话展开，富有生活气息。第一章，写夫妇起床，丈夫早上去射野鸭、大雁的情形。妇先醒，对夫说："鸡叫了。"夫惊醒了，说："天还没亮。"妇说："你起来看看是不是天没亮？"夫于是起身看，对妇女说："东方的启明亮晶晶的，天快要亮了。"这时正是群鸟将起而翱翔的时候，于是走出家门去射野鸭、大雁。第二章，写夫男射野鸭、大雁回来，夫妇和乐的情形。夫猎获禽鸟回来，妇说："你射而中，猎获了飞禽，我应该为你做一桌丰盛的饭菜，来下酒共饮。有这样的生活，希望我与你白头偕老。"这一对夫妇日常生活十分和乐，好比琴瑟，常能在用而不撤，没有不安静而和好的。两章的前几句都是夫妻对话，后二句是诗人的叙述。这首诗选取平凡的生活片段，阐明夫妻之道，指示岁月安稳、静好的幸福真谛。

### 隰有苌楚：得而悔之慕花草

　　隰有苌楚①，猗傩②其枝，夭之沃沃③，乐④子之无知⑤。

　　隰有苌楚，猗傩其华⑥，夭之沃沃，乐子之无家。

　　隰有苌楚，猗傩其实，夭之沃沃，乐子之无室。

## 【注释】

　　①隰：地势低而潮湿。苌（cháng）楚：羊桃树，一说猕猴桃树。

　　②猗傩：通"婀娜"，草木等美丽而又茂盛的样子。

　　③夭之沃沃：初生的草木很有光泽。沃沃：肥美润泽的样子。

④乐：喜悦，特指"羡慕"。

⑤知：伴侣，匹偶。

⑥华：通"花"。

## 【简析】

《战国楚竹书·孔子诗论》云："《隰有苌楚》得而悔之也"。这首诗是写一男子或女子成家后感到后悔。诗歌以羊桃起兴，三章分写羊桃的枝、花、实，合起来为一个整体。诗人眼见洼地上一棵羊桃树茁壮成长，藤柔美多姿，花开得又美又多，光泽粲然，兴起悔婚之叹。三章重章叠唱："山谷中有一棵杨桃树，花朵的优雅多么迷人！它的娇美充满活力！你没有匹偶、家室，我多么羡慕！"这是围城内的人向往围城外的人，或者说，自己所娶非人。诗写得含蓄蕴藉。陈震《读诗识小录》云："只说乐物之无此，则苦我只有此具见，此文家隐括掩映之妙。"

## 草虫①：愁肠更欲寸寸断

喓喓②草虫，趯趯③阜螽。未见君子，忧心忡忡④。亦既见止⑤，亦既觏⑥止，我心则降。

陟⑦彼南山，言采其蕨⑧。未见君子，忧心惙惙⑨。亦既见止，亦既觏止，我心则说⑩。

陟彼南山，言采其薇⑪。未见君子，我心伤悲。亦既见止，亦既觏止，我心则夷⑫。

## 【注释】

①草虫：蝈蝈。

②喓喓（yāo）：虫叫的声音。

③趯趯（tì）：昆虫跳跃的状态。

④忡忡：心跳。

⑤止：之，他的。

⑥觏（gòu）：遇见。

⑦陟：升、登。

⑧蕨：植物名。

⑨惙（chuò）惙：忧愁的样子。

⑩说：通"悦"。

⑪薇：草本植物。

⑫夷：平。

## 【简析】

这是一首描写女人思念在外的丈夫的诗。诗头两句以草虫鸣叫、蚱蜢蹦跳起兴，这个微弱的声音，不仅是妻子对丈夫绵绵不尽的幽思，也是失却丈夫的女子零落心事、寂寞残生的写照。为了看到丈夫，妻子一次又一次地登上高山眺望，可是一次又一次地失望，三个"我心"传达出妻子令人窒息的忧愁。女子的柔情令人动容，她不住的深情呼唤，像草中的叫声一样，我思念你，我要见到你，这是世世代代女子对离家丈夫的思念不休啊！这种呼声把世界缠绕成血脉贯通的经络。

## 缁①衣：无微不至的体贴

缁衣之宜兮，敝②予又改为兮。适③之馆兮，还予授子之粲④兮。

缁衣之好兮，敝予又改造兮。适子之馆兮，还予授子之粲兮。

缁衣之席⑤兮，敝予又改作⑥兮。适子之馆兮，还予授子之粲兮。

## 【注释】

①缁：黑白颜色。缁衣：材料差点的是白色的衣服，材料好点的是黑色的衣服。

②敝：坏。

③适：到。

④粲：形容新衣鲜明的样子。

⑤席：宽大舒适。

⑥改作：改造、改为，随着衣服的破烂程度而言。

## 【简析】

《孔丛子·记义》载："于《缁衣》见好贤之心至也。"这首诗假借国君郑武公之口，写郑武公爱贤，贤者朝服破旧，武公重做新衣送给他。这一说，表现了知识分子希望统治者"礼贤下士"的愿望。实际上，仔细品味此诗，会充分感受到诗中有一种温馨的亲情洋溢其间，与其说这是一首描写国君与臣下关系的诗，还不如说这是一首写家庭亲情的诗更为确切。当代不少学者认为，这是一首赠衣诗。诗中"予"，似穿缁衣的人之妻妾。古代卿大夫到官署理事（古称私朝），要穿上黑色朝服。诗歌所咏的黑色朝服看来是抒情主人公亲手缝制的，所以她极口称赞丈夫穿上朝服是如何的合体，如何的称身，称颂之词无以复加。她又一而再，再而三地表示，如果这件朝服破旧了，我将再为你做新的。还再三叮嘱，你去官署办完公事回来，我就给你试穿刚做好的新衣，真是一往而情深。表面上看来，诗中写的只是普普通通的赠衣，而骨子里却唱出了一位妻子深深挚爱自己丈夫的心声。我们不必因为诗的主人公是卿大夫的妻妾，而说赠衣给丈夫仅仅是为了博得丈夫的宠爱。全诗用的是夫妻之间日常所说的话语，一唱而三叹，把抒情主人公对丈夫无微不至的体贴之情刻画得淋漓尽致。

## 遵大路：烟花易冷泪难干

遵大路兮，掺①执子之祛兮，无我恶兮，不寁②故也！

遵大路兮，掺执子之手兮，无我丑③兮，不寁好④也！

## 【注释】

①掺（shǎn）：执。

②寁（jié）：迅速。

③丑：弃。

④好：情好。

## 【简析】

这首诗表达缱绻的殷戒。郑文公遵命入相王室，分别之际，卫文夫人写下这首诗。"遵大路"即"追随大辂"，追随大车。第一章写临别之际，一方拉着另一方的衣袖，委婉地说，不要厌恶我，莫忘我们的旧情好！相悦容易，相恶更容易，临别难，续旧情更难。第二章与第一章意思基本相同，感情更为强烈，语气更为怆然：挽住夫君的手，莫嫌我丑，莫忘我们的旧情好！这是劝告对方不要拈花惹草，不要喜新忘旧，要珍惜彼此的旧情。"烟花易冷情意真，枯等永恒白发生"，这短短的几句话，语短情长，凝聚着真心真情真性，人间这幅平常而习见的画面，却是活灵活现的，给人留下的印象难以磨灭。

## 谷风：只有自己最可靠

习习①谷风，维②风及雨。将③恐将惧，维予与④女⑤。将安将乐，女转⑥弃予。

习习谷风，维风及颓⑦。将恐将惧，置予于怀。将安将乐，弃予如遗⑧。

习习谷风，维山崔嵬⑨。无草不死，无木不萎。忘我大德，思我小怨。

## 【注释】

①习习：大风声。

②维：是。

③将：方，正当。

④与：助。

⑤女：同"汝"，你。

⑥转：反而。

⑦颓：自上而下的旋风。

⑧遗：遗忘。

⑨崔嵬（wéi）：山高峻的样子。

## 【简析】

　　这首诗娓娓地叙述弃妇的故事，语言凄恻而又委婉。第一章是写在患难的苦日子共同煎熬，现在日子好了，丈夫却把她抛弃。第二章是写在忧患里，丈夫把她呵护备至怀中抱。如今日子既安又乐逐渐好，丈夫遗弃她如同扔垃圾！第三章是谴责丈夫把她的大恩全忘记，专把她的小错牢牢记！爱之深则责之切，共患难易，同安乐难，诗歌反映了几千年以前，妇女就处在被压迫的屈辱境地，没有独立的人格和地位。古往今来，忘恩负义者，过河拆桥者，甚至恩将仇报者大有人在，我们无法改变人性中的这些痼疾。怨天尤人者虽然可以博得几滴同情的泪水，但无助于改变现状。唯一的选择是：如果你的配偶在患难之后移情别恋或红杏出墙，你一定要守住自己的信念和价值准则，坚守住自己的阵地，相信最可靠的支柱不在别人而在自己。

## 氓①：爱成殇指尖微凉

　　氓之蚩蚩，抱布②贸丝。匪③来贸丝，来即④我谋。送子涉淇，至于顿丘⑤。匪我愆⑥期，子无良媒。将⑦子无怒，秋以为期。

　　乘彼垝垣⑧，以望复关。不见复关，泣涕涟涟。既见复关，载⑨笑载言。尔⑩卜尔筮，体⑪无咎言。以尔车来，以我贿迁⑫。

　　桑之未落，其叶沃若⑬。于嗟鸠兮！无食桑葚。于嗟⑭女兮！

无与士耽。士之耽⑮兮，犹可说⑯也。女之耽兮，不可说也。

桑之落矣，其黄而陨⑰。自我徂尔⑱，三岁食贫。淇水汤汤⑲，渐⑳车帷裳。女也不爽㉑，士贰其行。士也罔极，二三其德㉒。

三岁为妇，靡室劳㉓矣。夙兴夜寐，靡有朝矣。言既遂矣㉔，至于暴㉕矣。兄弟不知，咥㉖其笑矣。静言思之，躬㉗自悼矣。

及㉘尔偕老，老使我怨。淇则有岸，隰则有泮㉙。总角㉚之宴，言笑晏晏㉛，信誓旦旦㉜，不思其反㉝。反是㉞不思，亦已焉哉㉟！

## 【注释】

①氓：由外地流动来的人。

②布：货币。

③匪：通"非"。

④即：就、接近。

⑤顿丘：地名。

⑥愆（qiān）期：延期，超过了时间。

⑦将（qiāng）：请。

⑧乘：登上。垝：毁坏，颓塌。垣：墙。

⑨载：则、就。

⑩尔：你。

⑪体：卦体。

⑫贿：财物。迁：搬走。

⑬沃若：润泽的样子。

⑭于嗟：感叹之词。

⑮耽：沉溺。

⑯说（tuō）：解脱。

⑰陨：落下。

⑱徂尔，到你家。徂，往。

⑲汤汤：水势大的样子。

⑳渐：浸湿。

㉑爽：差错，过失。

㉒二三其德：指情感不专，三心二意。

㉓靡室劳：不以家中之事为劳苦。

㉔言：语气助词。既：已经。遂：成功、安定。

㉕暴：凶暴。

㉖咥（xì）：大笑的样子。

㉗躬：自身、自己；悼：伤心。

㉘及：与、和。

㉙隰：低而潮湿的地方。泮：通"畔"。

㉚总角：结发。

㉛晏晏：和悦。

㉜信：诚挚。旦旦：明白。

㉝不思：想不到。反：翻变。

㉞是：指誓言。

㉟已：停止、罢了。

## 【简析】

这是我国最早的叙事诗，也是一首凄婉的劝诫诗，是老媪们唱给少女们听的。诗歌用现实生活典型情绪的再现方法，完整地叙述了女子与一男子由相恋到被抛弃的过程，男女主人公为青梅竹马。第一章写商量婚期。写男子抱着布来找她商量，他回去时，她送他渡过淇水，到了顿丘。说明她对他已有恋情。他似乎因此责备过她，她回答男方没有派来媒人，并答应他以秋天为婚期。在古代，无媒而婚不予承认，且受到人们的鄙视。他得到爱情太容易了，她失去爱情必然也容易，为悲剧埋下了伏笔。第二章写她的痴心。两人分别后，她见他则喜，不见则悲。她和他去卜卦，以代媒妁。没有不吉利的卦象，他用大车去接，她戴上嫁妆，不顾一切地跟了他。第三章写她事后的悔，认为女子不能过分为男子的恋情迷惑。第四章写她被男子抛弃。她没有过错，他却已变心。第五章追叙她在他家时的劳苦。她克勤克俭把这个家庭安排得很妥帖，谁知不到三年，他就对她暴虐了。她回到娘家后，又受到兄弟的讥笑。最后一章写她决绝态度。认为择偶非人，不如一刀两断。这首长诗对家庭婚姻伦理的思考是深长的。靠男人的女人，总有一天会摔倒。不要以为只要把爱倾囊献出就能得到他的万般回赠，这样，到头来你只能眼巴巴地看着梦想落空。

## 甫田：道是无情却有情

无田甫田①，维莠骄骄②。无思远人，劳心忉忉③。
无田甫田，维莠桀桀④。无思远人，劳心怛怛⑤。
婉⑥兮娈兮，总角丱兮⑦。未几见兮，突而弁⑧兮！

### 【注释】

①无田甫田：不要耕种大田。田（diàn），治理。
②莠：狗尾草。骄骄：犹"乔乔"，高大美丽。
③忉忉：患得患失的样子。
④桀桀：高大。
⑤怛（dá）怛：悲伤。
⑥婉：婉娈。
⑦总角：古代男子将头发梳成两个攥。丱（guàn）：总角翘起之状。
⑧弁（biàn）：男子成人礼中的帽子。

### 【简析】

这首诗是为劝慰离别之人而作，也可以是思妇劝慰自己而作。比较而言，后者更有感人的说服力。第一章以种田过大将徒劳无获，比喻思念远人是徒劳无用的事。思妇劝慰自己说：人力不足，就不要耕过大的田。耕过大的田就会耕治无力，莠草多生，收获必少，多劳无益。停息吧，不要思念远人，这跟耕种过大的田一样，白白增添了烦劳，没有一点好处。第二章是对第一章的重叠之唱，用这种反复劝说的方式增加劝说的效果。第三章是设想的事，思妇劝慰自己说：不要再思念远人了，他不久就将回来，你们又见面了。你们少年总角之时就相好，那时他头上扎着这一对小辫子，而他回来时，你就将发现他突然间高大了，再不是头上挽着个发髻，而是一个戴着高高帽子的英俊青年了。用设想之境来劝慰，更显得思念之切，特别是写人物的变化，描摹逼真，如见其人，增加了劝慰力量。思妇竭力劝慰自己不要思念远人，停止思念远人，看似无情，实则无法停息对远人的思念，越压抑越不能阻止，可见相思的强烈，不可遏制。

## 陟岵：登岗望亲言在耳

陟<sup>①</sup>彼岵兮，瞻望父兮。父曰：嗟！予子行役<sup>②</sup>，夙夜无已。上<sup>③</sup>慎旃<sup>④</sup>哉，犹来<sup>⑤</sup>！无止！

陟彼屺<sup>⑥</sup>兮，瞻望母兮。母曰：嗟！予季行役，夙夜无寐<sup>⑦</sup>。上慎旃哉，犹来！无弃！

陟彼冈兮，瞻望兄兮。兄曰：嗟！予弟行役，夙夜必偕。上慎旃哉，犹来！无死！

## 【注释】

①陟（zhì）：登上。

②予子：我的儿子。行役：因为公事远行于外。

③上：尚。

④旃（zhān）：语气助词。

⑤犹来：还能平安地回来吗？

⑥屺：长满草木的山。

⑦无寐：没有时间睡觉。

## 【简析】

这首诗以行役者与家人的感情为视角，反映了广大劳动人民在繁重兵役和劳役下的机遇和心态。此诗与那些"从对面设想"的诗篇不同，它没有明晰的空间距离感。行役者与云水相隔的亲人的感情交流，是面对面进行的。它所表现的是我正思亲、亲亦思我的双向感情流程。诗中行役者的思亲之情是深沉而绵长的，这从他一次次"登上长满草木的山"、"登上无草的山"、"登上山冈"，怀着敬仰的心情眺望家乡的行动、神态可以想见。然无一语从正面直接道出，却推己以忖他，"父曰"、"母曰"、"兄曰"以下，依次叙写双亲、兄长对自己的思念和叮咛：务必多加小心啊，望能平安回来，可别长留不归（死在外面）。交织着深深忧虑和热切希望的声气口吻，宛然如见。悬想之辞而能写得如此具体真切，是由于如实地描绘了当时的特殊心理状态，以及在这种心理状态中所出现的视听"幻觉"。"三段中但念父、母、兄之思己，而不言己之思父、母、兄"（沈德潜《说诗晬语》）。行役者的形象凝重含蕴，恰如一尊无言而有思的雕像，把全部语辞都留给了所思的亲人，收到了"笔以曲而愈达，情以婉而愈深"（方玉润《诗经原始》卷六）的艺术效果。

## 无衣：针线犹存不忍看

岂曰无衣？七①兮。不如子②之衣，安③且吉兮！
岂曰无衣？六④兮。不如子之衣，安且燠⑤兮！

## 【注释】

①七：表示衣服很多。
②子：第二人称尊称。
③安：平安，《尚书》云"思安安"。
④六：音"路"，六节衣。

⑤燠（yù）：暖热。

## 【简析】

这首诗是写览衣感旧或伤逝之作。诗人可能是一个民间歌手，他本来有一位心灵手巧的妻子，家庭生活十分美满温馨。不幸妻子早亡，一日他拿起衣裳欲穿，不禁睹物思人，悲从中来。诗句朴实无华，皆从肺腑中流出："难道说我没有衣裳穿？我的衣裳有七件，可是拣了一件又一件，没有一件抵得上你亲手缝制的衣裳，那样舒坦，那样美观。""难道说我没有衣裳穿？我的衣裳有六件。可是挑了一件又一件，没有一件抵得上你亲手缝制的衣裳，那样合身，那样温暖。"语言自然流畅，酷肖人物声口。感情真挚，读之令人凄然伤怀。

## 葛生：哀歌愁尽不忍听

葛生蒙①楚，蔹蔓于野②。予美③亡此，谁与？独处？
葛生蒙棘，蔹蔓于域④。予美亡此，谁与？独息⑤？
角枕粲兮，锦衾烂兮。予美亡此，谁与？独旦？
夏之日，冬之夜。百岁之后⑥，归于其居。
冬之夜，夏之日。百岁之后，归于其室⑦。

## 【注释】

①蒙：覆盖。

②野：墓地的周围。

③予美：我的美人。

④域：墓地。

⑤独息：一个人独处安息于地下。

⑥百岁之后：特指诗人自己死后。

⑦室：墓室。

## 【简析】

本首诗是一首妇人悼念亡夫之诗。女子新婚不久就新寡。她看见野外蔓生的葛藤蔹茎缠绕覆盖着荆树丛，就像爱人们那样相依相偎，而诗中主人公却是形单影只，孤独寂寞，好不悲凉。既有兴起整章的作用，也有以藤草之生各有托附比喻情侣相亲相爱关系的意思，也有对眼前所见景物的真实描绘。给读者的第一印象是荒凉凄清、冷落萧条，使之马上进入规定情境，做好对一种悲剧美作审美观照的心理准备。春已经很深了，她想到自己的丈夫已经远离了这一切，冬去春来，谁与我共享这美好的春天？只有自己孤单只影而已。第二章写女子由野外到墓地。女子来到丈夫的墓地，祭奠丈夫，看到荒烟野草，内心更加悲伤。第三章写女子扫墓回来，晚上临睡前的伤感。面对着角枕和锦衾光泽鲜明，可是已无人共享，"极惨苦事，忽插极鲜艳语，更难堪"（牛运震《诗志》）。而"谁与独旦"如释"独旦"，意义较"独处"、"独息"更进一层，通宵达旦，辗转难眠，其思念之深，悲哀之重，令人有无以复加之叹。后两章，语句重复尤甚于前三章，"室"比"居"意义更近一层。可它又不是简单的重章叠句，"夏之日，冬之夜"颠倒为"冬之夜，夏之日"，不能解释为作歌词连番咏唱所自然形成，而显然是作者刻意为之。两章所述，体现了诗中主人公日复一日、年复一年的永无终竭的怀念之情，闪烁着一种追求爱的永恒的光辉。而"百岁之后，归于其居（室）"的感慨叹息，也表现出对荷载着感情重负的生命之旅最终归宿的深刻认识，与所谓"生命的悲剧意识"这样的现代观念似乎也非常合拍。

## 中谷有蓷：饮恨渐醒益母草

　　中谷有蓷①，暵②其乾矣。有女仳离③，嘅④其叹矣。嘅其叹矣，遇人之艰难矣！

　　中谷有蓷，暵其脩⑤矣。有女仳离，条其啸矣。条其啸矣⑥，遇人之不淑矣！

中谷有蓷，暵其湿⑧矣。有女仳离，啜其泣矣。啜其泣矣，何嗟及矣！

## 【注释】

①蓷（tuǐ）：益母草。

②暵（hàn）：晒干。

③仳（pǐ）离：别离。

④嘅（kǎi）：叹。

⑤脩（xiū）：干枯。

⑥条：长。啸（xiào）：号。

⑦不淑：无用。

⑧湿（qī）：借字。将要干，未全干。

## 【简析】

这是一首写弃妇悲哀之诗。全诗三章，每章的意思都差不多，反复吟咏，突出主题：女子遇人不淑，嫁了个忘恩绝情的丈夫，最终被抛弃，落得个自怨自艾的下场。诗歌展现了这样一副电影镜头切换：一位妇女在在山谷中徘徊，看见益母草越来越干枯，不禁发出一声声痛楚的叹息，感叹自己被抛弃的命运；叹息似乎解不开心头的郁结，她不禁仰面向天，发出一声声揪心的长嘘；长嘘也不能舒缓自己的伤痛，于是无限幽怨地抽泣。诗以益母草起兴，益母草是能促进夫妻感情和有益于生儿育女的药草，与被离弃的妇女摆在一块，对比强烈，给人的感觉是这位妇女命运真太悲惨。每章最后一句，都是妇女自身觉悟的感叹。被薄幸丈夫抛弃，她不是一味地怨天尤人，而是痛定思痛，得出了"遇人之艰难"、"遇人之不淑"和"何嗟及矣"的结论。这是对自己过去生活的小结，也是对今后生活的警诫。吟唱出来，当然是对更多已婚未婚妇女的提醒和劝告。在这位被抛弃的妇女身上，仍然保留着自重自觉的品格，这正是她灵魂中清醒而坚强的一面，能够启发着人们进行思索。

## 渭阳：挥手云水寄望深

我送舅氏，曰<sup>①</sup>至渭阳。何以赠之？路车乘黄。
我送舅氏，悠悠我思。何以赠之？琼瑰<sup>②</sup>玉佩。

**【注释】**

①曰：发语词。
②琼瑰：玉一样的美石。

**【简析】**

这首诗表达了深厚的甥舅情谊。此诗当作于晋文公由秦归国的周襄王十六年（前630），至迟不过次年。秦国送在外流亡十九年的重耳回晋国为君，当时秦康公还是太子，在渭水送别重耳而吟咏的赠别诗。第一章写惜别之情。开头两句在交代诗人和送别者的关系的同时，选择了一个极富美学意味和心理张力的场景：从秦都雍出发的诗人（秦康公）送舅氏重耳（晋文公）回国就国君之位，来到渭水之阳，即将分别。单从送别路途之遥已可见舅甥情谊深厚，这深厚的情谊以什么样的方式表现呢？泪眼凄迷显然是不合适的，因为重耳归国即位是件大喜事儿，于是临别之时"何以赠之，路车乘黄"。这一辆大车四匹黄马大有深意。"路车"是诸侯乘的车，有送舅氏快快回国之意，也有无限祝福寄寓其间，更深一层的是，车马之赠是康公之意也是穆公所许，这表明了秦晋两国政治上的亲密关系。第二章写念母之思。康公之母秦姬生前曾盼望着她的弟弟重耳能够及早返回晋国，今天当希望成为现实的时候，秦姬已经离开人世，所以诗人在送舅氏归国之时，岂能不由舅氏而念及其母，由希望实现时的高兴而转为怀念母亲的哀思？"我送舅氏，悠悠我思"，两句既完成了章法上和情绪上的前后转换，更增加了丰厚的蕴含。甥舅之情本源于母，而念母之思更加深了甥舅情感。既有此思，在考虑"何以赠之"的时候，便自然地想到"琼瑰玉佩"这些纯洁温润的玉器，这不仅是赞美舅氏的道德人品，也有愿舅舅不要忘记母亲曾有的深情厚谊，当然也不要忘记秦国对他重返晋国即君位所作的诸多努力的更深一层非言语能尽的含义。

## 常棣①：血脉相连手足情

常棣之华，鄂②不韡韡③。凡今之人，莫如兄弟。
死丧之威④，兄弟孔⑤怀⑥。原⑦隰⑧裒⑨矣，兄弟求矣。
脊令在原，兄弟急难⑩。每⑪有良朋，况⑫也永叹⑬。
兄弟阋于墙⑭，外⑮御⑯其务⑰。每有良朋，烝⑱也无戎⑲。
丧乱既平，既安且宁。虽有兄弟，不如友生⑳？
傧㉑尔笾豆，饮酒之饫。兄弟既具㉒，和乐且孺㉓。
妻子好合㉔，如鼓瑟琴。兄弟既翕㉕，和乐且湛㉖。
宜㉗尔室家，乐尔妻帑㉘。是究㉙是图㉚，亶㉛其然㉜乎？

**【注释】**

①常棣（dì）：郁李。

②鄂：繁盛。

③韡（wěi）：光明，特指形容花的颜色鲜艳。

④威："畏"，指战死。

⑤孔：甚、很。

⑥怀：怀念，关怀。

⑦原：高原。

⑧隰：洼地。

⑨裒（póu）：抛弃。

⑩急难：急人之难。

⑪每：虽然。

⑫况：滋、增加。

⑬永叹：长叹。

⑭兄弟阋于墙：兄弟相争于内。

⑮外：对外。

⑯御：抵御。

⑰务：欺凌。

⑱烝：终究。

⑲戎：相助。

⑳友生：朋友。

㉑傧（bīn）：陈设。

㉒具：通"俱"，已经到齐了。

㉓孺：相亲。

㉔好合：情投意合。

㉕翕：聚合。

㉖湛（dān）：尽情欢乐。

㉗宜：善。

㉘帑（nú）：子女。

㉙究：深究。

㉚图：考虑。

㉛亶（dǎn）：确实，实在。

㉜然：如此、这样。

## 【简析】

这是周人宴会兄弟时，歌唱兄弟亲情的诗。全诗八章，可分五层。首章为第一层，倡明主题。诗人以常棣之花喻比兄弟，是因常棣花开每两三朵彼此相依而生发联想。"凡今之人，莫如兄弟"为一篇主旨。这既是诗人对兄弟亲情的颂赞，也表现了华夏先民传统的人伦观念。二、三、四章为第二层。诗人通过三个典型情境，对"莫如兄弟"之旨作了具体深入的申发，即遭死丧则兄弟相收；遇急难则兄弟相救；御外侮则兄弟相助。把同一情境下"兄弟"和"良朋"的不同表现加以对照，更见兄弟之情的诚笃深厚；即使兄弟墙内口角，遇到外侮，也会不假思索一致对外，有力表现出手足之情出于天然、发自深衷。这可能是历史传说的诗意概括，也可能是现实见闻的艺术集中。第五章自成一层。如果说，前面是诗人正面赞颂理想的兄弟之情，这一层则由正面理想反观当时的现实状况，即由赞叹"丧乱"时的"莫如兄弟"，转而叹惜"安宁"时的"不如友生"。在平静生活环境下，兄弟要不断联络感情，巩固友情。六、七章为第四层，直接描写了举家宴饮时兄弟齐集，妻子好合，亲情和睦，琴瑟和谐的欢乐场面。第七章以"妻子"与"兄弟"的对照，诗人似明确表示，兄弟之情胜过夫妇之情；兄弟和，则室家安，兄弟和，则妻孥乐。末章承上显志。诗人直接告诫人们，要深思熟虑，牢记此理：兄弟和睦是家族和睦、家庭幸福的基础。《常棣》是《诗经》中的名篇杰作，它不仅是中国诗史上最先歌唱兄弟友爱的诗作，也是情理相融富于理趣的明理典范。

## 伐木：煮沸江雪绽杏花

伐木丁丁①，鸟鸣嘤嘤②。出自幽谷③，迁于乔木。嘤其④鸣矣，求其友声⑤。相⑥彼鸟矣，犹求友声。矧伊⑦人矣，不求友生？神之听之，终和且平。

伐木许许，酾酒有藇⑧！既有肥羜⑨，以速⑩诸父。宁适⑪不来，微⑫我弗顾⑬。于粲⑭洒扫，陈馈八簋⑮。既有肥牡，以速诸舅。宁适不来，微我有咎⑯。

伐木于阪⑰，酾酒有衍。笾豆有践，兄弟无远。民之失德⑱，干餱⑲以愆⑳。有酒湑㉑我，无酒酤㉒我。坎坎㉓鼓我，蹲蹲㉔舞我。迨㉕我暇矣，饮此湑矣。

## 【注释】

①丁（zhēng）丁：象声词，砍树的声音。
②嘤嘤：鸟合鸣的声音。
③幽谷：深谷。

④嘤其：嘤嘤。

⑤友声：鸣叫声。

⑥相：审视、端详。

⑦矧（shěn）：况且。伊：是、为。

⑧醨（shī）：过滤。莤（xù）：美貌。

⑨羜（zhù）：出生不久的羔羊。

⑩速：招请。

⑪宁：宁可。适：凑巧。

⑫微：非、不要。

⑬弗顾：不顾念。

⑭于：叹词。粲：光明的样子。

⑮陈：陈列。簋：盛饭器皿。

⑯咎：过错。

⑰阪：山坡。

⑱民：人。失德：丧失亲戚朋友的情谊。

⑲干糇（hóu）：干粮。

⑳愆：过错。

㉑湑（xǔ）：滤酒。

㉒酤：买酒。

㉓坎坎：鼓声。

㉔蹲蹲：舞姿。

㉕迨：趁着。

## 【简析】

《战国楚竹书·孔子诗论》："《伐木》……咎于其也。"意即不要归咎于我。《伐木》是宴饮朋友故旧的诗歌。相传太王迁西岐后，从事农垦，筚路蓝缕，以启山林，他的孙子姬昌少年时，便亲自引着他的友伴入山伐木，以作表率，在山中听到鸟鸣求友之声，更增加了他们之间的友谊。太王见姬昌少年有为，最为欣赏，说："我世当有兴者，其在昌乎！"后来姬昌即位，果然三分天下有其二，到姬昌的儿子姬发终于登上天子位。姬昌就是周文王，姬发就是周武王。这首诗讲述了周宣王即位初年，立志复兴大业，欲举大事，必先顺人心，于是消除隔阂，增进亲友情谊。第一章是联想式的兴，以追述文王伐木的故事为引子，写伐木声中听见鸟鸣求友之声，感到友谊的重要，意境宁谧，得山林之静趣。小鸟的乔迁象征着交友互求上进之意。第二章简略为戴帽式的兴，只用锯齿伐木的呼呼声一句做引子，接着写盛情款待朋友故旧的情景，表示如果对方不来，不要归咎于我，表现了敬慎之道的实践。第三章着重写了从敬慎之道的实践到达鼓舞欢洽的境地。诗歌的主旨在消除隔阂、增进亲友情谊，采取的途径是宴请歌舞，在唱歌中表达主人的情意。

## 江有汜①：痛失长歌以当哭

江有汜，之子归②，不我以③。不我以，其后也悔。
江有渚④，之子归，不我与⑤。不我与，其后也处⑥。
江有沱⑦，之子归，不我过⑧。不我过，其啸也歌⑨。

【注释】

①汜（sì）：由主流分出而复汇合的河水。

②归：嫁。

③不我以：不用我。

④渚（zhǔ）：王先谦《诗三家义集疏》："水中小洲曰渚，洲旁小水亦称渚。"

⑤不我与：不与我相聚。

⑥处：忧愁。

⑦沱：江水的支流。

⑧不我过：不与我见面就离开。

⑨啸也歌：边唱边哭。

## 【简析】

这首诗是用男子的哀怨口吻讲述自己的女友抛弃自己，而同其他男子结婚的故事。一对青梅竹马的恋人，男孩儿听说女孩子要出嫁了，煞时乱了方寸，又无力挽回局面，只好眼睁睁看着心爱的人离他而去，绝望到了极点，长歌当哭！此时他只顾自己发泄，也不管人家女孩子的感受，你去吧，去吧，你早晚要后悔的！你烦恼忧愁的日子这就开始了！你将整日以泪洗面，以哭当歌！诗以"江流"比兴，比是江流，兴是出嫁，江水不可挽留，出嫁不可阻挡，于是，才有"不我"（以、与、过）怎么样的回答中。"不我过，其啸也歌"，最高境界让人心碎，感到与其说是哭，不如说是歌。一个"歌"字，把男子留恋的心情写得淋漓尽致。

## 日月：弃妇无望的呼告

日居月诸①，照临下土。乃②如之人兮，逝③不古处？胡能有定④？宁不我顾⑤。

日居月诸，下土是冒⑥。乃如之人兮，逝不相好⑦。胡能有定？宁不我报。

日居月诸，出自东方。乃如之人兮，德音⑧无良。胡能有定？俾也可忘。

日居月诸，东方自出。父兮母兮，畜我不卒⑨。胡能有定？报我不述⑩。

## 【注释】

①居、诸：语助词。

②乃：可是。

③逝：发语词。

④胡：胡、怎么。定：止。心定、心安。

⑤宁：曾。我顾：顾我。

⑥冒：覆盖，照临。

⑦相好：相爱。

⑧德音：好名誉。

⑨畜我不卒：即好我不终。畜：喜爱。不卒：不到最后。

⑩不述：不循义理。

## 【简析】

这首诗是以弃妇申诉怨愤的口吻来写的，但不局限于弃妇，它表达了一个共同的人性命题："背叛"，呼唤的是"德音"。诗中的主人公孤独无告，"痛极则呼天"，只好向"日月"倾诉，其内心之哀痛无以言表。"日月"从东方出来，"照临下土"，行止有定，而诗人控诉的"那个人"却内心没有一定的准则，首鼠两端，出尔反尔，背信弃义，过河拆桥，利用过了就把"她"抛弃，诗人是之所以反复吟咏日月，正是为了陪衬其反复强调的"胡能有定"。诗人对"那个人"谴责由"不古处"到"不相好"到"德音无良"，感情是越来越激愤，也从侧面表达了"未见好德如好色者"。但同时，诗人对"那个人"又是有所期待的，希望他能回心转意，能够"顾"（想念）"她"，"报"（答理）"她"。理智上，"她"清醒地认识到他"德音无良"；但情感上，她仍希望丈夫"畜我"以"卒"。第二、三章承第一章的反复咏叹，真是"一诉不已，乃再诉之，再诉不已，更三诉之"（方玉润《诗经原始》）。第四章沉痛已极，无可奈何，只有自呼父母而叹其生之不辰了，前面感情的回旋，到此突然一纵，扣人心弦，"埋怨父母极无理，却有至情"（牛运震《诗志》）。

## 采绿：苦难浸泡的香醇

终朝采绿①，不盈一匊②。予发曲局，薄言归沐。

终朝采蓝，不盈一襜③。五日为期，六日不詹④。

之子于狩，言韔⑤其弓。之子于钓，言纶之绳。

其钓维何？维鲂及鱮。维鲂及鱮，薄言观⑥者。

## 【注释】

①绿：通"菉"，草名，即荩草，又名王刍（chú），染黄用的草。

②匊（jū）：同"掬"，两手合捧。

③襜（chān）：《毛传》："衣蔽前谓之襜"，即今俗称之围裙。

④五日：五月之日，即五月的某天。后句"六日"同此意。詹：至。

⑤鬯（chàng）：弓袋，此处用作动词。

⑥观：多。段玉裁《说文解字注》："此引申之义，物多而后可观，故曰：观，多也。"

## 【简析】

这首诗是写思妇对远去的丈夫逾期未回的怨旷。一二章写妇人无心采荩草，没有心思打扮自己，头发卷曲，心神不定，只因与丈夫相约五月为归期，但到了六月丈夫还没有回来，以致她心神不定，无心茶食无意梳妆。三四章是妇人的想象之境。她想起昔日，丈夫打猎，她给他装好弓袋；丈夫钓鱼，她给他准备好钓绳。丈夫钓鱼回来，她在旁观看，分享丈夫获得劳动成果的喜悦。这就跳出了"怨旷者"的俗套，使人物形象踏入了一个全新的境界：不点出归来之字，而归来之意自见；不言归来相聚之情，只写归来游钓之景，而归来相聚之乐又自见于言外。夫唱妻随，百般恩爱。诗歌至此而止，究竟丈夫哪里去了，何时回来，是不是经商去了，是不是战死沙场，是不是丈夫抛弃她了，完全留给读者想象。妇人只是在细细品咂昔日的温馨，这是生活在社会底层的人们经历了苦难浸泡之后的成熟。

## 我行其野：弃妇的焦灼怨愤

我行其野，蔽芾其樗①。婚姻之故，言就尔居②。尔不我畜③，复我邦家④。

我行其野，言采其蓫⑤。婚姻之故，言就尔宿⑥。尔不我畜，言归斯复。

我行其野，言采其葍⑦。不思旧姻，求尔新特⑧。成⑨不以富，亦祇⑩以异。

## 【注释】

①蔽芾（fèi）：树木枝叶茂盛的样子。樗（chū）：臭椿树。

②言：语助词，无实义。就：从。

③畜：养活。

④邦家：故乡。

⑤蓫（zhú）：一种野菜，又名羊蹄菜，似萝卜，性滑，多食使人腹泻。

⑥宿：居住。

⑦葍（fú）：一种野草，花相连，根白色，可蒸食。

⑧新特：新配偶。

⑨成：借为"诚"，的确。

⑩祇（zhī）：恰恰。

## 【赏析】

本诗是写一个远嫁他乡的女子诉说她被丈夫遗弃之后的悲愤和痛伤。诗三章，每章前两句，都是同一个画面的重复或再现。它描绘出一个人在点缀着几棵樗树的原野上独行的情景。无边的原野、凝滞不动的树草（蓫、葍）和渺小无助而又孤独的行人（作者），给读者的是一种自然界的宏大与人类的渺小、原野的寂静和人心的焦虑的对立感。"樗"、"蓫"、"葍"等恶木劣菜象征自己嫁给恶人，暗示自己为人所弃的痛苦心情，情景交织。每章后四句，则是对上述画面之深层含义的具体阐释：因婚姻而与你聚首，但"尔不我畜"，我只能独行于这归里的旷野上。这个阐释在全诗三章的反复咏唱中，随着人物情绪的波动有被深化的趋势。一、二章里，她仿佛还只是故作轻松的念叨："尔不我畜，复我邦家。""尔不我畜，言归斯复。"试图把痛苦深埋在心底，强自宽解。但到第三章，她情感的火山终于爆发了，这难以平复的伤痛和无人可诉的委屈，和着苦涩的泪水，在这样一个爱恨交织的时刻，以这样一种爱恨难分的心理，流淌着怨恨："不思旧姻，求尔新特。成不以富，亦祗以异。"至此，全诗也在这情绪发展的高潮戛然而止，留给读者的，只有无限的同情、惆怅和遗憾。

## 白华：被弃失所的悲苦

白华菅兮[①]，白茅束兮。之子之远，俾我独兮。
英英白云，露彼菅茅。天步艰难[②]，之子不犹[③]。
滮池北流[④]，浸彼稻田。啸歌伤怀，念彼硕人。
樵彼桑薪，卬烘于煁[⑤]。维彼硕人，实劳我心。
鼓钟于宫，声闻于外。念子懆懆[⑥]，视我迈迈[⑦]。
有鹙在梁[⑧]，有鹤在林。维彼硕人，实劳我心。
鸳鸯在梁，戢其左翼。之子无良，二三其德。
有扁斯石，履之卑兮。之子之远，俾我疧兮[⑨]。

## 【注释】

①菅（jiān）：多年生草本植物，又名芦芒。

②天步：天运，命运。

③犹：借为"媨"，好。不犹，不良。

④滮（biāo）：水名，在今陕西西安市北。

⑤卬（áng）：我。煁（shén）：越冬烘火之行灶。

⑥懆（cǎo）懆：愁苦不安。

⑦迈迈：不高兴。

⑧鹙（qiū）：水鸟名，头与颈无毛，似鹤，又称秃鹙。梁：鱼

梁，拦鱼的水坝。

⑨疧（qí）：因忧愁而得病。

## 【赏析】

这是贵族的弃妇所写的一首怨诗。第一章，是以菅茅皆相亲相束为用，兴起夫妇亦应相依为活。野地里的菅草开着白花，用那白茅草把它捆起来。菅草与白茅都是相互为用，彼此相亲相爱。白花之白，象征着纯洁的爱情；白茅之束，象征着缠绵的情意。作为夫妇亦应亲密无间，相依为命，即使遇到多大的困难，也要相濡以沫，渡过难关。但是，现在她的丈夫遗弃了她，离她远远的再也不能团聚了，还谈什么柔情蜜意。诗的开篇，就以物喻人，揭示诗旨，使人看到物性与人性的矛盾，从而产生了令人心悸的爱情悲剧。第二章，是以白云覆露菅茅而同蒙庇荫，反兴起"天步艰难"的人生不幸。第三章，是以池水灌溉禾稻生长状况，反兴丈夫无恩泽于妻而衰。"啸歌伤怀"之句，尤能激人深沉思索。她的长歌当哭，更加伤心哀怨。美丽的忧伤，含情的惆怅，造成一种浓重的凄婉氛围，从而抒发了中国古代妇女遭遇悲剧命运的痛苦之情。第四章，是以桑薪烘煤为无釜之炊，兴起妇人失宠被弃的悲苦之愁。第五章，是以钟鼓之声皆远闻于外，兴起妇人被弃而众人皆知。第六章，是以鹤鹙失所易位，兴起弃妇的无家可归之苦。第七章，是以鸳鸯相爱而适得其所，反兴丈夫不良而"二三其德"。第八章，是以扁石为人践踏而愈卑下，兴起妇人被黜之后而愈悲苦。扁石是古代登车时的垫脚石，诗以扁石为喻，说明丈夫已经离弃了她，使其身处卑微地位，因而促使心病暴发，充分揭露了负心男子的寡情无义，并表明其后果是相当严重的。诗中用各式各样的比喻，更显得生动形象，增强了艺术感染力。

## 何人斯：斥为鬼仍望相好

彼何人斯①？其心孔艰②。胡逝我梁③，不入我门？伊谁云从④？

维暴之云⑤。

二人从行⑥，谁为此祸？胡逝我梁，不入唁我⑦？始者不如今⑧，云不我可⑨。

彼何人斯？胡逝我陈⑩？我闻其声，不见其身。不愧于人？不畏于天？

彼何人斯？其为飘风。胡不自北？胡不自南？胡逝我梁？祇搅我心。

尔之安行，亦不遑舍⑪。尔之亟行⑫，遑脂尔车⑬。壹者之来⑭，云何其盱⑮。

尔还而入，我心易也⑯。还而不入，否难知也⑰。壹者之来，俾我祇也⑱。

伯氏吹埙⑲，仲氏吹篪⑳。及尔如贯㉑，谅不我知㉒。出此三物㉓，以诅尔斯㉔。

为鬼为蜮，则不可得。有靦面目㉕，视人罔极㉖。作此好歌㉗，以极反侧㉘。

## 【注释】

①斯：语助词。

②孔：甚，很。艰：此指用心险恶难测。

③梁：拦水捕鱼的坝堰。

④伊：其。从：跟随。

⑤暴：粗暴、暴虐。

⑥二人：主人公与"彼"人。

⑦唁：慰问。

⑧如：像。

⑨可：通"哿"，嘉、好。

⑩陈：堂下至门的路。

⑪遑：空闲。舍：止息。

⑫亟：急。

⑬脂：以油脂涂车，或曰通"支"，以轫木支车轮使止住。

⑭壹：同"一"。

⑮盱（xū）：忧、病，或曰望也。

⑯易：悦。

⑰否：不。

⑱俾：使。祇：病，或曰安也。

⑲伯氏：兄。埙（xūn）：古陶制吹奏乐器，卵形中空，有吹孔。

⑳仲：弟。篪（chí）：古竹制乐器，如笛，有八孔。

㉑及：与。贯：为绳贯串之物。

㉒谅：诚。知：交好、相契。

㉓三物：猪、犬、鸡。

㉔诅：盟诅。古时订盟，杀牲歃血，告誓神明，若有违背，令神明降祸。

㉕觌（miǎn）：露面见人之状。

㉖视：示。罔极：没有准则，指其心多变难测。

㉗好歌：善良、交好的歌。

㉘极：尽。反侧：在床上翻来覆去睡不着。

## 【赏析】

这是一首弃妇诗。"彼何人斯"既置篇首，又"三复斯言"于篇中，足见诗人对"彼"爱之深而怨之切。"胡逝我梁"之"梁"指"鱼梁'，即指谈情说爱的地方。"彼"去"鱼梁"而又"不入我门"，表明"彼"变了心，或另有所欢，因此给诗人造成了极大的痛苦。"伊谁云从？维暴之云。"这两句就是诗人于极端痛苦之中对"彼"的严厉指斥。次章诗人追忆昔日"二人从行"之乐，对照今天独自凄凉之苦，更深感到造成这种痛苦的原因是与"彼"分不开的。"始者不如今，云不我可"两句表明，相恋者中的一方在埋怨另一方"早知今日，何必当初"了。三章叙对方来到诗人堂下。距离隔得这么近，而心却离得更远了。只听见"彼"跟别人说话的声音，却不得见其人影。这种可望而不可即的痛苦，是失恋者所深感难堪的。为此诗人向对方质问：难道你不觉得这于心有愧吗？即令无愧于人，也该有畏于天吧？四章责"彼"像飘风浮移不定。五章叙"彼"来而不肯停留，因此使诗人更加悲伤。六章叙"彼"过门而不入，足见其人之心不可揣测。"靓者之来，俾我祇也"两句，缀于章末，表明诗人在极端愁苦的时候，竟又回想起往日的欢乐。这是以乐衬哀。七章"伯氏吹埙，仲氏吹篪"二句，乃诗人问叙他二人往日相好时的和乐情景。他们既是生活上的密友，又是艺术上的同行，有着共同的爱好和审美情趣。如今情况大异，"彼"已弃我不顾，所以诗人只好供出猪、犬、鸡三牲，欲借盟誓来要挟对方了。末章虽然斥对方"为鬼为蜮"，但诗人仍不忘旧好，所以"作此好歌"，希望"彼"能悔悟。痴情到这般地步，真堪使天下有情人为之同声一哭了。这首诗全部用抒情主体倾诉的方式，写出了人世上男女之间的情感悲剧。方玉润称赞它"穷形尽相，毫无遁情"，可谓知音。

## 角弓：兄弟亲戚不可疏

骍骍角弓①，翩其反矣②。兄弟昏姻③，无胥远矣④。
尔之远矣，民胥然矣⑤。尔之教矣，民胥效矣。
此令兄弟⑥，绰绰有裕⑦。不令兄弟，交相为瘉⑧。
民之无良，相怨一方。受爵不让，至于已斯亡⑨。
老马反为驹，不顾其后。如食宜饇⑩，如酌孔取⑪。
毋教猱升木⑫，如涂涂附⑬。君子有徽猷⑭，小人与属⑮。
雨雪瀌瀌⑯，见晛曰消⑰。莫肯下遗⑱，式居娄骄⑲。
雨雪浮浮⑳，见晛曰流。如蛮如髦㉑，我是用忧。

## 【注释】

①骍（xīn）骍：弦和弓调和的样子。

②翩：此指反过来弯曲的样子。

③昏姻：指异姓兄弟。

④胥：相。

⑤胥：皆。

⑥令：善。

⑦绰绰：宽裕舒缓的样子。裕：宽大。

⑧瘉（yù）：病，此指残害。

⑨亡：通"忘"。

⑩饇（yù）：饱。

⑪孔：恰如其分。

⑫猱（náo）：猿类，善攀援。

⑬涂：泥土。附：沾着。

⑭徽：美。猷：道。

⑮与：从，属，依附。

⑯瀌（biāo）瀌：下雪很盛的样子。

⑰晛（xiàn）：日气。

⑱遗：通"隤"，柔顺的样子。

⑲式：用，因也。娄：借为"屡"。

⑳浮浮：与"瀌瀌"义同。

㉑蛮、髦：南蛮与夷髦，古代对西南少数民族的称呼。

## 【赏析】

《角弓》是王室父兄劝告周王不要疏远兄弟而亲近小人的诗。首章开宗明义，径言兄弟亲戚不可疏远，如同角弓不可松弛。把抽象的道理化作了具体的形象。二章指出，王与兄弟疏远，人们自会仿效，教化必然败坏。这里尽管全是劝谏与教诲的话语，但诗人直率恳切的神情却鲜明可感。三章说兄弟疏远，互不亲祷，终将导致兄弟阋墙，自相戕害。诗由兄弟相亲与兄弟不和两面着笔，在对比与反衬中突出兄弟疏远的危害。四章写人们恕己怨人、见利忘义的现实情况，"人们不善良，相怨在一方，争夺爵禄不谦让，事关自身把义忘。"这是诗人高度的艺术概括。寥寥数语，说尽当时人情世态，礼崩乐坏的状况从中可见一斑。三四两章之间联系紧密，暗含着上行下效的意思。上指王与兄弟，下即无良臣民，上若至不亲善、"交相为瘉"，下则"相怨一方"、争夺"不让"。五章指斥周王失礼，不敬父兄。先责备他不知优老，又教导他如何养老，王室父兄的神情口吻表现得惟妙惟肖，而且诗由心中喷涌而出，愤激痛切之情溢于言表。六章讥刺周王无道，亲近小人，恰与五章形成对照。诗的前两句指出小人自有攀附的本性，如同猴子上树不用教，泥巴涂泥自沾牢。这两句取喻极其新颖奇巧，感情色彩又十分鲜明，对小人的憎恶和轻蔑，洋溢在字里行间。后两句"君子有徽猷，小人与属"，看似平淡，其实不然。着眼全章，细味可知，说君子有美德，乃是反语，说小人跟随不离，恰是对于君子的嘲讽。这两句可谓寓巧于拙，耐人寻味。七章以雪见日而消，反喻周王骄横莫制。八章以雪见日而融，反喻小人愚顽不化，并以忧伤作结，留下不尽之窈。两章都借自然现象作比，而诗意由反喻中出之，不但丰富了诗的形象，而且使诗显得更加含蓄、深沉。

# 第四章

# 人间祝福

枝繁叶茂地盛开，繁衍。

## 清庙：威德普被的贤君

於穆清庙①，肃雝显相②。济济多士，秉文之德③。
对越在天④，骏⑤奔走在庙。不显不承，无射于人斯⑥。

**【注释】**

①於（wū）：赞叹词，犹如今天的"啊"。穆：庄严、壮美。清庙：清静的宗庙。

②肃雝（yōng）：庄重而和顺的样子。显：高贵显赫。相：助祭的人，此指助祭的公卿诸侯。

③济济：众多。多士：指祭祀时承担各种职事的官吏。秉：秉承，操持。文之德：周文王的德行。

④对越：犹"对扬"，对是报答，扬是颂扬。在天：指周文王的在天之灵。

⑤骏：敏捷、迅速。

⑥不（pī）：通"丕"，大。承（zhēng）：借为"烝"，美盛。射（yì）：借为"斁"，厌弃。斯：语气词。

**【简析】**

《清庙》为《颂》始。这是在周王朝的宗庙上祭祀其祖先文王灵的舞蹈歌。周文王姬昌，在殷商末期为西伯，在位五十年。他在世时，虽然没有实现灭殷立周、统一中原的宏愿，但他的"善理国政"，却使周部族向外显示了信誉和声威，为他儿子周武王姬发的伐纣兴国铺平了道路。所以，在周人心目中，他始终是一位威德普被、神圣而不可超越的开国贤君。诗歌祈祷说：啊，洁净的灵堂，文王之灵赐予宁静。恭恭敬敬的辅祭者，继续保持供奉文王遗德吧。辅祭者奉文王在天之灵的命令，毫无疏忽，匆忙奔走，侍奉于灵堂之上。文王非常英明，非常华贵，不会被人们嫌弃。

## 天作：知创业难而图治

天作高山①，大王荒之②。彼作矣③，文王康之④。
彼徂矣⑤，岐有夷之行⑥。子孙保之。

### 【注释】

①高山：指岐山，在今陕西岐山东北。

②大王：即太王古公亶父，周文王的祖父。荒：扩大，治理。

③彼：指大王。作：治理。

④康：安。

⑤彼：指文王。徂：往。

⑥夷：平坦易通。行（háng）：道路。

### 【简析】

这首诗是巫觋祭祀时为周天子祈福辞。先是歌赞古公亶父、文王等先祖的伟业：上天创造岐山，先祖古公亶父对其加以整治。清除岐山上草木，文王继承其业。耕犁其地，清除草木，在岐山上开辟贯通诸国的道路。接着为其后代祈祷：子子孙孙的周王们啊，永远保持这种传统吧。为周天子后代祈祷江山永固是目的，先赞其祖，一来表示"孝"治天下，二来用以激励周后代秉承先祖艰苦创业的作风，知创业艰难，励精图治，以永昌后世。

## 桑扈：赐我天神福无比

交交①桑扈，有莺②其羽。君子③乐胥，受天之祜④。
交交桑扈，有莺其领。君子乐胥，万邦⑤之屏。
之屏之⑥翰，百辟⑦为宪。不⑧戢不难，受福不那⑨。
兕觥⑩其觩，旨酒⑪思柔。彼⑫交匪敖，万福来求⑬。

## 【注释】

①交交：鸟鸣声。桑扈：鸟名，即青雀。

②莺：有文采的样子。

③君子：此指群臣。胥：语助词。

④祜：福禄。

⑤万邦：各诸侯国。屏：屏障。

⑥之：是。翰："干"的假借，支柱。

⑦百辟：各国诸侯。宪：法度。

⑧不：语助词，下同。戢（jí）：克制。难（nuó）：通"傩"，行有节度。

⑨那（nuó）：多。

⑩兕觥（sì gōng）：牛角酒杯。觩（qíu）：弯曲的样子。

⑪旨酒：美酒。思：语助词。柔：指酒性温和。

⑫彼：指贤者。匪敖：不傲慢。敖，通"傲"。

⑬求：同"逑"。集聚。

## 【简析】

这是一首祖灵接受祭祀之诗。先民认为，祖灵"君子"侍奉在天帝左右，每逢祭祀祖灵之际，往来于天地之间，接受子孙祭祀，赐之洪福。第一章是说，斑鸠啾啾鸣，羽毛真美丽。祖灵享欢愉，赐我天神福无比。第二章是说，斑鸠啾啾鸣，颈毛亦漂亮。祖灵享欢愉，为保我万邦。第三章是说，祖先如屏对外敌，诸侯以此为榜样。祖先谨慎心平和，赐福至今无限量。第四章是说，弯弯牛角杯，美酒和美肉。不骄不侮对祖灵，集我一身享万福。此篇歌赞祖灵"君子"侍奉于天帝左右，为子孙"受天之祜"，成我"万邦之屏"。

# 瞻彼洛矣：家族昌盛万世存

瞻彼洛矣，维水泱泱①。君子至止，福禄如茨②。韎韐有奭，以作六师③。

瞻彼洛矣，维水泱泱。君子至止，鞸琫有珌④。君子万年，保其家室。

瞻彼洛矣，维水泱泱。君子至止，福禄既同⑤。君子万年，保其家邦。

## 【注释】

①泱（yāng）泱：水势盛大的样子。

②止：语助词。茨：聚集。如茨，形容其多。

③韎韐（mèi gé）：用茜草染成黄赤色的革制品，如今之蔽膝。朱熹《诗集传》以为"韎韐"即《周礼》所谓韦弁，兵事之服也。奭（shì）：赤色貌。作：起也。六师：六军，古时天子六军。

④鞸（bǐ）：刀鞘。琫（bēng）：刀鞘口周围的玉饰。珌（bì）：刀鞘末端的玉饰。

⑤同：聚集。

## 【简析】

《瞻彼洛矣》是巫师佩戴祖灵假面，代表祖灵祝贺整个家族繁荣昌盛的诗。诗歌以洛水起兴，比喻君子福禄永泽，家族昌盛。第一章是说，看那洛水滔滔流。君子至此福禄多，犹如房顶茅草苫，一重一重层层厚。红红围毯膝上盖，君子六师显气派。第二章是说，看那洛水滔滔流。君子至此吸引人，鞘上装饰美绝伦。君子万世存，保我家族永安宁。第三章是说，看那洛水滔滔流。君子至此福禄多。君子万世存，保我国家永无忧。

## 天保：薄酒祭仪宣孝德

天保定尔，亦孔①之固。俾②尔单厚③，何福不除④？俾尔多益，以莫不庶⑤。

天保定尔，俾尔戬⑥谷。罄⑦无不宜，受天百禄。降尔遐福，维⑧日不足。

天保定尔，以莫不兴。如山如阜⑨，如冈如陵，如川之方至⑩，以莫不增。

吉⑪蠲为饎，是用⑫孝享。禴祠烝尝，于公先王。君曰：卜⑬尔，万寿无疆。

神之吊⑭矣，诒⑮尔多福。民之质⑯矣，日用饮食。群黎百姓，遍⑰为尔德。

如月之恒，如日之升。如南山之寿，不骞⑱不崩。如松柏之茂，无不尔或承。

## 【注释】

①孔：很。

②俾：使。

③单厚：确实很厚。

④除：给予。

⑤庶：众多。

⑥戬（jiǎn）谷：幸福。

⑦罄：所有。

⑧维：通"唯"，唯恐。

⑨阜：土山。

⑩川之方至：河水涨潮。

⑪吉：吉日。

⑫是用：用此。

⑬卜：给予。

⑭吊：降临。

⑮诒：通"贻"，送给。

⑯质：质朴。

⑰遍：感化。

⑱骞：因风雨剥蚀而亏损。

## 【简析】

《战国楚竹书·孔子诗论》云："《天保》其得录（禄）蔑疆。馔寡，德故也。"这首诗用赋体铺排为君王祈福，虽然馔肴不多，却彰显了孝德。第一章，祝君说："天保你而使你安定，而且甚为坚固。使你信有厚福，则何福不至？使你福多且益多，因此，你无所不多。"第二章，再祝说："天保定你，使你获得的福禄无不相宜。接受上天赐给你百禄吧，上天还要赐给你广远的福，其福之多，只感到时间不够，无暇接受罢了。"第三章，祝道："天保定你，无不兴盛。就像山像阜，像冈像陵，像大河刚到，源远流长，无不增盛，其盛其长不可限量。"第四章，选吉日洁身献酒食为祭，请先祖孝享。或禴或祠或烝或尝，四时出来祭祀先公先王，尸者（古代以活人代替扮作死去的人）代先君之神说："赐予你万寿无疆！"第五章，写祭祀时，神到了，我赐予你多福。百姓都证实你日用饮食都真实无伪，普遍能助你成德。第六章，颂祝说："像月之上弦而渐圆，像太阳从东方升起，寿如南山不亏不崩，如松柏之长茂，旧叶未落新叶已生，永无凋零之时！"祈祷上天让君主得禄，举行祭天仪式的目的，在于教人有所敬畏、昭明孝道，因而所用的酒食不多，只是借此比类而已，以宣德孝于天下。

## 鸳鸯：祖灵降临赐洪福

鸳鸯于飞，毕之罗之①。君子万年，福禄宜②之。
鸳鸯在梁，戢其左翼③。君子万年，宜其遐福。
乘马在厩④，摧之秣之⑤。君子万年，福禄艾⑥之。

乘马在厩，秣之摧之。君子万年，福禄绥⑦之。

## 【注释】

①毕：长柄的小网。罗：无柄的捕鸟网。

②宜：《说文解字》："宜，所安也。"引申为享。

③梁：筑在河湖池中拦鱼的水坝。戢（jí）：插。

④遐：远。乘（shèng）：四匹马拉的车子。乘马引申为拉车的马。厩：马棚。

⑤摧（cuò）：通"莝"，铡草喂马。《郑笺》："今莝字也。"《说文解字》："莝，斩刍也。"秣（mò）：用粮食喂马。

⑥艾：养。

⑦绥：安。

## 【简析】

此诗是在祭祀祖先的现场为祭祀祖灵而歌舞的诗作。第一章意为鸳鸯飞过，张网捕之。祖灵洪福万年长，赐予后代幸福享。第二章意为鸳鸯夹起左翼，栖息在鱼梁上。祖灵洪福传万年，幸福永久长。第三章意为祖灵坐骑拴马厩，喂其草料和谷物。祖灵洪福传万年，幸福永相连。第四章意为祖灵坐骑拴马厩，喂其谷物和草料。祖灵洪福传万年，幸福长久又美好。鸳鸯象征祖灵，本诗实为祝贺祖灵降临，子孙享受所赐洪福之诗。

## 振鹭：表演鹭舞祈永昌

振鹭于飞，于彼西雍①。我客戾止②，亦有斯容。
在彼无恶，在此无斁③。庶几夙夜，以永终誉④。

## 【注释】

①振：群飞之状。雍（yōng）：水泽。

②戾（lì）：到。止：语助词。

③恶：恶感。斁（yì）：厌弃。

④庶几：差不多，此表希望。永：长。终誉：恒久的荣誉。

## 【简析】

此篇是描写宗庙的祖先祭祀仪式之后，在西雍举行的伴有鹭舞的解斋宴情形的诗。商人尚白，且是鸟图腾民族，通体羽色纯白的鹭鸟当被商人视为高洁神圣之物，刚从原始自然神崇拜时代发展过来不久的商周人，它正是外在的美好仪表与内在的高尚精神完美统一的象征。白的鹭被视为祖灵，这首诗就是在西雍扮作祖灵翩翩起舞的年轻人。诗的意思是：在京城的西郊，扮作白鹭的青年们舞动着手中的鹭羽，宛如白鹭翩翩飞翔。于是，祖灵降临周宗庙。祭祀完毕，开始表演鹭舞。在天上，我们的祖灵不被上帝憎恶，降临宗庙又深受后代敬重。但愿以我的谨慎行事，祈祷祖先保佑周的王朝世世代代，永远繁荣昌盛。

## 有瞽：美妙宗乐享祖灵

有瞽①有瞽，在周之庭。设业设虡，崇牙树羽②。应田县鼓，鞉磬柷圉③。既备乃奏，箫管备举④。喤喤⑤厥声，肃雝⑥和鸣，先祖是听。我客戾止，永观厥成⑦。

## 【注释】

①瞽（gǔ）：盲人。这里指周代的盲人乐师。

②业：悬挂乐器的横木上的大板，为锯齿状。虡（jù）：悬挂乐器的直木架，上有业。崇牙：业上用以挂乐器的木钉。树羽：用五彩羽毛做崇牙的装饰。

③应：小鼓。田：大鼓。县（xuán）："悬"的本字。鞉（táo）：一种立鼓。一说为一柄两耳的摇鼓。磬（qìng）：玉石制的板状打击乐器。柷（zhù）：木制的打击乐器，状如漆桶。音乐开始时击柷。圉（yǔ）：即"敔"，打击乐器，状如伏虎，背上有锯齿。

以木尺刮之发声，用以止乐。

④备：安排就绪。箫管：竹制吹奏乐器。

⑤喤（huáng）喤：乐声大而和谐。

⑥肃雝（yōng）：肃穆舒缓。

⑦戾（lì）：到达。永：长。成：一曲奏完。

## 【简析】

此诗当为歌咏祖灵祭祀时，周宗庙里奏乐情形之作。乐人们等候在周宗庙的庭院里。他们身边放着用于悬挂乐器的业、虡，上面还插若羽饰。应、田、县鼓、鼗、磬、柷、圉等乐器一旦准备就绪，就开始奏乐，箫管的声音也一同响起。起初是轻微的叮当声，整齐而和谐。祖先啊，敬请享受这美妙的旋律吧。我们祈求祖灵降临，保佑子孙万代永远隆盛。

## 羔裘：先祖伟兮子孙贤

羔裘如濡①，洵直且侯②。彼其之子，舍命不渝③。

羔裘豹饰，孔④武有力。彼其之子，邦之司直⑤。

羔裘晏⑥兮，三英粲兮。彼其之子，邦之彦⑦兮。

## 【注释】

①濡：柔而有光泽。

②洵：诚然，的确；侯：美。

③渝：改变。

④孔：甚；很。

⑤司直：负责正人过失的官吏。

⑥晏：鲜艳、繁盛。

⑦彦：才德出众。

## 【简析】

这首诗是一首意在赞美到宗庙参加祖灵祭祀的子孙们出类拔萃，并颂扬其先祖伟业的作品。第一章云集宗庙的人们，身着光泽的皮衣，看上去忠诚老实又漂亮。祖先们曾有遗训，要我们保国保家邦。第二章云集宗庙的一族，身着饰有豹袖的皮衣，看上去威武又强悍。我们的先祖啊，剿除国家之害真能干。第三章在宗庙祭祀祖灵的子孙们，身着艳丽的皮衣，白线装饰格外漂亮，我们的祖先实是国家的栋梁。本诗以衣喻人，从羊羔皮制的朝服的质地、装饰，联想到穿朝服的官员的品德、才能，极其自然，也极为高明。

## 羔裘：形象威武而杰出

羔①裘豹祛，自我人②居居③。岂无他人？维④子之故。
羔裘豹褒⑤，自我人究究⑥。岂无他人？维子之好。

## 【注释】

①羔：羊之小者。
②自我人：对我们。
③居居（jù）：傲慢无礼。
④维：只。
⑤褒（xiù）：通"袖"。
⑥究究：态度恶劣、傲慢。

## 【简析】

此诗是一首赞美宗庙里尸的形象威武而杰出的作品。"羔裘"为黑色小羊皮制大衣，最初仅是尸（祭祀时代表死者受祭的人）所着衣服，后成为祭祀时着用的祭服、礼服，逐渐演变为吉事时所着用的衣服，最终作为儒服而普及。第一章说，我们的尸，身着豹皮袖的黑色小羊皮大衣，格外有气派。只有你，唯独你是我们的最爱。第二章说，我们的尸，身着豹皮袖的黑色小羊皮大衣，着装很精彩。只有你，唯独你是我们的最爱。

## 羔裘：祭祀先祖的虔诚

羔裘逍遥①，狐裘以朝②。岂不尔思③？劳心忉④忉。
羔裘翱翔⑤，狐裘在堂⑥。岂不尔思？我心忧伤。
羔裘如膏⑦，日出有曜⑧。岂不尔思？中心是悼⑨。

### 【注释】

①逍遥：悠闲地走来走去。

②朝：上朝。

③不尔思：即不思尔。

④忉忉：忧愁。

⑤翱翔：鸟儿回旋地飞。

⑥在堂：站在朝堂上。

⑦膏（gào）：涂上油。

⑧曜：照耀。

⑨悼：悲伤。

### 【简析】

这是一篇歌咏身着礼服集中到宗庙前的一族，从事祭祀祖灵活动的诗作。第一章说，身着羊皮衣的人们，专心从事祖灵祭祀，身着狐皮衣的人们也来到宗庙。怎么可能不思念先祖们呢？我们唯恐祭祀活动稍有疏漏。第二章说，身着羊皮衣的人们，专心祭祀祖灵，身着狐皮衣的人们，也来到宗庙。怎么会不思念先祖们呢？我们担忧祭祀活动稍有疏漏。第三章说，云集宗庙的人们，身着的羊皮衣很漂亮，在阳光下闪闪发光。怎么会不思念先祖们呢？担心祭祀活动出现不妥的地方。三章的感情是层层深入的，最后以"是悼"作结，表现了对先祖的怀念。

## 樛木①：福在君子的祈愿

南有樛木，葛藟②累之。乐只君③子，福履绥④之。

南有樛木，葛藟荒⑤之。乐只君子，福履将⑥之。

南有樛木，葛藟萦⑦之。乐只君子，福履成⑧之。

### 【注释】

①樛（jiū）木：下曲而高的树。

②葛藟（léi）：葛与藟是两种蔓生植物，花紫红色，茎可做绳，纤维可织葛布。

③君子：此处指结婚的新郎。

④福履：福禄。绥：安也。

⑤荒：掩、盖。

⑥将：扶助也，或释为"大"。

⑦萦：缠绕。

⑧成：就，指到来。

### 【简析】

《樛木》在《战国楚竹书·孔子诗论》中论述过多次，可见孔子顾眷的程度，孔子云："《樛木》之时，则以其禄也。""《樛木》，福斯在君子，不可得，不求不可能，不亦知极乎？"诗凡三章，每章只改易二字，句式整饬，反复吟唱，表达了对赐福君子的美好祝愿。三章均已"樛木、葛藟"起兴，"樛木"好比"君子"，而"葛藟"则如福禄，"君子"与福禄相生相随相伴，这是多么美好的图景！"乐只君子，福履绥（将、成）之"而言，其义为有德君子斯能得上天之福佑，如《尚书·汤誓》"天道福善祸淫"之诫，又如《中庸》"君子居易以俟命，小人行险以徼幸"之比，孔子教诲弟子，冀其能下学上达，不为章句之微所限，是亦贤者识其大者。"乐只君子"一个"乐"，也是孔子追求的境界，"贤哉，回也！一箪食，一瓢饮，在陋巷，不堪其忧，回也不改其乐。贤哉，回也！"孔子主张"乐生"，在任何情况下不改变"快乐"，是孔子衡量是否"君子"的标准之一。在孔子的"君子"理念中，"福斯在君子"。这首乐歌表达的正好是这个观念。然而，在现实中，"君子"并不总是能获得福禄，在追求之后还不可获得，孔子认为就应当知"止"。但是，诗歌描述的君子"福祉图"，"不亦知极乎"，不禁令人心生向往。

## 螽斯①：忠信礼恭宜子孙

螽斯羽，诜诜②兮。宜尔子孙，振③振兮。
螽斯羽，薨薨④兮。宜尔子孙，绳绳⑤兮。
螽斯羽，揖揖⑥兮。宜尔子孙，蛰蛰⑦兮。

### 【注释】

①螽（zhōng）斯：即绿色蝈蝈，身体绿色或褐色，触角呈丝状，善于跳跃，雄的前翅有发音器。

②诜诜（shēn）：同"莘莘"，众多貌。

③振（zhēn）：盛貌。

④薨：虫群飞的声音。

⑤绳：不绝貌。

⑥揖（jí）揖：会聚也。揖为集之假借。

⑦蛰（zhí）：和集也。

### 【简析】

《螽斯》是一首祭祀时的礼辞，也是一首寓言诗。"螽"由"冬"和"虫"组成。"冬"，甲骨文为天气严寒时，乾坤两道维系住快要低于地平线的日月，这就是为孔子云"慎终追远"的本义，"民德归厚"是"冬"的引申义。"虫"，甲骨文指一切动物为

"虫"，禽为羽虫、兽为毛虫、昆为甲虫、鱼为鳞虫、人为裸虫。"螽"携隐"中、正"，"斯"携隐"司、嗣"，"羽"携隐"语、御"。题目隐含"忠信"是人之"羽"。诗歌描绘了这样一幅画面：在螽斯的家祭上，螽斯族长的礼辞中，告诫子孙，要牢记"诜诜、振振、薨薨、绳绳、揖揖、蛰蛰"的话，家族才能越来越兴旺。孔子借此诗，劝诫执政者当如螽斯，谨守"正乐永恒"、"德风未央"、"忠信礼恭"的美德，做"造福子孙、忠于人民"的好家长、好领导。诗歌三节意义层层推进，用双声叠韵营造出余音绕梁的效果。

## 桃夭：遥远春天的笑靥

桃之夭夭①，灼②灼其华。之子于归③，宜其室家④。
桃之夭夭，有蕡其实⑤。之子于归，宜其家室。
桃之夭夭，其叶蓁蓁⑥。之子于归，宜其家人。

## 【注释】

①夭夭：花朵盛开鲜花怒放的样子，本诗文中特指欣欣向荣。

②灼：花朵色彩鲜艳如火，此文用来形容女子外貌之美。

③之：是，此。之子：这个姑娘。古代把丈夫家看作女子的归宿，故称"归"。

④宜：善，和顺。

⑤蕡（fén）蕡：颜色相杂的样子。

⑥蓁（zhēn）：叶子茂盛的样子。

## 【简析】

此篇当是在宗庙里向祖灵报告并祝贺族内姑娘即将出嫁的诗。上古先民都坚信树上盛开的鲜花是神灵的显现，并虔诚地向其进行祈祷。枝繁叶茂、果实累累的桃树在代表"妊娠之神"，于是人们就向祖灵降临的凭依——桃树祈祷新媳妇的幸福。桃花又恰到好处地写出了少女的艳丽。艳若桃花，照眼欲明，少女堪称"尽美"，"宜其家人"堪为"至善"。拿鲜艳的桃花，比喻少女的美丽，由"花"而"实"而"叶"，完整地概括了女子幸福的一生。这首诗祝贺人新婚，但不夸耀男方家世如何显赫，或者显示女方陪嫁如何丰盛，而是再三再四地讲"宜其家人"，要使家庭和美，确实高人一等。

## 鹊巢：迎娶新娘的祝福

维鹊①有巢②，维鸠③居之。之子于归④，百⑤两御⑥之。

维鹊有巢，维鸠方⑦之。之子于归，百两将⑧之。

维鹊有巢，维鸠盈⑨之。之子于归，百两成⑩之。

## 【注释】

①维：发语词；鹊：象征国君。

②有巢：男子已有家室，比兴用法。

③鸠：斑鸠，民间传说斑鸠不筑巢，居其他鸟类筑的巢，象征后妃。

④归：嫁。

⑤百：虚数，特指数量很多。

⑥两御：两通"辆"；御通"迓"，迎接。

⑦方：并，比。此处指意为占据。

⑧将：送。

⑨盈：满。

⑩成：迎送成礼。

## 【简析】

这是一首结婚歌。"鹊"是一种好兆头的鸟，俗称"喜鹊"，通常与结婚的观念联在一起；"鹊"也是婚姻忠贞的象征。诗中"鹊"与新年，"鸠"和"御"形成对称关系，强调妻子对丈夫的服从。上古"诸侯之子嫁与诸侯，送御者皆百乘车"《毛传》，可见这诗是写诸侯家迎娶新娘，"维鸠盈之"是说诸侯家可以娶多个妻妾，充满房间。这首诗表现了诸侯娶亲的豪华排场，用百辆大车迎接，是对新娘的尊重，也突出强调了婚姻的隆重和喜庆。诗歌三叠回环，祝贺新娘，赞美她的忠贞、顺从的美德，祝愿她婚后安居夫家。全诗结构紧凑，前后呼应，从出嫁有家到对自己家园的维护和热爱，写出了对新娘的美好祝愿，意味深长，感觉亲切。

## 何彼襛①矣：贵族结亲的豪华

何彼襛矣，唐棣②之华？曷③不肃雍？王姬④之车。

何彼襛矣，华如桃李？平王⑤之孙，齐侯之子。

其钓维何？维丝伊缗⑥。齐侯之子，平王之孙。

【注释】

①襛（hóng）：花木繁，茂盛。

②唐棣：木名，似白杨，又作棠棣、常棣。

③曷（hé）：庄严肃静。

④王姬：周王的女儿，姬姓，故称王姬。

⑤平王：平王、齐侯：指谁无定说，或谓非实指，乃夸美之词。

⑥其钓维何，维丝伊缗（mín）：是婚姻恋爱的隐语，或指男女双方门当户对、婚姻美满。

【简析】

本诗应是为平王之孙与齐侯之子新婚而作，在赞叹称美之余微露讽刺之意。第一章以唐棣之花的繁多和艳丽起兴，铺陈出嫁车辆的骄奢；路人旁观、交相赞叹称美的盛况，极力铺写王姬出嫁时车服的豪华奢侈和结婚场面的气派、排场。次章以桃李为比，点出新郎、新娘，刻画他们的光彩照人。"平王之孙，齐侯之子"二句虽然所指难以确定，但无非是渲染两位新人身份的高贵。末章以钓具为兴，表现男女双方门当户对、婚姻美满。全诗在诗人的视野中逐渐推移变化，时而正面描绘，时而侧面衬托，相得益彰。从结构上说，全诗各章首二句都是一设问、一作答，具有浓郁的民间色彩。

## 信南山：周王祈福的乐歌

信彼南山①，维禹甸之②。畇畇原隰③，曾孙田之④。我疆我理⑤，南东其亩⑥。

上天同云⑦，雨雪雰雰⑧。益之以霡霂⑨，既优既渥⑩。既霑既足⑪。生我百谷。

疆埸翼翼⑫，黍稷彧彧⑬。曾孙之穑⑭，以为酒食。畀我尸宾⑮，寿考万年。

中田有庐⑯，疆埸有瓜。是剥是菹⑰，献之皇祖⑱。曾孙寿考，受天之祜⑲。

祭以清酒，从以骍牡⑳，享于祖考。执其鸾刀㉑，以启其毛，取其血膋㉒。

是烝是享，苾苾芬芬。祀事孔明，先祖是皇。报以介福。万寿无疆。

## 【注释】

①信（shēn）：即"伸"，延伸。南山：即终南山，在陕西西安南。

②维：是。禹：大禹。甸：治理。

③畇（yún）：平整田地。畇畇，土地经垦辟后的平展整齐貌。原隰：泛指全部田地。原，平或高平之地。隰（xí），低湿之地。

④曾孙：后代子孙。朱熹《诗集传》："曾，重也。自曾祖以至无穷，皆得称之也。"故又作为主祭者之代称。田：垦治田地。

⑤疆：田界，此处用作动词，划田界。理：田中的沟陇，此处亦用作动词。疆指划定大的田界，理则细分其地亩。

⑥南东：用作动词，指将田陇开辟成南北向或东西向。

⑦上天：冬季的天空。《尔雅·释天》："冬日上天。"同云：天空布满阴云，浑然一色。

⑧雨雪：下雪，"雨"作动词，降落。雰雰：纷纷。

⑨益：加上。霢霂（mài mù）：小雨。

⑩优：充足。渥：湿润。

⑪沾：沾湿。

⑫埸（yì）：田界。翼翼：整齐貌。

⑬彧（yù）彧：同"郁郁"，茂盛貌。

⑭穑：收获庄稼。

⑮畀（bì）：给予。

⑯庐：房屋。一说"芦"之假借，即芦菔，今称萝卜。

⑰菹（zū）：腌菜。

⑱皇祖：先祖之美称。

⑲祜（hù）：福。

⑳骍（xīn）：赤黄色（栗色）的马或牛。牡：雄性兽，此指公牛。

㉑鸾刀：带铃的刀。

㉒膋（liáo）：脂膏，此指牛油。

## 【赏析】

这首诗是周王祭祖祈福的乐歌。全作共六章。第一章，是写疆理饬修。全诗皆大重农而祭神，因此，开始就从田功起笔。那延伸无际的终南山原野，是大禹治水之后所开辟的田地。无论是高原还是洼地，周王都垦辟为农田，从而种植庄稼。在地上饬修划分疆界，东西南北阡陌交通，地势水利无不相宜。此章是就地利而言，既写出先代祖宗垦拓之艰，也反映后世子孙守业之难。第二章，是写雨雪及时。水是农业生产的命脉，写了土地之后，紧接着写水利。那里虽有泾、渭二水可以灌溉，但总是有限的。天上及时落下雨雪，便能滋润田地，使得禾苗茁壮。此章是写天时，亦为农业生产的必备条件。它是祭祀时很重要的内容，实为诗中的传神之笔。第三章，是写黍稷茂盛。重点是写庄稼肥美，以及丰收后祭神的情状。祭祀中有人扮演神尸，他们都要享用周王祭，感到无限欣慰；也有许多来宾，他们祝愿周王"寿考万年"。第四章是写瓜菹具备，第五章是写牺牲美好，第六章是写"祀事孔明"。本诗用简笔叙述祭祀过程，在艺术上亦能显示其略写功力。此诗的艺术成就，最为显著的便是写景造境，绚丽动人。开头就展示自然园田之美，使人若置身于八百里秦川的渭河大平原，使人领略雪花漫天飞扬的奇观。而"疆埸翼翼，黍稷彧彧"、"中田有庐，疆埸有瓜"，简直是一幅农村风光画卷，有着感人的艺术境界。诗的第四章，是文中养局，闲情别致。五、六两章写祭事精细入微。全诗简明跌宕，意脉蝉联，显示了简括、朴实明快的风格。

## 第五章

# 美丽的劳动

我们一生下来，就有一座高山等着我们攀登，这是我们的宿命，也是我们的快乐。

# 芣苢<sup>①</sup>：满山芣苢满山歌

采采<sup>②</sup>芣苢，薄言<sup>③</sup>采之。采采芣苢，薄言有<sup>④</sup>之
采采芣苢，薄言掇<sup>⑤</sup>之。采采芣苢，薄言捋<sup>⑥</sup>之。
采采芣苢，薄言袺<sup>⑦</sup>之。采采芣苢，薄言襭<sup>⑧</sup>之。

## 【注释】

①芣苢（fǒu yǐ）。

②采采：采取，色彩鲜艳而又繁盛。这里指采摘。

③薄言：语气词"勉力"的意思。

④有：获取、采取。

⑤掇（duō）：拾取、拾起。

⑥捋：从根茎上面抹下来。

⑦袺（jié）：拉起衣衽以盛放物品。

⑧襭（xié）：把衣襟下角系上兜起来。

## 【简析】

《战国楚竹书·孔子诗论》云："《芣苢》士。"《说文》："士者，事也。""任事之称也。引申之，凡能事其事者偁士。"这首诗写平凡劳动的欢乐。春天的郊野，微风吹拂，处处清脆，三五个农妇，手挽着竹篮，采摘车前子，有的手将草籽，有的用裙子兜着采好的草药，采得多的，索性把裙角系上腰间……轻快的动作配合着劳动间的闲谈，对唱的歌曲，又有美好的天气相伴，这样的生活虽和繁华奢侈毫不相干，但却是人人心中都向往的画面。生活本来就很艰难，尤其是先秦时期，生产力低下，自然灾难又频发，人们无力抵挡。而在这艰难之中，也有着可以轻易获得的欢喜，人作为自然的一部分，本身就离不开自然，人处于自然中的时候，应该是最放松的时刻。那时，尘世的烦恼远去，在旷野里，清风与流水和鸣，日光与植物舞蹈，人们的眼中充满动人的绿意，会觉得人与自

然真正融在了一起。劳动的歌声划过嫩绿的叶片，落进了风的深处，能够找寻得到的只有从心里满溢出来的一种纯净的欢喜。这尘世里，有一种最普通的草，叫车前子，先民们有一颗最简单知足的心，叫欢喜心。他们的日子虽然辛苦艰难，但确实是满足与快乐的。人们也就会获得这样的道理，越是简单，越是容易喜欢。

## 十亩之间①：欢快的桑园晚归

十亩之间兮，桑者闲闲②兮，行与子还③兮。
十亩之外④兮，桑者泄⑤泄兮，行与子逝⑥兮。

【注释】

①十亩之间：意指广阔和众多，而不是确数。
②桑者：采桑的妇女。闲闲：轻松熟练的样子。
③子：你。还：归还。
④十亩之外：相邻的桑田。
⑤泄：人多而声音嘈杂的样子。
⑥逝：往，回去。

【简析】

这首诗描绘了一派清新恬淡的田园风光，抒写了采桑女轻松愉快的劳动心情。夕阳西下，暮色欲上，牛羊归栏，炊烟渐起。夕阳斜晖，透过碧绿的桑叶照进一片宽大的桑园。忙碌了一天的采桑女，准备回家了。顿时，桑园里响起一片呼伴唤友的声音。人渐渐走远了，她们的说笑声和歌声却仿佛仍袅袅不绝地在桑园里回旋。这就是《十亩之间》展现的一幅桑园晚归图。诗歌用镜头组合的方法，首章写"十亩之间"，次章写"十亩之外"表现了一幅辽阔的劳动画面，为采桑女设置了绿叶满地的背景；接着用叠韵词"闲闲"从视觉的静态角度，写她们采桑时轻松熟练的画面，用"泄泄"从听觉的动态角度写她们的喧嚣笑语，每一句都用一个表抒情的"兮"，很自然地拖长了语调，以轻松的旋律，表达愉悦的心情。劳动结束，姑娘们轻松欢乐，她们结伴而回，这是一幅多么和谐美丽的画面。

## 卢令：完美男子的典范

卢令令①，其人美且仁②。
卢重环③，其人美且鬈④。
卢重鋂⑤，其人美且偲⑥。

**【注释】**

①卢：黑毛猎犬。令令：即"铃铃"，猎犬颈下套环发出的响声。

②其人：指猎人。仁：仁慈和善。

③重（zhōng）环：大环套小环，又称子母环。

④鬈（quán）：勇壮。一说发好貌。

⑤重鋂（méi）：一个大环套两个小环。

⑥偲（cāi）：多才多智。一说须多而美。

**【简析】**

周朝猎犬多戴双环金属颈圈，左右各有金属小钮环，护咽喉之要。《卢令》如同一幅生动的素描画，以"先声夺人"的表现手法，不直接先写猎人，而是先写猎犬来彰显猎人的优点。作者通过猎人携犬出猎，以猎犬奔跑时发出的颈铃响声和套带的圈环来映衬烘托猎人的和善心灵（美且仁）、英俊强壮的形象（美且鬈）和多才能干（美且偲）的素质。优秀的猎犬通常是由优秀的猎人培训出来的。人与犬互为依存、相映成趣，令人想象到在狩猎活动中，人与犬的默契配合，充满欢快活泼的气氛，从而了解春秋时代齐国人民爱好田猎的民情风俗，以及把猎人当作英雄偶像来仰慕的风气。

从《卢令》一诗中，我们可以看出古代先民已具有一个比较完美的审美情趣和衡量美男子的标准。一个完美的男子必须具备心灵美和外形美，身体健康，心理也健康，多才多艺、德才兼备以及爱护动物等。这些审美标准至今仍然适用于现代社会，或者说现代人应该传承先祖们遗留下来的这些优秀的传统观念。

## 驺虞：自然之神的惠泽

彼茁①者葭②，壹发五豝③，于嗟乎驺虞④！

彼茁者蓬⑤，壹发五豵⑥，于嗟乎驺虞！

### 【注释】

①茁：草木初生出来壮盛的样子。

②葭：初生的芦苇。

③壹：发语词。发：启、起，生长发育。五：程俊英、蒋见元《诗经注析》："五，虚数，如三、九，都是泛言其多。"豝（bā）：常跟随在母猪身边的小猪，或指因体重过大而匍匐于地的大猪。

④于嗟乎：感叹词。驺虞：古代汉族神话传说中的仁兽，此处是猎官名。

⑤蓬：草的一种。

⑥豵（zōng）：小猪。一岁曰豵（此处据上下文意，应为一岁的小野猪）。

### 【简析】

这是一首庆贺牲畜繁盛的诗歌。诗歌的意思是：那初生鲜嫩的芦苇苗，一定会让大群的母猪吃了它而快快长高，（母猪长大会下更多小猪羔，）哎呀呀！驺虞官啊你的好运就要来了。那初生鲜嫩的蓬蒿草，一定会让大群的小猪吃了它快快上膘，（小猪长膘我们秋冬口福好，）哎呀呀！驺虞神啊你的恩惠真不少。诗歌的内容简单，形式短小，真切的生活愿望表达和巫术思维的残留，说明这首小诗甚至可能产生在先周时代。远在渔猎采集社会，古人就十分注意观察各种天象及物候信息，找寻其与生产生活的关系，从而逐渐注意到某年在某个节令芦苇和飞蓬生得多而茂密，这一年野猪就会兴旺。家猪的驯养实践，又进一步摸清了二者之间的必然联系。《驺虞》是反映放牧养殖方面古老经验的一首谚语式歌谣，通过简洁的歌谣传播特别的物候信息——葭、蓬丰茂与野猪（后来也包括家猪）兴旺之关系。因为古人还没有科学的自然观，总把自然界的一切变化看作是神灵的幕后推动，所以最后要感谢驺虞神的恩赐。

## 简兮①：爱你炫目的舞姿

简兮简兮，方将万舞②。日之方中③，在前上处④。
硕人俣俣⑤，公庭万舞⑥。有力如虎，执辔如组⑦。
左手执龠⑧，右手秉翟⑨。赫如渥赭⑩，公言锡⑪爵。
山有榛⑫，隰有苓⑬。云⑭谁之思？西方美人。彼美人兮，西方之人兮。

【注释】

①简兮：鼓声。
②方将：即将，将要。万舞：一种大型的舞蹈，由武舞以及文舞组成。
③日：太阳。方中：正中。
④在前上处：在前列的上头。
⑤硕：大貌。俣俣：魁梧健美的样子。
⑥公庭：庙堂的前庭。
⑦辔：马缰。
⑧龠（yuè）：乐器。
⑨秉：拿着。
⑩赫：红色。渥（wò）：厚。赭（zhě）：赤褐色，赭石。
⑪锡：赐。

⑫榛：落叶灌木。

⑬隰：低下的湿地。苓：甘草。

⑭云：语气助词。

## 【简析】

《毛诗序》云："《简兮》，刺不用贤，贤者居于伶官。"这是一首女子观看舞师表演"万舞"并对他产生爱慕之情的诗。第一章说，威武无比啊雄壮万分，规模宏大的万舞表演马上就要开场。日正中天当头普照，他骄傲地站立在前排的中央。第二章说，英俊的人啊高大魁梧，公堂前的大庭里万舞欢腾。强壮有力的舞姿啊似下山猛虎，手中执握的缰绳啊如绶带般精致。第三章说，他们的左手拿着竹笙排箫，他们的右手握着翟羽雉翎。红润光亮的脸庞像涂抹着厚厚的赭土，愉悦的国君赐给舞者一杯醇浓的美酒。第四章说，高高的山冈上挺立着繁茂的榛树，低洼的阴湿地生长有翠绿的苍耳。我激情难平的心里思念的是谁呀？正是来自周朝英俊男儿的领舞人。那个令人芳心怦然而动的美男子啊，他是从西方的天子脚下走来的人。诗中的赞叹者似是一位很有身份和修养的女性，而英俊威武的舞者不过是供人玩乐的舞人。她虽然对美男子有企恋之心，但又叹其所居甚远一别难见，既有低回凄婉的心绪，又有可望不可即的怅惘苦涩。她终究压抑住了自己的春心，做出了符合身份的抉择。

### 还：惺惺相惜的称慕

子①之还②兮，遭我乎峱之间兮③。并驱从④两肩兮，揖我谓我儇⑤兮。

子之茂⑥兮，遭我乎峱之道兮。并驱从两牡兮，揖我谓我好⑦兮。

子之昌⑧兮，遭我乎峱之阳⑨兮。并驱从两狼兮，揖我谓我臧⑩兮。

## 【注释】

①子：你。猱（náo）：形如貔貅的祥瑞之兽。

②还：敏捷，跑得快。

③遭：相遇。

④并驱：骑马并去而奔跑。从：追逐。

⑤揖我：向我作揖。儇：敏捷、麻利。

⑥茂：本意为茂盛，这里指身体健康、精神饱满。

⑦好：狩猎技艺高超。

⑧昌：年轻能干。

⑨阳：山的南方。

⑩臧：关系好的朋友。

## 【简析】

这首诗以猎人自叙的口吻，表达了先秦时代猎人的勇武精神。猱山崎岖的山道上，两个猎手相遇了，经过一场同心协力的狩猎之后，他们相见恨晚，互相称赞对方。第一章说，你的身姿敏捷而又灵巧啊，我们相遇在猱山的山坳间。同心协力驱赶追捕两只大野猪呀，你向我作个揖称赞我身手灵便。第二章说，你狩猎的本领真是高强啊，我们相遇在猱山的山道上。同心协力驱赶追捕两只雄野兽呀，你向我作个揖夸说我打猎高手。第三章说，你的身体魁梧而又勇武啊，我们相遇在猱山的南山坡。同心协力驱赶追捕两只大野狼呀，你向我作个揖赞扬我身板真棒。诗中猎人的阳刚之气、协作精神和彬彬有礼，彰显了文武并用的君子精神。

### 猗嗟①：武略文韬冠一时

猗嗟昌兮，顽而②长兮。抑若扬③兮，美目扬兮。巧趋④跄兮，射则臧兮。

猗嗟名兮，美目清⑤兮。仪⑥既成兮，终日射侯⑦，不出正兮，展⑧我甥兮。

　猗嗟娈兮，清扬婉兮。舞则选兮，射则贯⑨兮，四矢反⑩兮，以御⑪乱兮。

【注释】

　①猗嗟：赞叹声。昌：盛，此处指貌美。

　②颀而：应作"颀若"。

　③抑：通"懿"，美好。扬：借为"阳"，明亮。

　④巧趋：轻巧的快步走。

　⑤清：明，形容眼睛黑白分明。

　⑥仪：射箭前的仪式。

　⑦侯：箭靶。

　⑧展：诚，确实。

　⑨贯：中正而穿透。

　⑩反：箭皆射中一个点。《集传》："四矢，射礼每发四矢。反，复也，中皆得其故处也。"《韩诗》"反"作"变"。

　⑪御：抵抗。

【简析】

　《楚竹书·孔子诗论》云："《猗嗟》曰：'四矢弁（反）'，'以御乱'，吾喜之。"诗中的"甥"指鲁庄公。孔子说："吾喜之"，是因鲁庄公射技之精。"乱"，是戎狄的威胁。鲁庄公时，戎狄势力已迫近鲁地。《春秋·庄公十八年》载，这年夏天，"公追戎于济西"。过了两年，"齐人伐戎"。鲁庄公二十四年"冬，戎侵曹，曹羁出奔陈"。鲁庄公二十六年，鲁再次伐戎。鲁庄公三十年与"齐人伐山戎"。鲁庄公精良的箭术乃是抵御戎狄威胁的一个重要条件。孔子对于《猗嗟》的赞许，可以看出孔子"内华夏、外夷狄"的观念。鲁庄公不仅武功高强，且是一位颇有头脑的人物。《左传》记著名的长勺之战，曹刿论战固然出尽了风头，但鲁庄公亦提出施惠于人、敬慎祭神、明察刑狱等三事为赢得战争胜利的三项要事，实属不易。长勺之战，鲁庄公大败齐国，并于同年夏与翌年，两败宋国。鲁庄公还是一位遵守孝道的人。其母文姜屡次犯错，让鲁庄公颜面尽失，但鲁庄公并没有对她绝情寡义。《猗嗟》由衷地赞扬了鲁庄公的才艺之美，从他的相貌到他的射仪箭术，无一不在诗人的赞赏范围之内，说《猗嗟》是一首鲁庄公的赞美诗并不为过。

## 蟋蟀：知难行俭得安闲

蟋蟀在堂①，岁聿其莫②。今我不乐③，日月其除④。无⑤已大康，职⑥思其居。好乐无荒⑦，良士瞿瞿⑧。

蟋蟀在堂，岁聿其逝⑨。今我不乐，日月其迈⑩。已大康，职思其外无。好乐无荒，良士蹶蹶⑪。

蟋蟀在堂，役车其休⑫。今我不乐，日月其慆⑬。无以大康。职思其忧⑭。好乐无荒，良士休休⑮。

## 【注释】

①蟋蟀在堂：蟋蟀进入室内，表示将近天寒岁暮。

②聿（yù）：语气助词。

③乐：寻欢作乐。

④日月：特指光阴。除：逝去。

⑤无：通"毋"，不要。

⑥职：通"尚"，还要。

⑦乐：喜好。荒：荒废。

⑧良士：贤士，特质心目中的榜样。瞿（jù）：惊愕。

⑨逝：逝去。

⑩迈：行。

⑪蹶蹶（guì）：动作敏捷的样子。

⑫其休：将要休息。

⑬慆（tāo）：逝去。

⑭职思其忧：还要想想可忧的事情。

⑮休休：安闲自得的样子。

## 【简析】

《孔丛子·记义》载："于《蟋蟀》见陶唐俭德之大也。"《楚竹书·孔子诗论》云："《蟋蟀》，知难。"蟋蟀是唐风的第一篇。朱传云："唐俗勤，故民间终岁劳苦，不敢少休。及其岁晚务闲之时，乃敢相与热饮为快。"第一章写岁暮安乐而不可忘正事。言蟋蟀已在堂屋鸣叫，已经是九月末了，此后则岁将幕。当此之时，我如果不作乐，则日月逝去，时光空度了。然而也不可行乐太过，应该趁着闲暇思考居行之事。这正是休闲的好时节，但不可荒废职事，如果是良士就当悚然而醒，不敢恣意玩乐。二三章与第一章重章叠唱。二章写良士在行乐之时，蹶蹶然敏于其事，而常思自己所治主业外的其他事，即使不是他主治之业也会思考的。三章写知难而有早备，为乐而有节，才得安闲之道。这首诗有教化百姓之旨，劝人好好工作，勤于思考，在享乐之余不忘正业。故孔子感叹"于《蟋蟀》见陶唐俭德之大也。"

## 东门之池①：觅得一人"可晤歌"

东门之池，可以沤②麻。彼美淑姬③，可与晤歌④。
东门之池，可以沤纻⑤。彼美淑姬，可与晤语。
东门之池，可以沤菅⑥。彼美淑姬，可与晤言。

## 【注释】

①池：护城河。

②沤：在水中浸泡。

③姬：古代对妇女的美称。

④晤歌：用歌声互相唱和。

⑤纻：苎麻，又名青麻。

⑥菅：多年生草本植物，经枢溃后，可供搓绳、编席、编草鞋用。

## 【简析】

这是一首欢快的劳动对歌，表现了青年男子欲与美丽善良的姑娘交往的诗歌。一群青年男女，他们在东门外的护城河里漫麻、洗麻、漂麻（"东门之池，可以沤麻"）。大家一边劳动，一边说笑。那个美丽的姑娘，是小伙子钟情的好对象。在漫麻（"可以沤麻"）的时候，他可以与她对歌（"可以晤歌"）；在浸苎（"可以沤苎"）的时候，他可以与她商量事儿（"可以晤语"）；在浸菅（"可以沤菅"）的时候，他可以与她倾诉衷肠（"可以晤言"）……，他们在漫麻中相识，在漫苎中相知，在漫菅中相爱，他们在劳动中歌颂爱情，在相爱中歌唱劳动生活，他们用自己辛勤的汗水和青春的朝气谱写了这曲《东门之池》。在茫茫的人海中，有几人"可与晤歌"、"可与晤语"、"可与晤言"？"晤歌"，是心灵相通、声气相求；是心有灵犀一点通；是灵魂的菩提，是美的飞舞，是在千万人中觅一知己者，而不是权势、财富、地位的匹对。能有一个"可与晤歌"是幸福的，也是珍贵的。人生能得一人"可与晤歌"足矣！

## 无羊：牛羊蕃盛的欢歌

谁谓尔无羊？三百①维群。谁谓尔无牛？九十其犉②。尔羊来思③，其角濈濈④。尔牛来思，其耳湿湿⑤。

或降于阿，或饮于池，或寝或讹⑥。尔牧来思，何蓑⑦何笠，或负其餱⑧。三十维物⑨，尔牲则具。

尔牧来思，以薪以蒸，以雌以雄。尔羊来思，矜矜兢兢，不骞⑩不崩。麾之以肱，毕来既升。

牧人乃梦，众⑪维鱼矣，旐维旟矣⑫，大人占之；众维鱼矣，实维丰年；旐维旟矣，室家溱溱⑬。

**【注释】**

①三百：与下文"九十"均为虚指，形容牛羊众多。维：为。

②犉（chún）：大牛，牛生七尺曰"犉"。

③思：语助词。

④湒（jì）湒：一作"戢戢"，群角聚集貌。

⑤湿（qì）湿：耳动貌。

⑥讹（é）：同"吪"，动，醒。

⑦何：同"荷"，负，戴。蓑（suō）：草制雨衣。

⑧餱（hóu）：干粮。

⑨物：毛色。

⑩骞（qiān）：损失，此指走失。崩：散乱。

⑪众：蝗虫。古人以为蝗虫可化为鱼，旱则为蝗，风调雨顺则化鱼。

⑫旐（zhào）：画龟蛇的旗，人口少的郊县所建。旟（yǔ）：画鸟隼的旗。人口众多的州所建。

⑬溱（zhēn）溱：同"蓁蓁"，众盛貌。

**【赏析】**

这是一首咏牛羊蕃盛的诗。第一章描述所牧牛羊之众多，开章劈空两问，问得突兀，却又诙谐有情，将诗人乍一见到众多牛羊的惊奇、赞赏之情，表现得极为传神。接着巧妙地选择了牛羊身上最富特征的耳、角，以"湒湒"、"湿湿"稍一勾勒，那（羊）众角簇立、（牛）群耳耸动的奇妙景象，便逼真地展现在了读者眼前。这样一种全不借助比兴，而能够"状难写之景如在目前"（梅尧臣语）的写作技巧十分难得。第二、三章集中描摹放牧中牛羊的动静之态和牧人的娴熟技艺，堪称全诗写得最精工的篇章。"或降"四句写散布四近的牛羊何其自得，此刻的牧人正肩披蓑衣、头顶斗笠，或砍伐着柴薪，或猎取着飞禽。一时间蓝天、青树、绿草、白云，山上、池边、羊牛、牧人，织成了一幅无比清丽的放牧图景。图景是色彩缤纷的，诗中用的却纯是白描，而且运笔变化无端：先分写牛羊、牧人，节奏舒徐，轻笔点染，表现着一种悠长的抒情韵味。方玉润《诗经原始》叹其"人物并处，两相习自不觉两相忘"，正真切领略了诗境之幽静和谐。待到"麾之以肱，毕来既升"两句，笔走墨移间，披蓑戴笠的牧人和悠然在野的牛羊，霎时汇合在了一起。画面由静变动，节奏由缓而骤，牧人的臂肘一挥，满野满坡的牛羊，便全都争先恐后奔聚身边，紧随着牧人升登高处。真是物随人欲、挥斥自如，放牧者那娴熟的牧技和畜群的训习有素，只以"麾之"二语尽收笔底。难怪清人王士禛要盛推其描摹"字字写生，恐史道硕、戴嵩画手擅场，未能如此尽妍极态"（《渔洋诗话》）；方玉润要惊叹"其体物入微处，有画手所不能到"了。

## 吉日：天子田猎的盛况

吉日维戊①，既伯既祷②。田车既好，四牡孔阜③。升彼大阜，从其群丑④。

吉日庚午，既差⑤我马。兽之所同，麀鹿麌麌⑥。漆沮之从，天子之所⑦。

瞻彼中原，其祁孔有⑧。儦儦俟俟⑨，或群或友。悉率左右，以燕天子⑩。

既张我弓，既挟我矢。发彼小豝，殪此大兕⑪。以御宾客，且以酌醴⑫。

【注释】

①维：是。戊：古人以天干地支相配计日。以天干奇数为刚日，偶数为柔日。刚日宜外事，柔日宜内事。田猎为外事，故以刚之戊为吉日。

②伯："祃"之假借。祃，师祭。祷："禂"之假借字。禂，马祭。

③田车：猎车。田，同"畋（tián）"，打猎。孔：很。阜：强壮高大。阜：山冈。

④从：追逐。群丑：指群兽。

⑤差：选择。

⑥同：聚集。麀（yōu）：母鹿。麌（yǔ）麌：众多貌。

⑦漆、沮（jǔ）：古代二水名，在今陕西境内。所：处所，此指会猎场所。

⑧中原：原中，指原野。祁：原野辽阔。有：多，指野兽多。

⑨儦（biāo）儦：疾行貌。俟（sì）俟：缓行貌。

⑩群：兽三只在一起为群。友：兽二只在一起为友。悉：尽，全。率：驱逐。燕：乐。

⑪豝（bā）：母猪。殪（yì）：射死。兕（sì）：大野牛，或谓乃犀牛。

⑫御：进献食物。醴（lǐ）：甜酒。

## 【赏析】

本诗艺术地再现了周宣王田猎时选择吉日祭祀马祖、野外田猎、满载而归宴饮群臣的整个过程。第一章写打猎前的准备情况。古代天子打猎是如同祭祀、会盟、宴享一样庄重而神圣的大事，是尚武精神的一种表现，仪式非常隆重。因此，事先选择良辰吉日祭祀马祖、整治田车就成为必不可少的程序。"升彼大阜，从其群丑"二句在这一章中是将然之辞，一切业已准备就绪，只等在正式打猎时登上大丘陵，追逐群兽。第二章写选择了良马正式出猎。祭祀马祖后的第三天是庚午日，依据占卜这天也是良辰吉日。选择了良马之后，周天子率领公卿来到打猎之地。那里群鹿聚集，虞人沿着漆、沮二水的岸边设围，将鹿群赶向天子守候的地方。第三章写随从驱赶群兽供天子射猎。眺望原野，广袤无垠，水草丰茂，野兽出入，三五成群，或跑或行。随从再次驱赶兽群供天子射猎取乐。第四章写天子射猎得胜返朝宴享群臣。随从将兽群赶到周天子的附近，周天子张弓挟矢，大显身手，一箭射中了一头猪，再一箭射中了一头野牛。表现出英姿勃发、勇武豪健的君主形象，实是对宣王形象化的颂扬。打猎结束，猎获物很多，天子高高兴兴用野味宴享群臣，全诗在欢快的气氛中结束。诗人按照事情的发展过程依次道来，有条不紊；烘托与点面结合的写法，透露了轻松的气氛，增强了天子的威严，使全诗有很强的感染力。

# 第六章

# 泛黄的民俗

五谷毕，人民皆居宅，男女同巷，相从夜绩，相从而歌。

## 七月：苍凉斑斓的农历

七月流火①，九月授衣②。

一之日觱发③，二之日栗烈④。

无衣无褐，何以卒岁？

三之日于耜，四之日举趾。

同我妇子，馌⑤彼南亩，田畯至喜。

七月流火，九月授衣。

春日载阳，有鸣仓庚⑥。

女执懿筐⑦，遵彼微行⑧，爰求柔桑。

春日迟迟，采蘩祁祁。

女心伤悲，殆及公子同归。

七月流火，八月萑苇。

蚕月条桑，取彼斧斨⑨。

以伐远扬⑩，猗彼女桑⑪。

七月鸣鵙，八月载绩。

载玄载黄，我朱孔阳⑫，为公子裳。

四月秀⑬葽，五月鸣蜩⑭。

八月其获，十月陨萚。

一之日于貉，取彼狐狸，为公子裘。

二之日其同，载缵⑮武功，言私其豵，献豣于公⑯。

五月斯螽⑰动股，六月莎鸡振羽。

七月在野，八月在宇，九月在户，十月蟋蟀入我床下。

穹窒⑱熏鼠，塞向⑲墐户。

嗟我妇子，曰为改岁，入此室处。

六月食郁及薁，七月亨葵及菽。

八月剥枣，十月获稻。

为此春酒，以介眉寿。

七月食瓜，八月断壶⑳，九月叔苴，采荼薪樗，食我农夫。

九月筑场圃，十月纳禾稼。

黍㉑稷重穋，禾麻菽麦。

嗟我农夫，我稼既同㉒，上入执宫功㉓。

昼尔于茅，宵尔索绹㉔。

亟其乘屋㉕，其始播百谷。

二之日凿冰冲冲㉖，三之日纳于凌阴㉗。

四之日其蚤，献羔祭韭。

九月肃霜㉘，十月涤场。

朋酒斯飨，曰杀羔羊，跻彼公堂，称彼兕觥㉙，万寿无疆！

## 【注释】

①流火：火星自南方高处向偏西方向下行。

②授衣：裁制冬衣。

③觱（bì）发：寒风触物发出的声响。

④栗烈：凛冽、寒冷。

⑤馌：送饭。

⑥仓庚：黄莺。

⑦懿筐：深深的竹筐。

⑧微行：小路。

⑨条桑：修剪桑枝。斨（qiāng）：方孔的斧。

⑩远扬：长得特别高的桑枝。

⑪女桑：桑叶。

⑫孔阳：色彩极为鲜明。

⑬秀：长穗。

⑭蜩：蝉。

⑮缵：继续。

⑯私：自己占有。豵（zōng）：小猪。豜（jiān）：三岁的猪，泛指大兽。

⑰斯螽：昆虫。

⑱穸窒：堵塞洞穴。

⑲塞向：堵塞北窗。

⑳壶：葫芦。

㉑黍：小米。

㉒既同：已经收齐。

㉓官功：修建官室。

㉔索绹：搓草绳。

㉕乘屋：覆盖屋顶。

㉖冲冲：凿冰之声。

㉗凌阴：藏冰的地窖。

㉘肃霜：指秋高气爽。

㉙兕觥：铜制的犀牛状酒杯。

## 【简析】

　　《孔丛子·记义》载："于《七月》见豳公之所以造周也。"《七月》以史诗般的气势，以全影式的综摄，以时空交错的线索，以落尽纷华的古朴平淡风格，逼真地描绘出了农奴们的劳作、艰辛，将三千年前奴隶的生活方方面面地展现出来，真实地反映了西周社会的阶级矛盾。在古代诗歌中恐怕无出其右者。全诗八章：第一章总写奴隶从岁寒到春耕的苦况；第二章写女奴蚕桑劳动和怕被奴隶主恶少侮辱的心情；第三章写替奴隶主制作布帛衣料的过程；第四章写秋收后为奴隶主猎取野兽；第五章写奴隶为自己修补破屋过冬；第六章写奴隶主与奴隶的生活存在天壤之别；第七章写农事完毕还要替奴隶主日夜干活；第八章写寒冬为奴隶主储冰防暑和准备年终宴会。农奴们在经济、政治、人身等方面遭受压迫和剥削，他们年年都过着这样永无休止的牛马般的生活，劳动的繁重、紧张已达到了无以复加的地步，表达了奴隶对奴隶主的怨恨，对统治阶级的血泪控诉。全诗仿佛一年长农奴随口吟出了久积于胸的苦难生活。一词一句，一景一物，一情一事，都从他胸中溢出，是那么的自然流畅，不假思索，没有夸饰。这里，没有剑拔弩张的斗争气氛，也没有金刚怒目式的抗争姿态，只有渗透了农奴斑斑血泪的生活事实。诗人寓鲜明倾向于事实叙述中，这种生活真实具有铁一般的力量，有着无可争辩的逻辑性，它不可辩驳地证明了奴隶社会的残酷不合理，它也透露了农奴的朦胧觉醒和不满。这种古朴平淡的特点使诗篇产生了感人至深的力量。画面在表现耕织劳作的主体内容的同时，又收田野风光、星日霜露、昆虫草木、衣食住房、风俗习惯等等于其中，具体形象、多角度地反映了当时的社会生活，对奴隶社会的透视具有一定的历史纵深感，具有很大的认识价值。

## 蓼萧：和悦欢乐的酒歌

蓼彼萧斯，零露湑兮①。既见君子，我心写②兮。燕笑语兮，是以有誉处兮③。

蓼彼萧斯，零露瀼瀼④。既见君子，为龙为光⑤。其德不爽⑥，寿考不忘。

蓼彼萧斯，零露泥泥⑦。既见君子，孔燕岂弟⑧。宜兄宜弟，令德寿岂。

蓼彼萧斯，零露浓浓。既见君子，鞗革冲冲⑨。和鸾雍雍，万福攸同⑩。

## 【注释】

①蓼（lù）：长而大的样子。萧：艾蒿，一种有香气的植物。零：滴落。湑（xǔ）：叶子上沾着水珠。

②写：舒畅。

③燕：通"宴"，宴饮。誉处：安乐愉悦。朱熹《诗集传》引苏辙《诗集传》："誉、豫通。凡诗之誉，皆言乐也。"处，安。

④瀼瀼：露水很多。

⑤为龙为光：为被天子恩宠而荣幸。龙，古"宠"字。

⑥爽：差。

⑦泥泥：露水很重。

⑧孔燕：非常安详。岂弟（kǎi tì）：即"恺悌"，和乐平易。

⑨鞗（tiáo）革：当为"鋚勒"。鋚，马勒上的铜饰。勒，系马的辔头。冲冲：饰物下垂貌。

⑩和鸾：鸾，借为"銮"，和与銮均为铜铃，系在轼上的叫"和"，系在衡上的叫"銮"。雍（yōng）雍：铜铃声。攸同：所聚。

## 【赏析】

这是一首宴飨宾客的乐歌。白蒿是用来筛酒的。周代天子筛酒用白茅。白茅主要生长于淮河以南，所以要靠楚国每年进贡，在当时属于稀有物品，齐桓公还曾以楚国不按时向周天子进贡白茅为由，发动过一场战争。公卿士大夫阶层不能享用到白茅，便退而求其次，使用能在北方生长的白蒿。起首四句的"零露湑兮、零露瀼瀼、零露泥泥、零露浓浓"，都是酒经白蒿过滤后状态的形容：零露就是酒滴，湑是清亮透彻，瀼瀼是流畅状，泥泥是滞重状，浓浓是指气味。第一章写朋友欢聚宴饮的深厚情谊。"既见君子"是对朋友朝思暮盼，今日终遂心愿后的表述。一个"写"字，形象地描画出主人兴奋、喜悦的感受。他们共享宴乐时欢声笑语，沉浸在安乐愉悦中。二、三章进一步描写主宾之谊，表达他们之间兄弟般的深情，称颂对方得天子圣宠，是"其德不爽"的结果，并祝对方长寿安康。末章写离宴时对方的不凡气度：看那威风凛凛的高头大马，听那叮当悦耳的铃声和鸣，他才能够集万福于一身。在古代，"酒"是丰年的象征，"和谐"是欣荣发旺的表现，诗歌极赞对方的高贵，其实质是对君子之"德"的赞美。

## 采蘋①：繁琐礼仪的希冀

于以②采蘋？南涧之滨。于以采藻③？于彼行潦④。
于以盛之？维筐及筥⑤。于以湘⑥之？维锜⑦及釜。

于以奠⑧之？宗室⑨牖下。谁其尸⑩之？有⑪齐季女。

## 【注释】

①蘋：水草的一种。

②于以：犹言"于何"，在何处。

③藻：水生植物，杉叶藻科。

④行潦：沟中积水。行，水沟。潦，路上的流水、积水。

⑤筥（jǔ）：圆形的框。

⑥湘：烹煮供祭祀用的牛羊。

⑦锜（qí）：有足的大锅。

⑧奠：放置。

⑨宗室：宗庙和祠堂。

⑩尸：古代祭祀的用人。

⑪有：语气助词。

## 【简析】

这首诗是描写女奴们为其主人采办祭品以奉祭祀的诗篇。文献载，在古代，贵族之女出嫁前必须到宗庙去祭祀祖先，同时学习婚后的有关礼节。这时，奴隶们为其主人采办祭品、整治祭具、设置祭坛，奔走终日、劳碌不堪，这首诗就是描写她们劳动过程的。全诗三章，每章四句。首章两问两答，点出采蘋菜、采水藻的地点，次章两问两答，点出盛放、烹煮祭品的器皿，末章两问两答，点出祭地和主祭之人。这些普普通通的祭品和繁琐的礼仪，却蕴积着人们的寄托和希冀，因而围绕祭祀的一切活动都无比虔诚、圣洁、庄重，正如《左传·隐公三年》所说："苟有明信，涧溪沼沚之毛，蘋蘩蕴藻之菜，筐筥锜釜之器，潢污行潦之水，可荐于鬼神，可羞于王公。"因此，诗人不厌其烦，不惜笔墨，层次井然地叙写祭品、祭器、祭地、祭人，将繁重而又枯燥的劳动过程描写得绘声绘色。全诗节奏迅捷奔放，气势雄伟，连绵起伏，摇曳多姿。

# 衡门：自足的求爱仪式

衡门<sup>①</sup>之下，可以栖迟<sup>②</sup>。泌<sup>③</sup>之洋洋<sup>④</sup>，可以乐饥<sup>⑤</sup>。
岂其食鱼，必河<sup>⑥</sup>之鲂？岂其取<sup>⑦</sup>妻，必齐之姜？
岂其食鱼，必河之鲤？岂其取妻，必宋之子？

**【注释】**

①衡门：形容极其简陋的居室。

②栖迟：游逛休息。

③泌：泉水涌出的样子。

④洋洋：水流不竭的样子。

⑤乐饥：言清泉可供欣赏，能使人忘记饥饿。

⑥河：黄河。

⑦取：通"娶"。

**【简析】**

《衡门》是歌咏春天男女在衡门举行求爱仪式的诗。预祭仪式中也祭祀鱼，这种场合的鱼也象征女性，"食鱼"就表示"取妻"之意。《礼记·昏义》中就有关于出嫁礼仪的记载："是以古者妇人先嫁三月，祖庙未毁，教于公宫。祖庙既毁，教于宗室。教以妇德妇言妇容妇功。教成祭之。牲用鱼，笔之以苹藻。所以成妇顺也。"可见，祭鱼礼仪先于婚礼。古人之所以要在婚礼之前举行祭鱼仪式，不外乎期望象征多产的鱼保佑女性得以多孕，以实现子孙繁盛的愿望。首章举"衡门"与"泉水"相对，表达只要有栖身之处、充饥之水就可乐生；二三章举"食鱼"与"取妻"、"鲂"与"齐之姜"、"鲤"与"宋之子"相对，表达自足而求人丁兴旺的愿望。

## 匏有苦叶：渡河仪礼祈雨水

匏有苦叶①，济有深涉②。深则厉③，浅则揭④。

有瀰济盈⑤，有鷕雉鸣⑥。济盈不濡轨⑦，雉鸣求其牡⑧。

雝雝鸣雁⑨，旭日始旦⑩。士如归妻⑪，迨冰未泮⑫。

招招舟子⑬，人涉卬否⑭。人涉卬否，卬须我友⑮。

## 【注释】

①匏（páo）：葫芦之类。苦：一说苦味，一说枯。

②济：水名。涉：一说涉水过河，一说渡口。

③厉：带。一说不解衣涉水，一说拴葫芦在腰泅渡。

④揭（qì）：提起下衣渡水。

⑤瀰（mí）：大水茫茫。盈：满。

⑥鷕（yǎo）：雌山鸡叫声。

⑦不濡（rú）：不，虚词，无实意。濡，沾湿。轨：车轴头。

⑧牡：雄雉。

⑨雝（yōng）雝：大雁叫声和谐。

⑩旦：天大明。

⑪归妻：娶妻。

⑫迨（dài）：及，等到，乘时。泮（pàn）：分，此处当反训为"合"。冰泮，指结冰。

⑬招招：召唤之貌，一说摇橹屈伸之貌。舟子：摆渡的船夫。

⑭人涉：他人要渡河。卬（áng）：我。否：不。卬否，即我不渡河之意。

⑮须：等待。友：指爱侣。

## 【简析】

这是伴随着男神渡过河面的祭祀诗，即在"渡河"行为中模仿

巫术仪式的一种表演性诗歌。在表演现场，即采用男女声合唱结合
"渡河"这种形式的仪礼，表达人们祈祷雨水的愿望。篇中第一章，
首先由女子们歌道：葫芦有苦叶，渡河有深水。当女子在渡口犹豫
是否渡河时，男子催促道：深处不过胸，浅处只要提起下摆就能渡
过。于是，第二章中女子们又歌道：漫漫济河水，雄鸡啼不停。男
子们立即劝诱道：若是济水深，浸湿车轮把河渡，雄鸡亦把雄性
唤。接着，在第三章中女子们歌道：大雁叫声和谐，旭日从东方升
起来。男子们答道：若要把妻娶，赶在冰化前。最后，女子们道：
摆渡的船夫摇着橹，他人要渡河我却不渡河。他人要渡河我却不渡
河，我要等待我的爱侣。拒绝了男子的诱惑。"我友"指水神，即
济水的男神。篇中"渡河"具有想象性，通过祭水神的"渡河"
仪礼祈祷获得农业丰收。

## 溱洧：踏青归去满襟香

溱与洧，方涣涣兮①。士与女，方秉蕑兮②。女曰观乎？士曰
既且③，且④往观乎？

洧之外，洵吁⑤且乐。维士与女，伊其相谑⑥，赠之以勺药。

溱与洧，浏⑦其清矣。士与女，殷其⑧盈矣。女曰观乎？士曰
既且，且往观乎？

洧之外，洵吁且乐。维士与女，伊其将谑，赠之以勺药。

**【注释】**

①溱（zhēn）与洧（wěi）：河名。涣涣：水流盛大的样子。

②方：正。秉：执。蕑（jiān）：香草名。

③既：已经；且：通"徂"。

④且：姑且。

⑤吁（xū）：广大。

⑥相谑：互相调笑，谑：开玩笑。

⑦浏：水清的样子。

⑧殷其：即"殷殷"，热闹的样子。

## 【简析】

先秦法令允许男女相会，就是上巳节的仲春之会。《周礼》载："于是时也，奔者不禁。"《后汉书·仪礼志上》："是月上巳，官民皆洁于东流水上，曰洗濯祓除去宿垢疢为大洁。"上巳节是古老的情人节，也是风情摇曳的踏青日，传说是女娲所定，最初她分阴阳，定姻缘，就明确了恋爱的节日。芍药就是其中最表爱意的花卉。《本草纲目》载："（芍药）犹婥约也。婥约，美好貌。此草花容婥约，故以为名。"踏青之俗亦源于此。草长莺飞的季节，溱洧两岸鲜花满地，无数手拿芍药的少男少女在尽情嬉戏，称为"春嬉"。春天到来，万物复苏，郊外的溱河和洧河解冻了，河水哗啦啦地流淌，人们表达内心的喜悦和激动，陶醉在这一片春光里，爱情和喜悦之情一起在心底滋长。爱情于是不期而至。众多的男男女女之中，诗人抓住了一对男女细腻的瞬间对白：女子说："我们过去看。"男子说："我已经去过。"女子又说："那就再过去看看呗！"或许女孩子很早就喜欢这位男子，聚会之中正好找个理由一起玩儿。或许他们并不认识，只是一见钟情，在女孩儿大胆地邀请之后，就迸发了爱情的火花。然后是无数的"士与女"互赠芍药，定情欢乐。从溱、洧之滨踏青归来的男女，他们手捧芍药花，洒下一路芬芳。尽管当时郑国是个小国，还总是遭受到周边大国的侵扰，本国的统治也并不清明，但对于普普通通的人民来说，春天的日子让人感到喜悦，他们有节日，他们有芍药，他们有美好生活的信心。

## 著①：幸福娇羞的新娘

俟②我于著乎而，充耳以素乎而，尚③之以琼华乎而。
俟我于庭乎而，充耳以青乎而，尚之以琼莹乎而。
俟我于堂乎而，充耳以黄乎而，尚之以琼英④乎而。

**【注释】**

①著（zhù）：通"宁"，古代富贵人家正门内的屏风，正门与屏风之间叫做著。

②俟：迎候。

③尚：加上。

④华、莹、英：形容玉的光彩。

**【简析】**

这是一首婚嫁的女子咏男子盛装等待自己之作。据《仪礼·士昏礼》记载，新郎到女家迎亲，新娘上车后，新郎得亲自驾车，轮转三周，再交给车手驾驭，而自己则另乘车先行至自家门口等候，然后按照规定依次将新娘引进洞房。本诗把这一古老的结婚仪式写得饶有情趣。第一章写新娘嫁到男家拜堂，在大门内、屏风外见男子，男子盛服美饰等候自己的情状。男子玉琪塞耳，用素丝系之，并修饰以美玉。新娘害羞，不敢直视男子，只看见他的耳饰，耳饰如此华贵耀目，可见男子的高贵俊美，侧面表现了女子的矜持，欣喜和自豪之情。第二章，女子继续往前走，从外走到庭，又看见等待自己的夫君，"充耳以青乎而，尚之以琼莹乎而"，耳饰未必变了，不过换了一种说法。女子羞怯地抬起头，又看到夫君明晃晃的耳饰，心里像一头小鹿在撞，情切切，意绵绵，既有点难为情，又溢满幸福。第三章，新娘到了堂，又看了等待自己的夫君。三章经过了三个地方，新娘三次悄悄地看新婚的夫君，内心的喜悦、羞怯、自豪等复杂的感情，刻画得细腻、真切，让我们仿佛听到新娘温馨的呼吸，噗噗的心跳，娇眼偷瞄的情态。

绸缪①：千金一刻的良宵

绸缪束薪②，三星在天。今夕何夕，见此良人③？子兮子兮，如此良人何？

绸缪束刍，三星在隅④。今夕何夕，见此邂逅⑤？子兮子兮，如此邂逅何？

绸缪束楚⑥，三星在户⑦。今夕何夕，见此粲⑧者？子兮子兮，如此粲者何？

## 【注释】

①绸缪：缠绕、捆束。

②束薪：夫妇同心，情意缠绵。

③良人：新郎。

④隅：东南角。

⑤邂逅：悦也。

⑥楚：荆条。

⑦户：门。

⑧粲：新娘。

## 【简析】

《绸缪》是西周唐国儿女闹洞房的民间歌谣，描写新婚之夜缠绵与喜悦的贺婚诗。诗歌以"束薪、三星"开篇，"束薪"象征夫妇同心，"三星"即河鼓、织女和营室作背景，通过星座的变化，间接地描写了夜的过程，时光的流动，暗喻牛郎织女的相会，姻缘的奇妙。首章为女性伴舞之女声部合唱的"戏新妇"之辞。表现了女伴在新婚之夜对新妇的调侃，一方面对新妇的婚姻祝福，另一方面则体现了女性对爱情的向往和期盼。次章为男女集体伴舞之男女二声部大合唱的"戏新夫妇"之辞，表现了男伴对于新夫妇的调侃，从调侃声中，可以体会到男伴的祝福与美慕，并且包含了预祝婚姻幸福之意。卒章为男性伴舞之男声部合唱的"戏新夫"之辞，整诗构成了一部多声部、多角色的爱情交响曲，成为后世"闹新房"诗歌之祖。此诗后四句颇值得玩味，特别是"今夕何夕"之问，含蓄而俏皮，表现出由于一时惊喜，竟至忘乎所以，连日子也记不起的极兴奋的心理状态，对后世影响颇大，诗人往往借以表达突如其来的欢愉之情，特别是男女之间的情爱。诗歌语言活泼风趣，极富生活气息，使人如临其境，如见其人，领受到闹新房的欢乐滋味，见到了无法用语言形容的美丽的新娘，以及陶醉于幸福之中几至忘乎所以的新郎。这充分显示了民间诗人的创造力。戴君恩《读诗臆评》说："淡淡语，却有无限情境。"

## 素冠：崩号泣血的葬歌

庶①见素冠兮，棘人栾栾兮②，劳心慱慱③兮。
庶见素衣兮，我心伤悲兮，聊与子同归④兮。
庶见素韠兮，我心蕴结兮⑤，聊与子如一兮。

### 【注释】

①庶：大家，众人。

②棘人：死者。栾（luán）：憔悴。

③慱（tuán）慱：忧劳貌。忧思貌。

④与子同归：表示悲痛之语，犹"恨不能与你同生同死"。

⑤韠（bì）：护膝。蕴结：忧思不解。

### 【简析】

这是一首葬礼仪式歌。上古葬丧仪中仪式性歌舞，在上层社会以祭文的形式出现，在下层仍保留着远古唱葬礼歌的风俗。"素冠、素衣、素韠"是从头到脚的孝服，"在周时亲死服斩衰，皆以素布为衣"（尚秉和《历代社会风俗事物考》）。第一章的意思是说：诸位啊，大家都知道在为死者举行葬礼，死者生前贫寒忧苦，受苦受累，没享什么福就死了，我真是心肠欲折啊！第二章的意思是说：诸位啊，大家都知道在为死者举行葬礼，我真是悲痛欲绝，恨不得与他同死啊！第三章的意思是说：诸位啊，大家都知道在为死者举行葬礼，我忧思不解，恨不得与他合葬啊！诗歌表达了对死者沉痛的哀悼，"感维崩号，兴言泣血"，体现了对生命的尊重。

## 伐柯①：曲中人落题成韵

伐柯如何？匪②斧不克。取③妻如何？匪媒不得。

伐柯伐柯，其则④不远。我觏⑤之子，笾豆有践。

### 【注释】

①伐柯：采伐斧头柄的木料。

②匪：通"非"。

③取：通"娶"。

④则：原则、方法。

⑤觏（gòu）：遇见。

### 【简析】

此诗是一首咏唱爱情婚姻的诗歌，在婚礼上演唱，首章谢媒人之意，二章祝新人之意。但祝新人、谢媒人的前提是婚姻必须是符合周礼的。诗中"匪媒不得"、"笾豆有践"，具体地写出古时娶妻的过程：媒人为两家介绍牵线，最后双方同意，办了隆重的迎亲仪式，新娘过门来。这是中国古代喜庆民俗的场景，也表示中国人对婚姻大事的重视。"斧"字谐"夫"字，柄子配斧头，喻妻子配丈夫。

## 鱼丽：万物丰盛礼神明

鱼丽于罶①，鲿鲨②。君子有③酒，旨且多。

鱼丽于罶，④君子有酒，多且旨。

鱼丽于罶，鰋鲤⑤。君子有酒，旨且有。

物其多矣⑥，维其嘉矣！

物其旨矣，维其偕矣！

物其有矣，维其时矣⑦！

## 【注释】

①丽（lí）：通"罹"，遭遇，落入。一说历，经过。罶（liú）：竹制的捕鱼工具。在河中累石拦鱼，罶放石中，鱼进则不能出。

②鲿（cháng）：鱼名。黄鲿，黄颊鱼。鲨（shā）：这里指一种小鱼。

③有：多也。

④鲂（fáng）：跟鳊鱼相似，银灰色，腹部隆起。鳢（lǐ）：鱼名，亦称黑鱼。

⑤鰋（yǎn）：鱼名。又名鲇。鲤：鲤鱼。

⑥物其多矣：指物多齐全，完美。

⑦维其：因其如是。偕：嘉。时：善。一说有时，适时。

## 【简析】

《毛诗序》："《鱼丽》，美万物盛多，能备礼也。文武以《天保》以上治内，《采薇》以下治外，始于忧勤，终于逸乐，故美万物盛多，可以告于神明矣。"本诗是周代燕飨宾客通用之乐歌。诗中盛赞宴享时酒肴之甘美盛多，以见丰年多稼，主人待客殷勤，宾主共同欢乐的情景。本诗结构特殊，前三章重唱，每章前两句比兴，后两句点出旨意；后三章亦为重唱，是全诗的主旨所在，即歌颂物产既多且美，又齐备且得其时。演唱时乐段的结构可能是一四五六、二四五六、三四五六这样三段，前三章是副歌，后三章是主歌。

## 臣工：召四月收割麦穗

嗟嗟臣工，敬尔在公①。王厘尔成，来咨来茹②。嗟嗟保介，维莫之春,亦又何求③?如何新畬④?於皇来牟,将受厥明⑤。明昭上帝,迄用康年⑥。命我众人:庤乃钱镈,奄观铚艾⑦。

## 【注释】

①嗟:发语语气词,嗟嗟,重言以加重语气。臣工:《说文》:"臣,牵也。事君也。象屈服之形。"工:"工,巧饰也。象人有规矩也。与巫同意。"敬尔:尔敬。尔,第二人称代词。敬,勤谨。在公:为公家工作。

②厘:通"赉(lài)",赐。成:指成法。咨:询问、商量。茹:调度。

③保介:田官。介者界之省,保介者,保护田界之人。一说为农官之副,一说为披甲卫士,不取。莫(mù):古"暮"字,莫之春即暮春,是麦将成熟之时。又:有。求:需求。

④新畬(yú):耕种二年的田叫新,耕种三年的田叫畬。

⑤於(wū):叹词,相当于"啊"。皇:美盛。来牟:麦子。厥明:厥,其,指代将熟之麦。明,成,刘瑾《诗传通释》:"古以年丰谷熟为成。"

⑥明昭:明明,谓明智而洞察。迄用:终于。康年:丰年。

⑦众人:庶民们,指农人。庤(zhì):储备。钱(jiǎn):农具名,掘土用,若后世之锹。镈(bó):农具名,除草用,若后世之锄。奄(yǎn)观:尽观,即视察之意。铚艾(zhì,yì):铚,农具名,一种短小的镰刀。艾,"刈"的借字,古代一种芟草的大剪刀。铚、艾二字在这里转作动词,指收割作物。

## 【简析】

本篇应是在宗庙里,通过巫官们传达四月收割麦穗的诗。可理解为:载歌载舞的臣工——巫师们啊,请快快前往宗庙。周王正期盼谷物苗壮成长呢,快快安排收获祭的程序吧。载歌载舞的田神啊,现在正是迎接收获的暮春三月。丰收之际,还有何求,一心只为耕耘新田。啊，金灿灿的小麦、大麦，丰收在即，收获在即。辉煌的上帝啊，赐予我们谷物丰收吧。农奴们啊，准备农具以备收获，快快动手，多割麦稼。全诗反映出周王重视发展农业生产，以农业为立国之本的治国理念。

## 噫嘻：号召兆民种百谷

噫嘻成王①，既昭假尔②。率时农夫③，播厥百谷。
骏发尔私④，终三十里⑤。亦服尔耕，十千维耦⑥。

**【注释】**

①噫嘻：感叹声，"声轻则噫嘻，声重则呜呼"，兼有神圣的意味。成王：周成王。

②昭假（gé）：犹招请。昭，通"招"。假，通"格"，义为至。尔：语助词。

③时：通"是"，此。

④骏：通"畯"，田官。私：一种农具"耜（sì）"的形误。

⑤终：尽，即把三十里全部开发完。

⑥服：配合。耦：两人各持一耜并肩共耕。

**【简析】**

本篇当为收割完麦子后，下令开始着手播种之诗。远古以神灵为最高统治力量。先民相信，祖灵在天上侍奉上帝，奉命随时降临宗庙，接受祭祀，为子孙后代带来无限幸福。篇首"噫嘻成王，既昭假尔"即祖灵成王降临宗庙，向上帝禀告子孙后代从暮春到初夏勤劳耕耘之意。因此，此篇可理解为：成王灵来到周宗庙；农官们带领农奴忙于播种；快快拿起你们的农具，耕完这方圆三十里的地；万人齐心，努力耕作吧。这首诗假借成王降临，号召农奴们耕耘土地，播种百谷，诗歌语言简洁，指令明确，具有浓厚的宗教气息。

## 丰年：秋季收获祭上苍

丰年多黍多稌①，亦有高廪，万亿及秭②。
为酒为醴③，烝畀祖妣④。以洽百礼，降福孔皆⑤。

### 【注释】

①黍：小米。稌（tú）：稻。

②亿：周代以十万为亿。秭（zǐ）：数词，十亿。

③醴（lǐ）：甜酒。

④烝：献。畀（bì）：给予。祖妣：男女祖先。

⑤洽：配合。百礼：各种礼仪。孔：很。皆：普遍。

### 【简析】

诗序云："《丰年》，秋冬报也。"此篇应当是在宗庙里举行的秋季收获祭祀之歌。在周人看来，丰收归根结底是上天的恩赐，所以过先祖之灵实现天人之沟通。诗的意思是：丰收之年，高大的粮仓，一座又一座。小米大米多又多，上万上亿数不清。酿成黄酒和甜酒，献给男女祖先来享用。各种器皿、用具已齐备，神降福泽广而盛。诗的开头很有特色。它描写丰收，纯以静态：许许多多的粮食谷物（黍、稌），贮藏粮食的高大仓廪，再加上抽象的难以计算的数字（万、亿、秭）。这些静态事物汇成一片壮观的丰收景象，自然是为显示西周王朝国势的强盛，而透过静态事物，读者不难想象丰收背后亿万农夫长年辛劳的动态。《丰年》既着眼于现在，更着眼于未来，与其说是周人善于深谋远虑，不如说是他们深感缺乏主宰自己命运能力的无奈。

## 君子阳阳：乐舞招灵欣共享

君子阳阳①，左执簧②，右招我由房③，其乐只且④！

君子陶陶⑤，左执翿⑥，右招我由敖⑦，其乐只且！

## 【注释】

①阳阳：即"扬扬"，得意的样子。

②左：左手。簧：乐器。

③右：右手。由房："游放"特指遨游。

④只且：语气助词。

⑤陶陶：何乐舒畅。

⑥翿（dào）：用五彩野鸡羽毛制成的扇形舞具。

⑦由敖：特指遨游。

## 【简析】

这首诗描写的是祭祀祖灵的乐舞。诗中的"君子"是假面舞会中体现族灵的"尸"，即"神官"，也就是祖灵。祖灵接受人们的祭祀，同时也接受人们的祈祷。第一章，"神官"吹笙以邀请祖灵，笙声清亮，他左手拿笙跳舞，右手招呼我跟他一起跳"房"舞，于是祖灵降临了，幸福地享受后人的祭祀，十分满足，所以说"其乐只且"。第二章，"神官"跳羽舞祈祷祖灵驾临，他陶醉在神灵的世界，左手拿着扇形舞具招灵，右手招呼我跟他一起跳"敖"舞，于是祖灵降临了，幸福地享受后人的祭祀，十分满足。当祭祀的祖灵出现在祭祀现场时，进行祭祀的子孙——我便心情舒畅，祖灵、族人共欢愉。子孙祭祀祖灵，是为了祈求祖灵的佑护，保佑子孙万代繁荣不衰。诗歌画面动感强，洋溢着欢乐的气氛，语言简洁，类似咒语。

## 庭燎：夜迎祖灵的喜悦

夜如何其①？夜未央，庭燎②之光。君子至止，鸾声将将③。

夜如何其？夜未艾，庭燎晣晣④。君子至止，鸾声哕哕⑤。

夜如何其？夜乡晨⑥，庭燎有辉。君子至止，言观其旂⑦。

## 【注释】

①其（jī）：语尾助词。

②庭燎：宫廷中照亮的火炬。

③鸾：也作"銮"，铃。此为旂上的铃。《尔雅·释天》："有铃曰旂。"将（qiāng）将：铃声。

④艾：尽。晣（zhé）晣：明亮。

⑤哕（huì）哕：铃声。

⑥乡（xiàng）：同"向"。

⑦言：乃，爰。辉：较暗淡的光。旂（qí）：上面画有蛟龙，竿顶有铃的旗，诸侯所用。

## 【简析】

这是一首歌咏在宗庙内彻夜举行祖灵祭祀情形之诗，描述了佩戴假面扮作祖灵的尸神以及随从一行高举旗帜，晃动旗铃姗姗来临的样子。第一章说，天亮了吗？天还没亮。庙庭内篝火辉煌。祖灵快快降临吧，铃声叮当在耳旁。第二章说，天亮了吗？天还没亮。庙庭内篝火正旺。祖灵快快降临吧，铃声叮叮当当响。第三章说，天亮了吗？太阳就要出来了。庙庭内篝火明亮。祖灵快快降临吧，先遣旗帜在前方。分别从听觉、视觉角度描写天未亮还看不见祖灵样子的时候，远远传来先遣队幽幽的旗铃声。曙光一出现，旗帜渐渐映入眼帘的情景。

天未亮至拂晓之间，人们在宗庙迎接祖灵（尸）。天未亮之际，宗庙前庭的篝火熊熊燃烧，同族人列队整齐。这时，清冷的夜气中隐隐约约地传来微弱的铃声。夜还深，铃声却渐渐地清晰响亮起来，不久祖灵（尸）一行的先导者所执旗帜映入了眼帘。此时，东方开始发亮，人们可以看到队列中部骑着白马的祖灵（尸）。人们相信，祖灵的降临会给人们带来洪福，反映了人们对美好生活的向往。

# 甫田：虔诚的丰收田祭

倬彼甫田①，岁取十千②。我取其陈，食我农人。自古有年③，今适南亩④。或耘或耔⑤，黍稷薿薿⑥。攸介攸止⑦，烝我髦士⑧。

以我齐明⑨，与我牺羊⑩。以社以方⑪，我田既臧⑫。农夫之庆，琴瑟击鼓。以御田祖⑬，以祈甘雨⑭。以介我稷黍，以谷我士女⑮。

曾孙来止⑯，以其妇子。馌彼南亩⑰，田畯至喜⑱。攘其左右，尝其旨否⑲。禾易长亩⑳，终善且有㉑。曾孙不怒，农夫克敏㉒。

曾孙之稼，如茨如梁㉓。曾孙之庾㉔，如坻如京㉕。乃求千斯仓，乃求万斯箱㉖。黍稷稻粱，农夫之庆。报以介福㉗，万寿无疆。

## 【注释】

①倬：广阔。甫：大。

②十千：言其多。

③有年：丰收年。

④适：去，至。

⑤耘：锄草。耔（zǐ）：培土。

⑥黍稷：谷类作物。薿（nǐ）薿：茂盛的样子。

⑦攸：乃，就。介：长大。止：至。

⑧烝：进呈。髦士：英俊人士。

⑨齐（zī）明：即粢盛，祭祀用的谷物。

⑩牺：祭祀用的纯毛牲口。

⑪以：用作。社：祭土地神。方：祭四方神。

⑫臧：好，此指丰收。

⑬御（yà）：同"迓"，迎接。田祖：指神农氏。

⑭祈：祈祷求告。

⑮谷：养活。士女：贵族男女。

⑯曾孙：周王自称，相对神灵和祖先而言。止：语助词。

⑰馌（yè）：送饭。

⑱田畯：农官。

⑲旨：美味。

⑳易：治理。

㉑终：既。有：富足。

㉒克：能。敏：勤快。

㉓茨：茅屋顶。梁：桥梁。

㉔庾：粮仓。

㉕坻（chí）：小丘。京：冈峦。

㉖箱：车厢。

㉗介福：大福。

## 【赏析】

这应是周王祭祀方（四方之神）社（土地神）田祖（农神）的祈年乐歌。乐歌共四章。第一章首述大田农事。这是一片广袤肥沃的农田，每年都能收获上万担米粮。靠着储存在仓内的谷物，养活了世世代代在这片土地上辛勤劳作的农人，并取得了自古以来年复一年的好收成。这方土地的拥有者兴致勃勃地来到南亩巡视，只见那里的农人有的在锄草，有的在为禾苗培土，田里的小米和高粱已密密麻麻地长满了。他心里一高兴，眼前仿佛出现了庄稼成熟后由田官献上时的情景。这一章铺叙事实，在整首乐歌中为以下几章的展开祭祀作铺垫。第二章即写为了祈盼丰收，虔诚地举行了祭神仪式。周王派人取来祭祀用的碗盆，恭恭敬敬地装上了精选的谷物，又让人供上肥美的牛羊，开始了对土地神和四方神的隆重祭祀。农人们也因田里的庄稼长得异常的好，个个喜笑颜开地弹起了琴瑟，敲起了鼓，共同迎接农神的光临。大家都在心中默默地祈祷：但求上天普降甘霖，使地里的庄稼能得到丰厚的收获，让男男女女丰衣足食。从这章的描写中，我们可以想见远古时代的先民，对于土地是怀着怎样一种崇敬的心情；而那种古老的祭祀仪式，也反映出当时民风的粗犷和热烈。第三章进一步写主祭者，也就是周王在仪式之后的亲自督耕。和他一起来到田间的，还有他的妻子儿女。他们为辛勤劳作的农人带来了亲手做的饭菜。正在地里察看的田官见了欣喜异常，连忙叫来身边的农人，一起来尝尝饭菜的滋味。周王这时望着眼前丰收在望的景象，脸上也露出了舒心的微笑，不断称赞农人的辛劳勤勉。与前章相比，这章的内容颇有生活气息；周王的馌田，亦为后来历代帝王劝农所效法，被称为德政。末章则专记丰收景象及对周王的美好祝愿。到了收获的季节，地里的庄稼果然获得了前所未有的大丰收。不但场院上的粮食堆积如山，而且仓中的谷物也装得满满的，就像一座座小山冈。于是农人们为赶造粮仓和车辆而奔走忙碌，大家都在为丰收而庆贺，心中感激神灵的赐福，祝愿周王万寿无疆。这一章的特点是充满了丰收后的喜悦，让人不觉沉醉在一种满足和欢乐之中。

## 楚茨：热烈庄严祭祖神

楚楚者茨①，言抽其棘②，自昔何为？我艺黍稷③。我黍与与④，我稷翼翼⑤。我仓既盈，我庾维亿⑥。以为酒食，以享以祀⑦，以妥以侑⑧，以介景福⑨。

济济跄跄⑩，絜尔牛羊⑪，以往烝尝⑫。或剥或亨⑬，或肆或将⑭。祝祭于祊⑮，祀事孔明⑯。先祖是皇⑰，神保是飨⑱。孝孙有庆⑲，报以介福，万寿无疆！

执爨踖踖⑳，为俎孔硕㉒，或燔或炙㉓。君妇莫莫㉔，为豆孔庶㉕。为宾为客，献酬交错㉖。礼仪卒度㉗，笑语卒获㉘。神保是格㉙，报以介福，万寿攸酢㉚！

我孔熯矣㉛，式礼莫愆㉜。工祝致告㉝，徂赉孝孙㉞。苾芬孝祀㉟，神嗜饮食。卜尔百福㊱，如几如式㊲。既齐既稷㊳，既匡既敕㊴。永锡尔极㊵，时万时亿㊶！

礼仪既备，钟鼓既戒㊷，孝孙徂位㊸，工祝致告，神具醉止㊹，皇尸载起㊺。鼓钟送尸，神保聿归㊻。诸宰君妇㊼，废彻不迟㊽。诸父兄弟㊾，备言燕私㊿。

乐具入奏[51]，以绥后禄[52]。尔肴既将[53]，莫怨具庆。既醉既饱，小大稽首[54]。神嗜饮食，使君寿考[55]。孔惠孔时[56]，维其尽之[57]。子子孙孙，勿替引之[58]！

## 【注释】

①楚楚：植物丛生貌。茨：蒺藜，草本植物，有刺。

②言：爰，于是。抽：除去，拔除。棘：刺，指蒺藜。

③蓺（yì）：即"艺"，种植。

④与与：茂盛貌。

⑤翼翼：整齐貌。

⑥庾（yǔ）：露天粮囤，以草席围成圆形。维：是，一训已。亿：形容多。一说亿犹"盈"，满。

⑦享：飨，上供，祭献。

⑧妥：安坐。侑：劝进酒食。

⑨介：借为匄（gài），求。景福：大福。

⑩济济：严肃恭敬貌。跄（qiāng）跄：步趋有节貌。

⑪絜（jié）：同"洁"，洗清。

⑫烝：冬祭名。尝：秋祭名。

⑬剥：宰割肢解。亨（pēng）：同"烹"，烧煮。

⑭肆：陈列，指将祭肉盛于鼎俎中。将：捧着献上。

⑮祝：太祝，司祭礼的人。祊（bēng）：设祭的地方，在宗庙门内。

⑯孔：很。明：备，指仪式完备。

⑰皇：往。

⑱神保：神灵，指祖先之灵。一说指降神之巫。飨：享受祭祀。

⑲孝孙：主祭之人。庆：福。

⑳介福：大福。

㉑执：执掌。爨（cuàn）：炊，烧菜煮饭。踖（jí）踖：恭谨

敏捷貌。

㉒俎：祭祀时盛牲肉的铜制礼器。硕：大。

㉓燔（fán）：烧肉。炙：烤肉。

㉔君妇：主妇，此指天子、诸侯之妻。莫莫：恭谨。莫一说勉也。

㉕豆：食器，形状为高脚盘。庶：众，多，此指豆内食品繁多。

㉖献：主人劝宾客饮酒。酬：宾客向主人回敬。

㉗卒：尽，完全。度：法度。

㉘获：得时，恰到好处。一说借为"矱"，规矩。

㉙神保：神灵，神的美称。格：至，来到。

㉚攸：乃。酢：报。

㉛燂（nǎn）：通"戁"，敬惧。

㉜式：发语词。愆（qiān）：过失，差错。

㉝工祝：太祝。致告：代神致词，以告祭者。

㉞徂：往，一说通"且"。赉（lài）：赐予。

㉟苾（bì）：浓香。孝祀：犹享祀，指神享受祭祀。

㊱卜：给予。赐予。

㊲如：合。畿（jī）：借为期。式：法，制度。

㊳齐（zhāi）：通"斋"，庄敬。稷：疾，敏捷。

㊴匡：正，端正。敕：通"饬"，严整。

㊵锡：赐。极：至，指最大的福气。

㊶时：是，一说训或。

㊷戒：备，一说训告。

㊸徂位：指孝孙回到原位。

㊹具：俱，皆。止：语气词。

㊺皇尸：代表神祇受祭的人。皇：大，赞美之词。载：则，就。

㊻聿（yù）：乃。

㊼宰：膳夫，厨师。

㊽废：去。彻：通"撤"。废彻谓撤去祭品。不迟：不慢。

㊾诸父：伯父、叔父等长辈。兄弟：同姓之叔伯兄弟。

㊿备：尽，完全。言：语中助词。燕：通"宴"。燕私，祭祀之后在后殿宴饮同姓亲属。

51 具：俱。入奏：进入后殿演奏。祭在宗庙前殿，祭后到后面的寝殿举行家族私宴。

52 绥：安，此指安享。后禄：祭后的口福。禄，福，此指饮食口福。祭后所余之酒肉被认为神所赐之福，故称福酒、胙肉。

53 将：美好。

54 小大：指尊卑长幼的各种人。稽首：跪拜礼，双膝跪下，叩头至地。一种最恭敬的礼节。

55 考：老。寿考，长寿。

56 惠：顺利。时：善，好。

57 尽之：尽其礼仪，指主人完全遵守祭祀礼节。

58 替：废。引：延长。引之，长行此祭祀祖先之礼仪。

## 【赏析】

这是一首祭祖祀神的乐歌。它描写了祭祀的全过程，从祭前的准备一直写到祭后的宴乐，详细展现了周代祭祀的仪制风貌。全诗六章。第一章写祭祀的前奏。人们清除掉田地里的蒺藜荆棘，种下了黍稷，如今获得了丰收。丰盛的粮食堆满了仓囤，酿成了酒，做成了饭，就可用来献神祭祖、祈求宏福了。第二章进入对祭祀活动的描写。人们步履整肃，仪态端庄，先将牛羊涮洗干净，宰剥烹饪，然后盛在鼎俎中奉献给神灵。祖宗都来享用祭品，并降福给后人。第三章进一步展示祭祀的场景。掌厨的恭谨敏捷，或烧或烤，主妇们勤勉侍奉，主宾间敬酒酬酢。整个仪式井然有序，笑语融融，恰到好处。二、三两章着力形容祭典之盛，降福之多。第四章写司仪的"工祝"代表神祇致词：祭品丰美芬芳，神灵爱尝；祭祀按期举行，合乎法度，庄严隆重，因而要赐给你们亿万福禄。第五章写仪式完成，钟鼓齐奏，主祭人回归原位，司仪宣告神已有醉意，代神受祭的"皇尸"也起身引退。钟鼓声中送走了皇尸和神灵，撤去祭品，同姓之亲遂相聚宴饮，共叙天伦之乐。末章写私宴之欢，作为祭祀的尾声。在乐队伴奏下，大家享受祭后的美味佳肴，酒足饭饱之后，老少大小一起叩头祝福。读这首诗，可以想见我们的先民在祭祀祖先时的那种热烈庄严的气氛，祭后家族欢聚宴饮的融洽欢欣的场面。诗人运用细腻翔实的笔触将这一幅幅画面描绘出来，使人有身历其境之感。全诗结构严谨，风格典雅，由序曲到乐章的展开，到尾声，宛如一首庄严的交响乐。陈子展《诗经直解》引孙缄云："气格阔丽，结构严密。写祀事如仪注、庄敬诚孝之意俨然。有境有态，而精语险句，更层见错出，极情文条理之妙。读此便觉三闾《九歌》微疏微佻。"

## 大田：古朴的西周农事图

大田多稼①，既种既戒②，既备乃事③。以我覃耜④，俶载南亩⑤。播厥百谷⑥，既庭且硕⑦，曾孙是若⑧。

既方既皂⑨，既坚既好，不稂不莠⑩。去其螟螣⑪，及其蟊贼⑫，无害我田稚⑬。田祖有神⑭，秉畀炎火⑮。

有渰萋萋⑯，兴雨祈祈⑰。雨我公田⑱，遂及我私⑲。彼有不获稚⑳，此有不敛穧㉑，彼有遗秉㉒，此有滞穗㉓，伊寡妇之利㉔。

曾孙来止，以其妇子。馌彼南亩㉕，田畯至喜㉖。来方禋祀㉗，以其骍黑㉘，与其黍稷。以享以祀，以介景福㉙。

## 【注释】

①大田：面积广阔的农田。稼：种庄稼。

②既：已经。种：指选种籽。戒：同"械"，此指修理农业器械。

③乃事：这些事。

④覃（yǎn）："剡"，锋利。耜（sì）：古代一种似锹的农具。

⑤俶（chù）载：开始从事。

⑥厥：其。

⑦庭：通"挺"，挺拔。硕：大。

⑧曾孙是若：顺了曾孙的愿望。曾孙，周王对他的祖先和其他的神，都自称曾孙。若，顺。

⑨方：通"房"，指谷粒已生嫩壳，但还没有合满。皁（zào）：指谷壳已经结成，但还未坚实。

⑩稂（láng）：指穗粒空瘪的禾。莠（yǒu）：田间似禾的杂草，也称狗尾巴草。

⑪螟（míng）：吃禾心的害虫。螣（tè）：吃禾叶的青虫。

⑫蟊（máo）：吃禾根的虫。贼：吃禾节的虫。

⑬稚：幼禾。

⑭田祖：农神。

⑮秉：执持。畀：给与。炎火：大火。

⑯有渰（yǎn）：即"渰渰"，阴云密布的样子。

⑰祁祁：徐徐。

⑱公田：公家的田。古代井田制，井田九区，中间百亩为公田，周围八区，八家各百亩为私田。八家共养公田。公田收获归农奴主所有。

⑲私：私田。

⑳稺：低小的穗。

㉑穧（jì）：已割而未收的禾把。

㉒秉：把，捆扎成束的禾把。

㉓滞：遗留。

㉔伊：是。

㉕馌（yè）：送饭。南亩：泛指农田。

㉖田畯（jùn）：周代农官，掌管监督农奴的农事工作。

㉗禋（yīn）祀：升烟以祭，古代祭天的典礼，也泛指祭祀。

㉘骍（xīn）：赤色牛。黑：指黑色的猪羊。

㉙介：读为"丐"，求。景：大。福：古读如"逼"。

## 【赏析】

这是一首描述西周时期农业生产过程和周王祭祀田祖（农神）以祈求丰年的农事诗。全诗共四章，从备耕播种、除害灭虫，写到风调雨顺、喜获丰收，乃至妇幼馌田、周王祭神，有条不紊地描绘了一幅古朴的西周农事图。全诗以农夫自叙的口吻，以时间发展为线索，细致入微、朴实无华地描述了西周时代具有代表性的一年农业生产过程和农夫的思想感情，它和《诗经》中其他优秀作品开创了我国古典诗歌忠实反映社会生活的现实主义文学传统。这一优秀传统源远流长，几千年来不断为我国历代民歌和文人诗歌创作所继承和发展。诗人井然有序地从选择良种、修治磨砺农具等备耕工作写到用锐利的耒耜凭靠人力来翻地播种。由于进行了选种，田里杂草（稂莠）很少，秧苗长得挺拔高大。接着写及时进行了除害灭虫（螟螣蟊贼）的工作，作物一步步苗壮生长，谷粒由未合之嫩壳变成既合而未坚之谷，继而又长得坚实而良好。观察得何等细致入微！其间倾注了流血流汗的劳动者多么热切的对丰收的期望！作物在生长、成熟阶段又深得及时雨的润泽。这里没有写人工的灌溉，可以想见西周时代农业主要仰赖天雨的情景。在大田丰收时写农夫携其妻子儿女给收割者送饭，并用"彼……此……"两个结构整齐的五言排比句写出在丰年收割中劳力不敷应用的忙碌景象。诗中写到把未及收的谷物留给寡妇收取为食，记录了怜恤和帮助"鳏寡孤独者"的上古遗风。这首诗在艺术上造诣颇深，主要运用白描手法，为后世勾勒了一幅上古时代农业生产方面的民情风俗画卷。其中的人物，如农人、妇子、寡妇、田畯、曾孙，虽着墨无多，但各有各的身份动作，给人以真实感受。凡此均体现出诗作的艺术魅力，给人无穷回味。

# 第七章

# 官场人生

官场在，戏就开演了。

# 甘棠①：人民领袖人民爱

蔽芾②甘棠，勿剪勿伐，召伯③所茇。

蔽芾甘棠，勿剪勿败④，召伯所憩⑤。

蔽芾甘棠，勿剪勿拜⑥，召伯所说⑦。

## 【注释】

①甘棠：杜梨，高大的落叶乔木，春华秋实，花色白，果实圆而小，味涩可食。

②蔽芾：树木高大茂盛的样子。

③召（shào）伯：即召公。茇（bá）：在草舍住宿。

④败：伐。

⑤憩：休息。

⑥拜：拔、屈、者。

⑦说：通"税"，休憩，止息。

## 【简析】

《楚竹书·孔子诗论》云："《甘棠》之爱，以召公。""吾以《甘棠》得宗庙之敬。"《史记·燕召公世家》记载，召公奭（shì石音，周文王之子、周公之弟）多次外出视察民情，常在田间地头处理事务。地方官吏要群众腾出房屋让他休息，烧茶备饭招待他，召公谢绝了，说不能因为自己搅扰百姓的正常生活。他要求与百姓谈谈话，以了解民情，地方官员提出召集百姓过来。召公却说：不劳我一身，而劳百姓，不是仁政。意思是说，劳诸多百姓远道而来，而安逸我一人，这是违背文王、武王、周公之志的。于是独自巡行于各乡村城镇，于田间、地头、山野认真了解民生状况。赶上农忙时节，则尽可能少占用农民劳作的时间，在田野间的一棵甘棠树下办理各类民事诉讼，以方便农民能尽早返回田中。累了就坐在甘棠树下休息，时间久了，遂在树下搭一小茅棚，以方便处理事务。渴了摘吃甘棠果子解渴，还高兴地夸赞说："这甘棠树真好，浓荫葱郁，果实酸甜适口，百姓劳作累了，正好休息解渴，要好好保护这树，不要乱砍滥伐当柴烧了！"百姓听闻，无不赞叹召公体恤民情，广施惠政，深得民心。经年，上自王公贵族，下至庶民百姓，皆以"正"行事，各尽其责，民风清正淳朴，国家刑罚四十年未用。待召公离开后，百姓无不怀念，遂作《甘棠》一诗美之。这样的颂歌，与后世歌功颂德的赞美诗完全不同，是百姓发自内心的爱戴召公这样的好官员，毫无虚假造作之意。

## 鸱鸮①：临艰危忧王室倾

鸱鸮鸱鸮，既取我子，无毁我室②。恩斯勤斯，鬻③子之闵④斯。

迨⑤天之未阴雨，彻⑥彼桑土，绸缪⑦牖户⑧。今女⑨下民，或敢侮予？

予手拮据⑩，予所捋⑪荼。予所蓄租，予口卒⑫瘏⑬，曰予未有室家。

予羽谯谯⑭，予尾翛翛，予室翘翘⑮。风雨所漂摇，予维音哓哓！

## 【注释】

①鸱鸮（chī xiāo）：猫头鹰。

②室：鸟巢。

③鬻（yù）：通"育"。

④闵：怜悯。

⑤迨：趁着。

⑥彻：通"撤"，取。

⑦绸缪：缠扎。

⑧牖（yǒu）户：门窗。牖，窗户。户，门。

⑨女：通"汝"，你们。

⑩拮据：鸟之筑巢。

⑪捋：用手勒取。

⑫卒：通"瘁"。

⑬瘏（tú）：病。

⑭谯（qiáo）：通"憔"。

⑮翛（xiāo）：羽毛干枯黯淡。翘翘：摇摇欲坠，高耸危险的样子。

## 【简析】

《鸱鸮》是周公自述志诗，也是一篇寓言诗。寓言故事，是假借自然生物以寄寓人生感慨或哲理的特殊表现方式。此诗之源起，为武王伐纣之后，命纣王之子武庚管理殷商余民。为防止武庚叛乱，又使弟弟管叔、蔡叔监督武庚之国。两年后武王驾崩，其子成王立，因成王年幼，周公相之。而管叔、蔡叔却联合武庚发动叛乱，且散布流言曰：周公将不利于孺子。故周公发兵东征，得武庚、管叔而诛之，将蔡叔流放。而此时成王犹未知周公之意，仍以为周公将不利于自己的王位。周公乃作此诗以明志。诗中，周公采取"比"的写作手法。他将自己比喻为受猫头鹰侵袭的弱鸟，将武庚等叛乱者喻为恶鸟猫头鹰，管叔、蔡叔喻为被猫头鹰抓捕的孩子，成王喻为弱鸟之幼子，周王室喻为鸟之窠巢。首章以鸱鸮已取"我"子为前提，直呼鸱鸮，警告其不要得寸进尺，再毁"我"室。后两句言养育小鸟之辛苦。第二章至末章专言造室之艰难，意接"无毁我室"。二章前三句言"我"趁时造室，暗示尚未完工，指封国政权尚未稳固。后两句写出了危急的形势，发出无奈的悲叹。诗的重点在后面三章，显然这不是一般的描写个人生活遭遇的诗，其反复出现的、诗主人公所为之心力交瘁的"家室""室"，指周王朝。弱鸟自己尚无力与猫头鹰搏攫，何况还要抚养保护嗷嗷待哺的幼子与窠巢，其处境诚堪怜悯。此时的周公，内忧外患，周王室岌岌可危，王业之艰难，真无以言说。此诗读来，令人潸然泪下。

## 黄鸟①：惨绝人寰不忍睹

交交黄鸟，止②于棘③。谁从④穆公？子车奄息⑤。维⑥此奄息，百夫之特。临其穴⑦，惴惴⑧其栗。彼苍者天，歼⑨我良人！如可赎⑩兮，人百其身⑪！

交交黄鸟，止于桑。谁从穆公？子车仲行⑫。维此仲行，百夫之防⑬。临其穴，惴惴其栗。彼苍者天，歼我良人！如可赎兮，人百其身！

交交黄鸟，止于楚。谁从穆公？子车针虎。维此针虎，百夫之御⑭。临其穴，惴惴其栗。彼苍者天，歼我良人！如可赎兮，人百其身！

## 【注释】

①黄鸟：黄莺。

②止：停落、栖止。

③棘：酸枣树。

④从：从死、陪葬。

⑤子车奄息：秦国的大夫。

⑥维：语气助词。

⑦穴：墓穴。

⑧惴惴：恐惧的样子。

⑨歼：歼灭。

⑩赎：赎身、替换。

⑪人百其身：任何一个秦国人都愿意以自身去替换他，死一百个去替换也愿意。

⑫仲行：奄息的兄弟。

⑬防：比、当、抵得。

⑭御：抵挡。

## 【简析】

《战国楚竹书·孔子诗论》云："《黄鸟》则困而欲反其故也，多耻者其病之乎？"这首诗主要是讲述了秦穆公以"三良"为殉，揭露了殉葬制度的残酷性，表达了人们的极大惋惜。《史记·秦本纪》记载："缪（穆）公卒，从死者百七十七人。秦之良臣子舆（车）氏三人名曰奄息、仲行、针虎，亦在从死之中。秦人哀之，为作歌《黄鸟》之诗。"秦穆公用殉177人，而作者只痛悼"三良"，对其他人的死却只字未提，则此诗作者的身份地位不言而喻。全诗三章，分别咏子车奄息、子车仲行、子车针虎。诗以黄鸟起兴，黄鸟的叫声急迫、凄惨，飞上飞下，张皇失措。黄鸟停落在"棘"、"桑"、"楚"，既是写实，又语带双关，谐音"急、丧、愁"渲染出一种紧迫、悲哀、凄苦的氛围，为全诗的主旨定下了哀伤的基调。中间四句，点明要以子车奄息殉葬穆公之事，并指出当权者所殉的是一位才智超群的"百夫之特"，从而表现秦人对奄息遭殉的无比悼惜。诗的后六句为第三层，写秦人为奄息临穴送殉的悲惨惶恐的情状。"惴惴其栗"，充分描写了秦人目睹活埋惨象的惶恐情景。这惨绝人寰的景象，灭绝人性的行为，使目睹者发出愤怒的呼号，质问苍天为什么要"歼我良人"。这是对当权者的谴责，也是对时代的质询。如果可以赎回奄息的性命，即使用百人相代也是甘心情愿的啊！由此可见，秦人对"百夫之特"的奄息的悼惜之情了。清陈继揆《读诗臆补》评本诗为"恻怆悲号，哀辞之祖"。尽管本诗作者仅为"三良"遭遇大鸣不平，但仍然是历史的一大进步。

## 黄鸟：遭欺凌复我家邦

黄鸟黄鸟，无集于榖①，无啄我粟。此邦之人，不我肯谷②。言③旋言归，复④我邦族。

黄鸟黄鸟，无集于桑，无啄我粱。此邦之人，不可与明⑤。言旋言归，复我诸兄。

黄鸟黄鸟，无集于栩<sup>⑥</sup>，无啄我黍。此邦之人，不可与处。言旋言归，复我诸父。

**【注释】**

①穀（gǔ）：木名，即楮木。

②谷（gǔ）：养育。"不我肯谷"即"不肯谷我"。

③言：语助词，无实义。旋：通"还"，回归。

④复：回去。邦：国。族：家族。

⑤明（méng）：通"盟"，讲信用。

⑥栩（xǔ）：柞树。

**【简析】**

《战国楚竹书·孔子诗论》云："《黄鸟》，则困而欲反其故也，多耻者其方之乎？"这首诗是一个流亡异邦的贵族受到不公正的礼遇，决心返回家园，重振父兄之业，家邦祖国。诗以"黄鸟"起兴，在《诗经》中，"黄鸟"是弱小、流徙的象征，"穀、桑、栩"都是切身利益，现在"黄鸟"都欺凌他，主人公呼告"黄鸟"不要吃他的"粟、梁、黍"，可见他在"此邦"所受欺凌之深广。随之主人公指责在"此邦"遭受的种种困境：不给他粮食吃，昏蒙不可理说，不好相处，受到物质和精神上的摧折。最后决定返回家园，重振邦家。从诗意中可以感受到，这首诗是这位贵族在聚众祭祀中告之祖庙，决定率众返回家园，重振父兄之业，因此有特别感人的力量。

## 卷耳：思远世之能官人

采采<sup>①</sup>卷耳，不盈顷筐<sup>②</sup>。嗟<sup>③</sup>我怀人，寘<sup>④</sup>彼周行<sup>⑤</sup>。
陟<sup>⑥</sup>彼崔嵬<sup>⑦</sup>，我马虺隤<sup>⑧</sup>。我姑<sup>⑨</sup>酌彼金罍，维以不永怀<sup>⑩</sup>。
陟彼高冈，我马玄黄<sup>⑪</sup>。我姑酌彼兕觥<sup>⑫</sup>，维以不永伤<sup>⑬</sup>。

陟彼砠<sup>⑭</sup>矣，我马瘏<sup>⑮</sup>矣。我仆痡<sup>⑯</sup>矣，云<sup>⑰</sup>何吁矣。

**【注释】**

①采采：采了又采，《毛传》作采摘解。

②顷筐：浅而易盈的竹筐。

③嗟：叹声词。

④寘（zhì）：放。

⑤周行（háng）：大路，环绕的道路。

⑥陟：登上。

⑦崔嵬（wéi）：山顶高耸的样子。

⑧虺隤（huǐ tuí）：疲劳而腿软。

⑨姑：姑且。

⑩永怀：长久思念。

⑪玄黄：马生病。

⑫兕觥：一种青铜酒器，腹椭圆形或者方形，圈足为四足，有流，盖通常为带角的兽头形。

⑬永伤：长久思念。伤：忧思。

⑭砠（jū）：覆有泥土的石山。

⑮瘏（tú）：因劳致病，马不能前行。

⑯痡（pū）：病。

⑰云：语气助词。云何：奈何。

**【简析】**

《战国楚竹书·孔子诗论》云："《卷耳》不知人。"《左传·襄公十五年》："君子谓楚于是乎能官人，官人，国之急也，能官人则民无觎。《诗》云：'嗟我怀人，寘彼周行。'能官人也。王及公、侯、伯、子、男、甸、采、卫、大夫，各居其列，所谓周行也。""官人"须以知人为前提。"卷耳"者，"眷尔"也，所思念的人则是"远世"之贤主。《淮南子·淑真训》："《诗》云：'采采卷耳，不盈顷筐。嗟我怀人，置彼周行。'以言慕远世也。""慕远世"，是因为远世能官人能用贤，正以刺当世之主不能知人、用人。以此可知，从孔子少年时代到汉初年，懂得说"诗"和用"诗"的人，都把"嗟我怀人，置彼周行"二句作为《卷耳》的关键句。"周行"还有另一义。当时周行是周都连接东方诸侯的东西大干道，征收山东谭国的赋调，亦称"周道"。古人认为，周行的尽头有远人的精魂，通过卷耳与之感应。故诗以"采卷耳"起兴，采卷耳以寄托远思，不一定实有其事，主人公亦不必女性，意在引出关键句"嗟我怀人，置彼周行"。以下写主人公"怀人"的种种情态，都是臆想之事。他一会儿登高望远，一会儿马病，一会儿跌倒，一会儿借酒浇愁，种种愁绪、潦倒、苦闷、无奈，都是对"远世"贤主的思慕。再以"维以不永怀"反复咏唱，把对"远世"追思之浓郁，表达得格外亮烈。

## 载驰：女子大义赴国难

载驰①载驱，归唁②卫侯。驱马悠悠，言至于漕③。大夫跋涉，我心则忧。

既不我嘉，不能旋反④。视尔不臧⑤，我思不远。

既不我嘉，不能旋济⑦？视尔不臧，我思不閟⑧。

陟彼阿丘，言采其蝱⑨。女子善怀，亦各有行⑩。许人尤之⑪，众稚且狂⑫。

我行其野，芃芃⑬其麦。控⑭于大邦，谁因谁极⑮？大夫君子，无我有尤。百尔所思，不如我所之。

## 【注释】

①载：语气词，没有实义。驰、驱：车马奔跑。

②唁（yàn）：哀吊失国。

③漕：卫国的邑名。

④嘉：嘉许，赞成。旋反：返回。

⑤臧：善。

⑦济：止，停止，阻止。

⑧閟（bì）：同"毖"，意思是谨慎。

⑨阿丘：一边倾斜的山丘。蝱（méng）：药名，贝母。

⑩善怀：多愁善感。行：道路。

⑪许人：许国的人。尤：怨恨，责备。

⑫稚：幼稚。狂：愚妄。

⑬芃（péng）芃：草木茂盛的样子。

⑭控：告诉。

⑮因：亲近，依靠。极：至，到。

【简析】

　　这首诗是许穆夫人所作。许穆夫人生于公元前690年，是卫懿公的小女儿。公元前660年狄人攻卫，破灭卫都，尽占卫国河西之地，卫懿公战死。许穆夫人听说国破父丧，急忙从许国奔赴漕邑吊唁，并计划向大国求援抗狄复国。她奔赴祖国国难的行动受到许国君臣的反对和阻挠。她写了这首《载驰》，表抒自己的忧愤和决心。首章首先展现女主人公快马加鞭，奔波于漫漫长途，她要去吊唁国难，表现出她心情的急切和不避艰辛。但是想到许国大夫们跋山涉水追赶前来，她心中又充满了忧愁。二三章写追赶来的大夫们在劝说她返回许国，她毅然拒绝，并批评他们对处理当前的局势拿不出高明的办法，不如自己眼光远大，提出可行的主张。四章反映了女主人公与阻挠派的进一步冲突。那些阻挠者们对她纷纷责难，批评她女人家感情用事。她以不可动摇的意志回答对方的责难，直斥对方的无知和轻狂，表现了对自己行为的坚定自信。第五章写她向阻挠者们表明：我的祖国还充满蓬勃生机，一定会复兴，凡是和卫国相亲的人都会响应我的呼吁而派兵援助。这句话里包含着言外之意：许国和卫国是亲戚，你们为什么不来援助反而阻挠我呢？在思想上、气势上都压倒了对手。第六章，她以胜利者的口吻结束了这场斗争。她说：诸位大人先生们，不要再责难我有什么过错，任凭你们有千百个馊主意，都不如我所选择的道路。诗歌了表现许穆夫人不为千夫所指以赴国难的远大目光和无上勇气。

## 黍苗：得民心者则得国

芃芃<sup>①</sup>黍苗，阴雨膏之。悠悠南行，召伯劳之。
我任我辇<sup>②</sup>，我车我牛。我行既集<sup>③</sup>，盖<sup>④</sup>云归哉。
我徒我御，我师我旅。我行既集，盖云归处。
肃肃<sup>⑤</sup>谢功，召伯营之。烈烈<sup>⑥</sup>征师，召伯成之。
原<sup>⑦</sup>隰既平，泉流既清。召伯有成，王心则宁。

**【注释】**

①芃（péng）芃：草木繁盛的样子。

②辇：人推挽的车子。

③集：完成。

④盖（hé）：同"盍"，何不。

⑤肃肃：严正的样子。功：工程。

⑥烈烈：威武的样子。

⑦原：高平之地。隰（xí）：低湿之地。

**【简析】**

这是一首反映周宣王时召伯经营治理谢邑的诗。首章是写召伯抚慰南行之众，在春夏之交，从现在的西安附近进入地处现在河南的谢邑。南行的长途跋涉之苦，是可以设想的。但召伯能够与士卒同甘共苦，不时地鼓励与慰劳大家，大家便能同心同德，心悦诚服地跟随召伯一同去营治谢邑。二章是写营谢功成后力夫的思乡之情。大家齐心协力共筑谢城，但在当时的生产能力下也需数年之久。现在已经完工无事了，其思乡之情也就油然而生。他们回忆起从前劳动的情景，有负任的、有挽辇的、有拉车的、有驾牛的，通过艰苦卓绝的劳动，终于"我行既集"，建成了规模宏大的谢城。由筑成而思归，也为势所必然，在盼望归期之时忆及不平凡的往事，也是令人感到无限欣慰的，虽则异口同声思归乡，其中也包蕴着凯旋者们抑制不住的欢喜与乐趣。三章是写营谢功成后兵卒的思归之情。营谢一去数年，士卒亦不能回归，疲惫不堪的士卒自当思归望乡。四章是写召伯营治谢邑之功。此项浩大的工程能够迅速地胜利完工，主要是召伯的治理有方与办事得力。营谢告成，从行人众亦当凯旋而归，威武雄壮的征师浩浩荡荡地返回京城。五章是写新建谢邑的规模与重要性。谢地为荆徐要冲之地，封赐申伯于此，足以镇抚南国，成为周朝南面的屏障，再一次歌颂了召伯治谢的壮举。可见，老百姓关心的不是营谢工程到底对国家有多大用处，而在于官员是否顺民意得民心以及是否平等地对待民众。

## 湛露：君臣和乐夜宴欢

湛湛①露斯，匪阳不晞。厌厌夜饮②，不醉无归。
湛湛露斯，在彼丰草。厌厌夜饮，在宗载考③。
湛湛露斯，在彼杞棘。显允君子④，莫不令德。
其桐其椅⑤，其实离离。岂弟君子，莫不令仪⑥。

【注释】

①湛湛：露重貌。
②厌厌：和悦的样子；夜饮：私宴。
③宗：宗庙。考：祭享。在宗载考，即载孝于宗，用孝于宗室。
④显允君子：明信之君子。
⑤椅：山桐子。
⑥令仪：优雅得体的举止行为。

## 【简析】

《战国楚竹书·孔子诗论》云："《湛露》之隘也，其犹蛇与？" "隘"即"赐"；"蛇"即为"酡"，微醉貌。《左传·文公四年》："卫宁武子来聘，公与之宴，为赋《湛露》及《彤弓》。"《湛露》各章前两句均为起兴，且兴词紧扣下文事象：宴饮是在夜间举行的，而大宴必至夜深，夜深则户外露浓；宗庙外的环境，最外是萋萋的芳草，建筑物四围则遍植杞、棘等灌木，而近户则是扶疏的桐、梓一类乔木，树木上且挂满果实——现在，一切都笼罩在夜露之中……"白露""寒露"为农历（夏历）八、九月之节气，而从夜露甚浓又可知天气晴朗，或明月当空或繁星满天，户厅之外，弥漫着祥和的静谧之气；户厅之内，则杯觥交错，宾主尽欢，"君曰：'无不醉'，宾及卿大夫皆兴，对曰：'诺，敢不醉！'"（《仪礼·燕礼》）内外动静映衬，是一幅绝妙的"清秋夜宴图"。本诗中"湛湛露斯"比喻王泽之深、情之殷殷，热情得酒之催发则情意更烈，正好比湛露得朝阳则交汇蒸腾。"杞棘"之有刺而能结实，难道与君子的既坦荡光明（显）又诚悫忠信（允）无涉？更不用说桐椅之实的"离离"——既累累繁盛又历历分明——与君子们一个个醉不失态风度依然优美如仪的关系了。总之，《湛露》乍看平淡无奇，细品恰如橄榄，其味愈出愈永。

## 式微：谁在夜露中徘徊

式微①，式微，胡不归？微君②之故，胡为乎中露③！
式微，式微，胡不归？微君之躬④，胡为乎泥中！

## 【注释】

①式：语助词。微：（日光）衰微，黄昏或日天黑。
②微：非。微君：要不是君主。
③中露：露中。倒文以协韵。

④躬：身体。

【简析】

此诗主旨，《毛诗序》说是黎侯为狄所逐，流亡于卫，其臣作此劝他归国。诗以天黑了起兴，引出主旨词“归”。“式微，式微”运用反复，突出时间的紧迫。“胡不归？”是反问，催促之意愈紧。后面是站在对方的角度着想，接着说，你不是一直挂念君主吗？为什么还在子夜的露水中站立，久久徘徊，拿不定回国的主意？你的贵体是用来为我们国君效力的，为什么现在还现身在卫国，久久不回？诗歌表达的情绪含蓄蕴藉，哀远沉痛。所以方玉润评此诗云：“语浅意深，中藏无限义理，未许粗心人鲁莽读过。”（《诗经原始》）此诗对后代的影响深远，“式微”一词渐衍为中国古典诗歌中的“归隐”意象。

## 无将大车：感时伤乱聊自遣

无将大车①，祇自尘兮。无思百忧，祇自疧②兮。
无将大车，维尘冥冥③。无思百忧，不出于颎④。
无将大车，维尘雝兮⑤。无思百忧，祇自重兮⑥。

【注释】

①将：扶进，此指推车。大车：平地载运之车，此指牛车。

②疧（qí）：病痛。

③冥冥：昏暗，此处形容尘土迷蒙的样子。

④颎（jiǒng）：通“耿”，心绪不宁，心事重重。不出于颎，犹言不能摆脱烦躁不安的心境。

⑤雝（yōng）：通“壅”，引申为遮蔽。

⑥重：通“肿”，一说借为“恫”，病痛，病累。

**【简析】**

《战国楚竹书·孔子诗论》云:"《(无)将大车》之嚣也,则以为不可如何也。"这是一位感时伤乱者唱出的自我排遣之歌。全诗三章,每章均以推车起兴。人都着推车前进,只会让扬起的灰尘洒满一身,辨不清天地四方。诗人由此兴起了"无思百忧"的感叹:心里老是想着世上的种种烦恼,只会使自己百病缠身,不得安宁。言外之意就是,人生在世不必劳思焦虑、忧怀百事,聊且旷达逍遥可矣。诗的字面意义颇为明豁,问题在于歌者是一位什么身份的人,其所忧又是什么。姚际恒《诗经通论》云:"此贤者伤乱世,忧思百出;既而欲暂已,虑其甚病,无聊之至也。"方玉润《诗经原始》云:"此诗人感时伤乱,搔首茫茫,百忧并集,既又知其徒忧无益,只以自病,故作此旷达聊以自遣之词,亦极无聊时也。"可谓抓住此诗主题的实质。歌者当是一位士大夫,面对时世的混乱、政局的动荡,他忧心忡忡,转侧不宁,也许他的忧思不为统治者所理解,他的谏言不仅不被采纳,反而给自己招来了麻烦,因而发出了追悔之词、自遣之叹,但是从中读者仍能感受到他的忧世伤时之心。诗人选用推车为比兴很有深意。古人以乘舆指天子、诸侯,其来尚矣,那么以推车喻效命君王也是情理中事。此诗当为士大夫因忧国之心不被君王接纳而发出的牢骚怨叹。

## 菁菁者莪:同舟共济永相随

菁菁①者莪,在彼中阿②。既见君子,乐且有仪③。
菁菁者莪,在彼中沚④。既见君子,我心则喜。
菁菁者莪,在彼中陵。既见君子,锡⑤我百朋。
泛泛杨舟,载沉载浮。既见君子,我心则休。

**【注释】**

①菁(jīng)菁:草木茂盛。莪:莪蒿,又名萝蒿,一种可吃

的野草。

②阿：山坳。

③仪：仪容，气度。

④沚：水中小洲。

⑤锡：同"赐"。朋：上古以贝壳为货币，十贝为朋。

## 【简析】

《战国楚竹书·孔子诗论》云：《菁菁者莪》则以人益也。莪是一种野生的可以食用的蒿草，每当荒年，老百姓就采莪来充饥以度日。此处寓指一个真有魅力人就如同莪一样，关键时可以疗人的饥渴，救人的性命，所不同的是这种饥渴不是身体上的，而是精神的饥渴。诗歌以一个妙龄女子为主人公，抒发了她与心上人相识、相恋、相爱的过程。诗的前三章都以"菁菁者莪"起兴，"莪"是"中阿"、"中沚"、"中陵"中的植物中的一种，概括地代表植物，不一定是写实。第一章，写一个女子在莪蒿茂盛的山坳里采摘莪蒿时，偶遇一个性情开朗、英俊潇洒的小伙子，两人一见钟情，女子又羞涩又喜悦，心里乐开了花。第二章，写女子在水光萦绕水中小洲采摘莪蒿时，一抬头，看见小伙子正笑盈盈地看着自己，眼里充满火辣辣的爱情，女子虽然垂下了眼帘，心里却像有一头小鹿在狂奔乱撞，一个"喜"传神地写出女子微妙复杂的感情。第三章，写女子在阳光明媚的山丘摘莪蒿时，看见风度翩翩的心上人正向自己走来，温情软语中，小伙子捧出百朋的货币作为定情物，两人的爱情至此明朗化。第四章，写两人确定了恋爱关系后同，一同划船戏水的欢乐场面。"杨舟"象征爱情的坚贞，"同船过渡"象征彼此对爱情的珍惜，"载沉载浮"很容易让人想到人生的起伏。前两句以景写情，虚实结合，含蕴丰厚，象征两人在人生长河中同舟共济、同甘共苦的誓愿。后两句依然是女子的抒情。"我心则休"写出了女子的陶醉、满足之情。这又是一个痴情的女子，对于她来说，爱情便是她生命的全部；得到了自己的心上人，就觉得了自己的人生归宿，不管生活有顺境，有逆境，只要时时有恋人相伴，女子永远觉得幸福。这一次，女子的感情更为深刻，达到了高潮。全诗四章，每一章都像一个电影镜头，以地点的变化、感情的加深为线索，给读者以丰富的想象，把一个美妙动人的爱情故事表现得引人入胜。

此诗虽是一首爱情诗，但也不妨理解为是一首政治诗。诗歌以被召者的口吻，抒发见收之后的喜悦心情。前三章均以"莪"之得其所喻己所投得人。后章以杨舟在水，沉浮优游，喻见君子之后心安志得。

## 九罭：政治腐败不容贤

九罭之鱼，鳟鲂。我觏之子，衮衣绣裳①。

鸿飞遵渚②，公归无所，于女信处③。鸿飞遵陆④，公归不复，于女信宿⑤。

是以⑥有衮衣兮，无以⑦我公归兮，无使我心悲兮。

### 【注释】

①罭（yù）：网眼较小的渔网；衮：古时礼服；觏：碰见。

②遵渚：遵，沿着；渚：沙洲。

③信处：再住一夜称信。

④陆：水边的陆地。

⑤信宿：住两夜。

⑥是以：因此；有：持有、留下。

⑦无以：不要让。

### 【简析】

此诗是悲叹豳地动乱，朝廷腐败，无以纳贤，甚至残害忠良，希望贤人不要前来，以免遭祸，表明他们对豳国政治已经绝望。诗末尾抒发了极为强烈的悲伤之情。诗四章，为三层，结构各不一样。首章前句起兴，言九罭竟网得大鱼，喻下文"我"竟遇上一位身着"衮衣绣裳"的大官（贤人）。二三章重唱。首句以飞鸿失路起兴，比喻下文"公归无所""公归不复"，即言这里已没有地方让"公"能呆上哪怕一两天了！第四章为第三层。首句"是以有衮衣兮"中，因此那些穿衮衣的人（贵族或贤人），不要与这位"公"一样来这里，不要让我再伤心！（像我为此公伤心一样）三句祈使语气，句末均有语气词"兮"，感情强烈。言"我公"，崇敬亲切之意。

## 北风：虐政如虎争相逃

北风其凉，雨雪①其雱②。惠③而好我，携手同行。其虚其邪④？既亟⑤只且！

北风其喈⑥，雨雪其霏⑦。惠而好我，携手同归⑧。其虚其邪？既亟只且！

莫赤匪⑨狐，莫黑匪乌。惠而好我，携手同车。其虚其邪？既亟只且！

【注释】

①雨雪：下雪，雨做动词。

②雱（páng）：雪盛的样子。

③惠：爱。

④其：语气助词。虚：通"舒"。邪：通"徐"，迟缓。

⑤既：已经。亟：通"急"。

⑥喈：寒凉。

⑦其霏：雨雪纷飞的样子。

⑧同归：一起到较好的他国去。

⑨匪：彼，那。莫：无。

## 【简析】

《战国楚竹书·孔子诗论》云："《北风》不绝，人之怨子。"三章展示了这样的逃亡情景：在风紧雪盛的时节，一群贵族相呼同伴乘车去逃亡。局势的紧急（"既亟只且"）、环境的凄凉（赤狐狂奔，黑乌乱飞）跃然纸上。让人悚然心惊。"其虚其邪"，形象地表现同行者委蛇退让、徘徊不前之状。"既亟只且"，"只且"为语助词，语气较为急促，加强了局势的紧迫感。前二章以"北风与雨雪"起兴，它不只是逃亡时的恶劣环境的简单描写，还是用来比喻当时的虐政。后面赤狐、黑乌则是以比体为主，兼有兴体。它不仅仅是比喻执政者为恶如一，还可以看作逃亡所见之景。这种比兴手法的运用，使诗句意蕴丰富，耐人玩味。

## 淇奥①：丰华绝代的良臣

瞻彼淇奥，绿竹猗猗②。有匪③君子，如切如磋，如琢如磨。瑟兮僴兮④，赫⑤兮咺兮，有匪君子，终不可谖⑥兮！

瞻彼淇奥，绿竹青青。有匪君子，充耳琇莹⑦，会弁⑧如星。瑟兮僴兮，赫兮咺兮，有匪君子，终不可谖兮！

瞻彼淇奥，绿竹如箦⑨。有匪君子，如金如锡，如圭如璧⑩。宽兮绰⑪兮，猗⑫重较兮？善戏谑⑬，不为虐⑭兮！

## 【注释】

①淇：淇水；奥（yù）：通"隩"，水边弯曲的地方。

②猗（ē）猗：长而美貌。

③匪：通"斐"，文采好。

④瑟：形容仪表端庄、庄重。僴（xiàn）：神态威严。

⑤赫：显赫。

⑥谖（xuān）：忘记。

⑦琇莹：似玉的美石。

⑧会弁（guì biàn）鹿皮帽。

⑨簀（zé）：枳的积累与堆积。

⑩璧：玉，礼器。

⑪绰：旷达。

⑫猗：通"倚"。

⑬戏谑：玩笑。

⑭谑：粗暴。

## 【简析】

《孔丛子·记义》载："于《淇澳》见学之可以为君子也。"这首诗赞美卫武公"夙夜不怠，思闻训道"，有才有德。先秦时代正是中华民族不断凝聚走向统一的时代，人们自然把希望寄托在圣君贤相、能臣良将身上。赞美他们，实际上是表达一种对生活的向往。卫武公名和。史传记载，卫和晚年九十多岁了，还是谨慎廉洁从政，接受别人的劝谏，因此很受人们的尊敬，人们作了这首《淇奥》来赞美他。由于时间、地点、人物都不具体，可以看作是一首赞美优秀士大夫的诗作。全诗三章，内容基本一致，就起了反复歌咏的作用，使听者印象更加深刻。诗歌由外而内，从三个方面赞美。首先是外貌。这位官员相貌堂堂，仪表庄重，身材高大，衣服整齐华丽，连冠服上的装饰品也是精美的，塑造了一个高雅君子形象。其次是才能。从撰写文章与交际谈吐两方面，表达了这君子处理内政和处理外事的杰出能力，突出了良臣的形象。最后，也是最重要的方面，即这位君子的品德高尚。他意志坚定，忠贞纯厚，心胸宽广，平易近人，的确是一位贤人。正因为他是个贤人，从政就是个良臣，再加上外貌装饰的庄重华贵，更加使人尊敬了。所以，第一、二两章的结束两句，都是直接的歌颂："有匪君子，终不可谖兮！"从内心世界到外貌装饰，从内政公文到外事交涉，这位士大夫都是当时典型的贤人良臣。

## 鸿雁：领导也需要理解

鸿雁于飞，肃肃其羽。之子于征，劬劳①于野。爰及矜人，哀此鳏寡②。

鸿雁于飞，集于中泽。之子于垣③，百堵皆作④。虽则劬劳，其究安宅⑤？

鸿雁于飞，哀鸣嗷嗷。维此哲人⑥，谓我劬劳。维彼愚人，谓我宣骄⑦。

### 【注释】

①劬（qú）劳：勤劳辛苦。

②爰：语助词，乃。矜人：穷苦的人。鳏（guān）：老而无妻者。寡：老而无夫者。

③于垣：筑墙。

④堵：长、高各一丈的墙叫一堵。作：筑起。

⑤究：终。宅：居住。

⑥哲人：通情达理的人。

⑦宣骄：骄奢。

### 【简析】

这首诗颂扬督民劳作为民造福的贵族，并感叹明白人能理解他，而糊涂人责备他不近人情。诗三章，章六句。前两章分叙，后一章总括。首章前两句以鸿雁飞翔不停地扇动翅膀喻征人之劬劳；三四句"野"与"国"对，暗示此时为在野服役。劳苦之事乃筑墙构房也——这是惠及可怜人，哀怜鳏寡者。二章首二句"集鸿于泽"喻安集百姓；三四句是说在"之子"的指挥下，许多堵墙筑起来了，虽然自己劳苦，但大家终于可以安居了。最后一章以鸿雁鸣叫喻人们对其褒贬评论：明白的人说他劳苦，糊涂人说他骄傲，即怨他督促紧，要求严。诗前两章以第三人称述之，最后一章让

"之子"自述其情，使得短诗蕴含着极丰富的意蕴：有对其不避
"劬劳"哀鳏寡、为民造宅的赞扬，也有其自己内心的感叹，有对
被哲人理解的欣慰，也有不被理解的痛苦。此诗让我们想起了西门
豹治邺时的感慨：民可与乐成，不可与虑始。

## 新台：颠鸾倒凤颠倒国

新台有泚①，河水弥弥②。燕婉③之求，蘧篨④不鲜。
新台有洒⑤，河水浼浼⑥。燕婉之求，蘧篨不殄⑦。
鱼网之设，鸿则离之⑧。燕婉之求，得此戚施⑨。

### 【注释】

①新台：故址在山东鄄城，为卫宣公纳宣姜所筑。有泚（cǐ）：
鲜明貌。

②弥弥：大水茫茫。

③燕婉：安和美好的样子。

④蘧篨（qú chú）：鸡胸。

⑤有洒：即"洒洒"，高俊的样子。

⑥浼（měi）：水茂盛的样子。

⑦殄：善，美。

⑧离：通"罹"，遭遇。

⑨戚施：驼背。

### 【简析】

这首诗用讽刺的手法写了卫宣公强行霸占儿媳的乱伦丑事。卫
宣公是个淫昏的国君。他曾与其后母夷姜乱伦，生子名伋。伋长大
成人后，卫宣公为他聘娶齐女。他听说齐女很美，便想自娶，在黄
河（濮州境）上高筑新台，把齐女截留下来，霸为己有，就是后来
的宣姜（夷姜因失宠而自缢）。国人便做了这首歌讽刺他。诗中用
对比手法，用新台之明亮、黄河之浩荡、妻女之美，反衬卫宣公的

禽兽行为，讽刺卫宣公鸡胸驼背，是个癞蛤蟆，却强娶美少女。卫宣公一人不可能同时具有这么多毛病，或者是讽刺他行为颠倒，不可为一国之君。

## 雄雉：不惜贤德日月暗

雄雉于飞，泄泄其羽①。我之怀矣，自诒伊阻②。
雄雉于飞，下上其音。展矣君子，实劳我心③。
瞻彼日月，悠悠我思。道之云远，曷云能来？
百尔君子④，不知德行："不忮不求，何用不臧？⑤"

【注释】

①泄（yì）泄：鼓翼舒畅貌。朱熹《诗集传》："泄泄，飞之缓也。"

②诒（yí）：通"贻"，遗留。自诒：自取烦恼。伊：此，这。阻：阻隔。

③展：诚，确实；劳：忧。

④百尔君子：汝众君子。百，凡是，所有。

⑤忮（zhì）：忌恨，害也。臧（zāng）：善。

【简析】

诗序："《雄雉》，刺卫宣公也。淫乱不恤国事，军旅数起，大夫久役，男女怨旷，国人患之，而作是诗。"史载，卫宣公有妻妾而与其他妇女相通，是淫乱内外；与父亲的妻妾私通，纳亲属之妻妾为己有，可谓禽兽行为，国内多次发生叛乱。第一章是说，卫宣公像雄野鸡，见到雌雉就追逐；荒淫无道纵情欲，礼义廉耻已全无。在此情况下，我还安然地处在大夫的职位上，这是我自己自取其辱、自遣其咎。此时，"大夫"已萌生离去之心，还有所依恋，仍然期望着卫宣公能够幡然悔悟、重新做人，不至于背道而驰、天怒人怨。第二章是说，卫宣公仍然像雄雉一样，不断地追逐色欲，而且低声下气、软语缠绵，阳刚之气全无，浩然正气全销。大夫眼见于此，为国为民为君而担忧，却无法去谏止国君，所以，期望着朝中的诚敬君子能够谏止国君的荒淫无耻之行。这位"大夫"去坦诚地向君子倾诉，并向君子请教。经过一番倾诉之后，"大夫"进一步拿定了辞官隐退的主意。第三章是说，国君与夫人犹如一个国家的日月。而国君的夫人如同国君一样淫乱。当君子、大夫看到日月的时候，想到了国君与夫人之淫行，因而忧国忧民之心难以排遣。当大夫之妻接到丈夫来信，不禁疑窦丛生：既然你说回家的道路很遥远，可是，却为什么说能够很快就回来呢？看到有的大夫还在朝廷之中，而自己的丈夫却长期在外劳役，不能回家。在此情况下，这位妇人不能不怨恨，发出了质问之声：你们这些在朝廷之中的上百个官员们，"我"弄不清楚究竟怎么样才能算是真有德行。"我"的丈夫不是结党营私而危害朝廷的人，他不仅不苛责于人，而且很宽容的对待他人。有这样德行的君子，本来就应该留在朝廷之中，却为何被排斥到朝廷之外呢？对于物之善者，人们都知道珍惜、爱护，可是，国君却不珍惜、爱护贤德君子，又岂能国泰民安？更不用说长治久安了。

## 干旄：招人才谁是人才

子子①干旄，在浚之郊。素丝纰之，良马四之②。彼姝③者子，何以畀之？

子子干旟④，在浚之都。素丝组⑤之，良马五之。彼姝者子，何以予之？

子子干旌⑥，在浚之城。素丝祝⑦之，良马六之。彼姝者子，何以告⑧之？

## 【注释】

①子子：独立特出之貌。

②纰（pí）：连缀，用丝线镶旗边为装饰。良马四之：孔广森《经学卮言》曰："四之、五之、六之，不当以辔为解，乃谓聘贤者用马为礼。转益其庶且多也。"

③姝：美好。

④旟（yú）：画有鸟隼的旗。

⑤组：编织。

⑥旌（jīng）：旗的一种。

⑦祝：通"属"。

⑧告：建议。

## 【简析】

这首诗写卫文公招贤纳士。全诗三章，章六句，属重唱。但完全重复的句子仅"彼姝者子"一句，这似乎也突出了那位"姝者"在全诗中的重要性。持"美好善说"的毛诗以为"姝者"是卫国好美善的大夫，持"访贤说"的朱熹则以为"姝者"是卫国的贤人，但他们都认为"之"指代的是卫君。前两句以彩旗猎猎高扬，赞卫君招贤之诚意，并点明是在"浚"地。《郑笺》云："时有建此旄来此浚之郊，卿大夫好善也。"三、四句以其马之良，缰绳之华贵，再言此大夫招贤之诚意。最后言"彼姝者子"中的"姝"，意思为美好，不一定专指女子；这里的美好亦不仅指形貌，更指品行。"何以畀之""何以予之""何以告之"中的"何以"，意思为以何，拿什么。——凭什么报答他呢？拿什么计策献给他呢？这是诗歌的重点所在，呼唤贤者为国效劳。但细咏诗章，总让人想起韩愈《送董邵南序》的况味。

## 君子偕老：貌比天仙的污秽

君子偕老，副笄六珈①。委委佗佗②，如山如河。象服是宜。子③之不淑，云如之何？

玼兮玼④兮，其之翟也。鬒⑤发如云，不屑髢也。玉之瑱⑥也，象之揥也。

扬且之皙也。胡然而天也⑦！胡然而帝也！

瑳⑧兮瑳兮，其之展也，蒙彼绉絺，是绁袢也⑨。子之清⑩扬，扬且之颜也，

展⑪如之人兮，邦之媛也！

## 【注释】

①君子：指卫宣公。偕老：夫妻相亲相爱，白头到老。副笄（jī），即汉代的六步。珈，垂珠。

②委委佗佗（yí），如山如河：像山一样稳重，像河一样深沉。佗，合身。

③子：指宣姜。

④玼（cǐ）：花纹绚烂。

⑤鬒（zhěn）：黑发。

⑥瑱：冠冕上垂在耳边的玉石。

⑦胡：何，怎么。然：这样。而：如。

⑧瑳：玉色鲜明洁白。绁袢（xiè pàn）：夏天穿的亵衣，内衣，白色。

⑨絺（chī）：细葛布。

⑩清：眼神清秀。颜：额。

⑪展：的确。

## 【简析】

本篇的内容是一首明扬暗讽的内容，全诗反复铺陈咏叹宣姜服饰容貌之盛美，是为了反衬其内心世界的丑恶与行为的污秽。第一章，形容宣姜的服饰之盛，仪表之雍容华贵。第二章形容宣姜头发的浓密。第三章写宣姜夏天淡妆的风情：佩上晶莹的美玉，穿上浅红绉纱上衣，还露出细葛布白色内衣，铺陈处用力多，反衬处立意妙。全诗没有一句说宣姜的坏话，倒是在渲染她风度体态之美，好

像在赞美宣姜"母仪天下",实则处处含嘲带讥。原因在于其外在的美与内在的丑恶不堪形成巨大的反差,对比鲜明,辛辣幽默,具有强烈的讽刺效果。也启迪读者:真正的君子,内质外文相配,既要注重品德修养,又要讲究仪表,二者不可偏废。

## 行①露:铿锵巾帼胜须眉

厌浥②行露,岂不夙夜③,谓④行多露。

谁谓雀无角⑤?何以穿我屋⑥?谁谓女无家⑦?何以速我狱⑧?虽速我狱,室家不足⑨!谁谓鼠无牙?何以穿我墉⑩?谁谓女无家?何以速我讼⑪?虽速我讼,亦不女从⑫!

### 【注释】

①行(háng):道路。

②厌浥(yì yì):潮湿。

③夙夜:黎明前。

④谓:奈何。

⑤谁谓:谁说。角:鸟嘴。

⑥何以:有什么理由。穿:啄透。

⑦女:通"汝"。

⑧速:招,致。

⑨室家:这里指婚姻。

⑩墉:墙,有别于桓。

⑪讼:诉讼。

⑫不女从:不从汝。

### 【简析】

这首诗是一位不知名的女子为拒绝与一个已有家室的男子重婚而作。男子用暴力手段强迫女子与自己成婚,女子以对方已有家室为理由,拒不相从。男子于是把她送进了监狱。能够把女子送进监狱，可能是男子用其他手段从女子的父母那儿骗取了婚约。诗歌记述的是对簿公堂的一幕。诗的第一章为男子所答。官府要求男子到公堂判决，男子迟迟拖延，没有在预定的时间到达公堂，官府问他为什么迟到了，男子回答说，路上露水湿漉漉，难道不想早赶路？第二章以后为女子在公堂所答。女子"雀、鼠"起兴，形象生动地揭露了男子有家室而强迫成亲，犯了重婚罪；并义正词严地指责男子凭什么把她送进监狱。女子提出的两个理由，证据确凿，令男子哑口无言。诗歌连用八个反问句，两个感叹号句，生动地塑造了一个有智有谋，泼辣伶俐的青年女子形象。女子这种宁为玉碎的气节，即使是用今天的标准来看，也是可歌可泣，值得大加赞颂。

人生有比金钱利益更宝贵的东西，那就是气节。气节，是主题价值的体现，是一个人为了维护自己的尊严、人格、理想等内在价值，而不顾牺牲现实的实际利益，乃至付出血和生命的代价。因此，它表现出人类崇高的精神追求和境界。一个人缺失了气节，就像缺失了生命的钙质；如果沦为奴仆，变作他人的玩物，为了拒绝和摆脱这种处境，就是付出代价乃至生命也是值得的。我们从诗中读出的，正是这种久违的、敢于说"不"字的凛然气节。这是需要大无畏的气概的。

## 柏舟：匹夫执志不可易

泛彼①柏舟，亦泛其流②。耿耿③不寐，如有隐忧④。微⑤我无酒，以⑥敖以游。

我心匪鉴⑦，不可以茹⑧。亦有兄弟⑨，不可以据⑩。薄⑪言往愬，逢彼之怒。

我心匪石，不可转也。我心匪席，不可卷也。威仪棣棣⑫，不可选⑬也。

忧心悄悄⑭，愠⑮于群小。觏⑯闵既多，受侮不少。静⑰言思之，寤⑱辟有摽。

日居⑲月诸，胡⑳迭而微？心之忧矣，如匪浣衣。静言思之，不能奋飞。

## 【注释】

①泛彼："泛泛"，泛行，漂流。

②亦：语气助词；流：中流。

③耿耿：焦虑不安的。

④如：而；隐忧：深忧。

⑤微：非、不是。

⑥以：语气助词。

⑦匪：非、不是。鉴：镜子。

⑧茹：度，或容纳。

⑨兄弟：同姓之臣。

⑩据：依靠。

⑪薄：语气助词。愬：通"诉"，告诉。

⑫威仪：此处指威严的仪表风度。棣棣：雍容典雅的风貌。

⑬选：算，估算。

⑭悄悄：忧愁的外貌。

⑮愠：怨恨。

⑯觏：通"遘"，遭逢。

⑰静：仔细。

⑱寤：睡醒。

⑲居：语气助词。

⑳胡、何：为什么。迭：更迭。

## 【简析】

《孔丛子·记义》载："于《柏舟》见匹夫执志之不可易也。"《战国楚竹书·孔子诗论》云："《邶·柏舟》闷。"这首诗抒发怀才不遇的心境。第一章写怀才之士见柏舟空漂于水上而无用，因而引起怀才不遇的心情，所以赋此诗。柏舟是种材质精良的船，在水中空飘浮，诗人见此颇为忧虑而难以入睡，如有隐痛。不是我无酒而携酒出游，因为酒也不能解我忧愁，即使出游也不能解我的愁。诗人本可以乘坐这个柏舟出游，但因为他内心忧痛而不想出游，所以柏舟只能空浮水中。第二章写诗人的遭遇。我的心既不如镜子那样照物清明，所以别人也不能够明察我的心。虽然有同族兄弟，但是不可以依赖。甚至我去告诉他们我的事，反而惹他们发怒，写出了诗人孤单而苦闷的处境。第三章写诗人的坚强、高尚。诗人坚定地表达了自己做人的尊严，绝对不受外力左右："我心匪石，不可转也。我心匪席，不可卷也。威仪棣棣，不可选也。"这是诗人表达得最高潮之所在。身处逆境，能不屈不挠，却"石可破也，而不可夺其坚；丹可磨也，而不可夺其赤"。"匹夫不可夺其志"，他这种不屈不挠的人格魅力，不由得让我们肃然起敬。第四章写诗人受到群小排挤，遭受很多的侮辱，所以愤激不已，激动得抚心拍胸。第五章写诗人忧伤的心情。日月更迭，为什么有亏食？我忧愁的心，就像没有洗的衣服在身。静心思之，只觉得无力奋起高飞。全诗紧扣一个"忧"字，忧之深，无以诉，无以泻，无以解，环环相扣。五章一气呵成，娓娓而下，语言凝重而委婉，感情浓烈而深挚。

## 沔水：一言一动加敬慎

沔①彼流水，朝宗②于海。鴥彼飞隼③，载飞载止。嗟我兄弟，邦人诸友。莫肯念乱，谁无父母？

沔彼流水，其流汤汤。鴥彼飞隼，载飞载扬④。念彼不迹⑤，载起载行。心之忧矣，不可弭⑥忘。

鴥彼飞隼，率彼中陵⑦。民之讹言，宁莫之惩⑧？我友敬⑨矣，谗言其兴。

## 【注释】

①沔（miǎn）：流水满溢貌。

②朝宗：归往。本意是指诸侯朝见天子（《周礼·春官宗伯》："春见曰朝，夏见曰宗。"），后来借指百川归海。

③鴥（yù）：鸟疾飞貌。隼（sǔn）：一类猛禽，我国常见的有游隼等。

④载：句首语助词。

⑤念："尼"之假借，止。不迹：不循法度。

⑥弭（mǐ）：止，消除。

⑦率：沿。中陵：陵中。陵，丘陵。

⑧讹言：谣言。惩：止。

⑨敬：同"警"，警戒。

## 【简析】

这首诗对兄弟反目引发邦国之乱深表忧虑。周朝是以宗法制为基础的社会，王族兄弟反目往往造成血腥的叛乱。这首诗在歌唱的时候，可能是按照一三、二三的顺序反复。诗以"沔水、鴥鸟"起兴，一为地上浩荡的流水，一为天上的猛禽，展示一种分崩离析的凶险景象。"沔水"流归于大海，暗示"百流归海"，接受周王的统领是天道自然。"沔水"浩浩荡荡地流与"鴥鸟"起落随性、自由自在地飞，又流露出诗人处境艰危，但又不便明说，充满"心之忧矣，不可弭忘"的浩叹。首章先言"兄弟"，是提醒的重点；再呼"邦人诸友"既是延伸，也是为了避免"兄弟"认为此诗针对他们。诗人明告他们不要兴起暴乱的念头，表达乱象已明，大乱在即的危机感。明示出来，便于弭乱于萌芽，并以"谁无父母"温言相劝。战争一旦发生，"父母"的安危令人担忧；子死，"父母"伤心难抑，劝告的切口选的很有利。次章言"不轨"时有发生，战乱不息，诗人深以为忧。三章重唱二次，对"谣言"和"谗言"深感忧虑。以劝告友人的口吻，请他们"一言一动加敬慎"，"谗言"弥漫身边。在野，民间谣言四起；在朝廷，"谗言"无处不在，天下无主，君子无处安身，"国无主，其能久乎？"诗人怎不忧心忡忡？诗中满溢着作者忧乱畏谗的感叹和沉痛的呼喊，这正是对"分明乱世多谗，贤臣遭祸景象"（方玉润《诗经原始》）的高度艺术概括。

## 考盘①：幽居独歌且长啸

考盘在涧，硕人②之宽。独寐寤③言，永矢弗谖④。

考盘在阿，硕人之薖⑤。独寐寤歌，永矢弗过⑥。

考盘在陆⑦，硕人之轴⑧。独寐寤宿，永矢弗告⑨。

### 【注释】

①考：扣，敲。盘：器具。

②硕人：形象高大且丰满的人，指品德高尚。

③寤：一觉醒来。寐：睡觉。

④矢：通"誓"。谖（xuān）：忘却。

⑤薖（kē）：貌美，更指心胸宽大。

⑥过：失也。

⑦陆：高平的陆地或者土丘。

⑧轴：徘徊往复，自由自在。

⑨告：哀告。

### 【简析】

《孔丛子·记义》载："于《考盘》见遁世之士而不闷也。"这首诗写隐士自乐。第一章写贤者隐居在幽深的涧谷，自得其乐。贤者在涧谷间敲着器皿，和着节拍唱歌。这里虽然是幽深、狭隘、贫困的地方，但贤者胸襟宽广，所以能自得其乐。他独睡、独醒、独言，虽然没有人理解使他非常寂寞，但这位贤者隐居独乐，誓言以此为终身不忘之乐。二三章换韵重唱，写他在弯曲的丘陵，在高平之地间敲着器皿长啸、歌唱，在深谷之间，幽居独处，茅屋三间，风雨一缶，虽然孤独寂寞，而别有天地。这是贤者隐居适意之所，君子游心物外之境。有一种经年叫历尽沧桑，有一种远眺叫含泪微笑，有一种追求叫浅行静思，有一种美丽叫淡到极致，有一种醒悟叫扣盘而歌。红尘三千丈，念在山水间。在这喧嚣的尘世，我们需要有安放自己灵魂的地方，于时间深处，静看花开花落，站在岁月之巅，放牧心灵。然而，人又怎么能遗世独立？只不过是对外面纷扰争斗的黑暗社会的否定和规避罢了。

## 扬[①]之水：暗示要乘时而起

扬之水，白石凿凿[②]。素衣朱襮，从子于沃。既[③]见君子，云[④]何不乐？

扬之水，白石皓皓[⑤]。素衣朱绣，从子于鹄。既见君子，云何其忧？

扬之水，白石粼粼[⑥]。我闻有命[⑦]，不敢以告人。

### 【注释】

①扬：激扬。

②凿凿：鲜明。

③既：已。

④云：语气助词。

⑤皓皓：洁白。

⑥粼粼：清澈。

⑦命：政令。

### 【简析】

这首诗与一段真实的历史有关。公元前745年，晋昭侯封他的叔父成师于曲沃，号为桓叔。曲沃在当时是晋国的大邑，面积比晋都翼城还要大。再加上桓叔好施德，颇得民心，势力逐渐强大，“晋国之众归焉”（司马迁《史记·晋世家》）。过了七年，即公元前738年，晋大臣潘父杀死了晋昭侯，而欲迎立桓叔。当桓叔想入晋都时，晋人发兵进攻桓叔。桓叔抵挡不住，只得败回曲沃，潘父也被杀。作者有感于当时的这场政治斗争，在事发前夕写了这首诗。对桓叔而言，是热切盼望桓叔早日能成为诸侯。诗以"扬之水"开篇，是一种起兴，并以此引出人物，暗示当时的形势与政局，颇为巧妙。而诗的情节与内容，也随之层层推进，到最后才点出其将有政变事件发生的真相。所以，此诗在铺叙中始终有一种悬念在吸引着人，引人入胜。而"白石凿凿（皓皓，粼粼）"与下文的"素衣"、"朱襮（绣）"在颜色上亦产生既是贯连又是对比的佳妙效果，十分醒目。并且此诗虽无情感上的大起大落，却始终有一种紧张和担忧的心情，在《诗经》中也可以说是别具一格。

## 车邻：国强君贤臣民乐

有车邻邻①，有马白颠②。未见君子③，寺人④之令。

阪⑤有漆，隰⑥有栗。既见君子，并坐鼓瑟。今者不乐，逝⑦者其耋⑧。

阪有桑，隰有杨。既见君子，并坐鼓簧。今者不乐，逝者其亡。

## 【注释】

①邻邻：车行声。

②白颠：一种良马。

③君子：此是对友人的尊敬。

④寺人：宦者。

⑤阪：山坡。

⑥隰：低湿的地方。

⑦逝：往。

⑧耋（mào）：八十岁以上的老人，泛指老人。

## 【简析】

这首诗是赞美秦国的强大，国君能亲近臣民而和乐。第一章写当时的人入宫以前的经过。有众车行进，车声辚辚；有白额的马，以供驱驾，这是路上的排场。等到到了宫中，没有见到国君之前，有国君的宦官先行通报于君，这虽然是国君的排场，也是诗人的荣光。第二章写见到国君相乐宴饮的情景。先写国家治理强盛，各种之地，有各种植物生；各种之事，有各种秩序；有生产，有制度，气象峥嵘。国家治理强盛，国君才显得可敬。等到见到国君，国君竟然能够与诗人并排坐着鼓瑟，宴席上互相敬酒，诗人这时更感到国君的可亲，所以说，如果这时再不及时行乐，那么日月逝去，将光阴虚度而人老了。第三章换韵重复第二章，写将见的经过。重唱，是为了赞美国家的强盛，国君的贤明，表现了珍惜盛世光阴，欢聚相乐。

## 终南：秦公吐甫天下归

终南何有？有条有梅。君子至止，锦衣狐裘①。颜如渥丹，其君也哉！

终南何有？有纪②有堂③。君子至止，黻④衣绣裳。佩玉将将⑤，寿考⑥不忘！

## 【注释】

①锦衣狐裘：当时诸侯的衣服。

②纪：山角。

③堂：山上宽平处。

④黻（fú）：黑色青色花纹相同的上衣。

⑤将（qiāng）将：象声词。

⑥考：高寿。

## 【简析】

对这首诗作者身份的推测，前人有两种说法：其一，秦大夫所作；其二，周遗民所作。现代有的研究者认为是终南山的姑娘，对进山的青年表示爱慕之心而作，亦别开生面。此诗究竟是"美"还是"戒"，前人亦意见不一。"美"，主要是颂美秦公的容颜、服饰和仪态，通过视觉、听觉形象的勾勒，仿佛让人感觉到秦公步履雍容来到终南山祭祀行礼，至少在外观上透出富贵气派和令人敬仰感。两章诗都对"君子"的来到表示出敬仰和赞叹的态势，与巍峨的终南山放在一起，更显示了人物身份的尊贵。"戒"，两章末尾各有一句耐人寻味的结语。第一句是"其君也哉"，从那惊疑不定的揣测口吻中，显出忐忑不安忧喜参半的复杂心情。新君降临一方，旧地遗民自有前途未卜的紧张心理，这很真实自然。第二句是"寿考不忘"，意谓：秦君哪，你富贵寿考，但最终不要忘记这里曾是周王的土地和百姓呵！将祝福、叮咛、告诫、期望种种难以直言的心境委婉托出。细味这两句，诗确实是意存劝诫，希望秦君是明君，而不是暴君。

## 权舆：失势而豪气干云

于①我乎，夏屋渠渠②，今也每食无余。于嗟乎，不承③权舆！
于我乎，每食四簋④，今也每食不饱。于嗟乎，不承权舆！

## 【注释】

①于：感叹词。

②夏屋：大的食器。渠渠，殷勤的样子。

③承：继承。

④簋（guǐ）：古代青铜或陶器圆形的食器。

## 【简析】

　　这首诗描写的是一个落魄的旧贵族留恋过去的富贵生活，发出今不如昔的哀叹。国家礼制有明确规定，哪个级别该吃几碗。这位贵族失势后，感叹世情的凉薄：可叹从前用大食器招待我，殷勤款待，现在吃不饱，唉，真是大不如前了。通过今昔对比，我们仍能从他自豪的语气中感受到他当年的气势，鼎盛时期的飞扬抖擞精神。

## 南山①：往不可谏来应追

　　南山崔崔，雄狐绥绥②。鲁道有荡③，齐子由归。既曰归止④，曷又怀⑤止？

　　葛屦⑥五两，冠緌⑦双止。鲁道有荡，齐子庸止。既曰庸⑧止，曷又从⑨止？

　　蓺⑩麻如之何？衡从⑪其亩。取⑫妻如之何？必告⑬父母。既曰告止，曷又鞠⑭止？

　　析薪⑮如之何？匪⑯斧不克。取妻如之何？匪媒不得。既曰得止，曷又极⑰止？

## 【注释】

　　①南山：齐国的山名。

　　②绥绥：缓缓行走的样子。

　　③有荡：荡荡，平坦的样子。

　　④止：语气助词。

　　⑤怀：怀念。

　　⑥屦：麻。

　　⑦緌：通"蕤"，帽带下垂的样子。

　　⑧庸：用。

　　⑨从：相从。

⑩蓺（yì）：即种植。

⑪衡从：东西曰横，南北曰纵。

⑫取：通"娶"。

⑬告：告于祖庙。

⑭鞠：放任无束。

⑮析薪：砍柴。

⑯匪：通"非"。

⑰极：来到，至。

## 【简析】

这首诗讥讽了齐襄公和文姜兄妹淫乱的丑闻，并讽刺了鲁庄公软弱无能。史载，鲁桓公夫人、齐侯之女文姜与齐襄公是同父异母兄妹，却践踏人伦苟且私通。公元前694年，鲁桓公因国事出访齐国，文姜也竟然借此还乡（与古礼不合），襄公和文姜再度私通。发现俩人关系暧昧的鲁桓公谴责自己的太太，文姜告诉了齐襄公，齐襄公居然为此安排人谋杀了作为国宾的鲁国君主。事情传开后，当年两国国民均以为耻。尤其是齐国贵族觉得国家声誉大损，在列国国人面前抬不起头来。因此齐国贵族创作此诗。诗的前两节谴责齐襄公兄妹荒淫无耻，后两节责备鲁桓公对妻子管教不严，致使爆发丑闻。第一章由南山雄狐兴起鲁庄公的美好婚姻，然后说鲁国的大道平坦，文姜由这条路上而嫁鲁国，虽说齐襄公和文姜兄妹以往曾私通，但是现在文姜已经嫁到鲁国，那么，往者不可谏，来者犹可追，不应该再怀念旧事了。第二章是说文姜与鲁庄公举行了正式婚礼，不可以为儿戏。而文姜已经有堂皇婚礼，由平坦的鲁道嫁到了鲁国，又怎么能再与齐襄公私通？这才是不可以原谅的啊！第三章由种麻之理兴起娶妻之理。种麻一定要纵横耕地，娶妻也应该有必经之路，那就是一定要告诉她的父母。文姜既然经正式途径，又经正式婚礼，齐襄公又怎么能逼她于不义的邪路呢？第四章由劈柴之理，兴起娶妻之理。劈柴应如何？不用斧头不能劈。娶妻应如何，不经媒妁不能成。既然正式成婚了，齐襄公和文姜的往事可以一概忘却，又怎么能使文姜陷入泥沼，竟让她丧失夫人之道呢？全诗讽刺了统治阶级伦理丧尽，荒淫无耻。

## 株林：衣冠禽兽的荒淫

胡为乎株林①？从②夏南！匪适株林，从夏南！
驾我乘③马，说④于株野。乘我乘驹，朝食⑤于株！

**【注释】**

①胡为：为什么。株，是夏氏的邑地。林，指野外。
②从：跟、与。
③乘：四匹马拉的车。
④说（shuì）：舍息，下车休息。
⑤朝食：早餐。

**【简析】**

这首诗是揭露了上层统治者的政治腐败，由于它对陈灵公君臣狗彘之行的揭露，用了冷峻幽默的独特方式，给人们的印象也就更为深刻。第一章讽刺陈灵公与夏姬幽会。夏姬是陈国大夫夏御叔的妻子，夏征舒（字子南）的母亲。意思是说，陈灵公为什么到夏氏的邑地？是为了跟从夏南游玩。明说夏南，暗指夏姬。又强调说，夏氏邑地之野没有什么可游玩的，只因为夏南在夏氏邑。这里运用回环往复的手法，先从夏氏邑地引出夏南，似乎夏氏邑地是个游览胜地，然后避开夏氏邑地，把讥讽的锋芒直指陈灵公与夏姬幽会的秽行。第二章写陈灵公夏氏邑地的情状。陈灵公驾着四匹马拉的大车而去，下榻在夏氏邑地，早晨在夏氏邑地就餐，暗示陈灵公在夏姬家过夜。驹，马六尺以下称"驹"，这里是掩人耳目。这首诗寥寥几句，含蓄辛辣地讥讽了陈灵公的荒淫无耻。

## 鹑之奔奔：耻作无良之臣弟

鹑之奔奔①，鹊之彊彊②。人之无良③，我④以为兄！
鹊之彊彊，鹑之奔奔。人之无良，我以为君！

### 【注释】

①鹑：即鹌鹑。奔奔：跳跃奔走。
②彊：强。
③良：善，无良：不善。
④我：何。

### 【简析】

这首诗讽刺宣姜与公子顽私通之事，鞭挞他们悖逆伦常、禽兽不如，作诗者当是公子顽之庶弟卫惠公朔或公子黔牟。《史记·卫康叔世家》等书记载，卫宣公纳太子伋聘妻为妇，又听信谗言杀害了伋与伋的庶弟寿。《左传·襄公二十七年》郑伯有赋《鹑之贲贲》，赵孟曰："床笫之言不逾阈，况在野乎？非使人所得闻也。"全诗两章，章四句，均以"鹑之奔奔"与"鹊之彊彊"起兴，极言禽兽尚有固定的配偶，而公子顽与庶母宣姜结婚，其行为可谓腐朽堕落、禽兽不如，枉为人兄、人君。诗中"兄"与"君"同指一人，均指公子顽。诗人不敢不以之为兄、以之为君，貌似温柔敦厚，实则拈出"兄"、"君"两字，无异于对公子顽进行口诛笔伐，畅快直切、鞭辟入里。清陈震《读诗识小录》评曰："用意用笔，深婉无迹。"

## 下泉：繁华落尽惹人伤

冽①彼下泉，浸彼苞稂②。忾③我寤④叹，念彼周京。
冽彼下泉，浸彼苞萧⑤。忾我寤叹，念彼京周。
冽彼下泉，浸彼苞蓍。忾我寤叹，念彼京师。

芃芃⑥黍苗，阴雨膏之。四国⑦有王，郇伯劳⑧之。

## 【注释】

①冽：原作"洌"。

②苞：草木众生；稂：有穗却没有饱食的禾。

③忾（xì）：叹息。

④寤：睡醒。

⑤萧：一种香气。

⑥芃芃（péng）：茂盛的样子。

⑦四国：四方。

⑧劳：勤劳、努力。

## 【简析】

《孔丛子·记义》载："于《下泉》见乱世之思明君也。"《左传》记载，春秋末期的公元前520年（鲁昭公二十二年），周景王死，王子猛立，是为悼王，王子朝因未被立为王而起兵，周王室遂发生内乱。于是晋顷公派大夫荀跞率军迎悼王，攻王子朝。不久悼王死，王子匄（gài，即丐）被拥立即位，是为敬王。《春秋》记：周敬王居于狄泉，又名翟泉，在今洛阳东郊，有人认为即《下泉》一诗中之"下泉"。此诗的前三章以"寒泉浸苞稂"比喻世之乱，周室衰微而思明主，后句"感时追忆，无限伤心，妙在前路绝不说出"（清陈继揆《读诗臆补》）。三章增强了"乱世思明君"的低迷阴郁，第四章在最后忽然一转，格调高亢明亮，如云开日出。且前两句与前三章的前两句相比较，"昔时苗黍，今则苞稂；昔时阴雨，今则洌泉"，可谓"字字对照，直以神行"（清陈震《读诗识小录》）。正是因为前三章复沓叠咏使这种悲剧感加强到了极点，所以末章雨过天晴般的突然转折，就令人产生非常兴奋的欣慰之情，这样的艺术效果当然是独具魅力的。

## 敝笱①：嫁从之盛骄难制

敝笱在梁②，其鱼鲂鳏③。齐子归止，其从如云。
敝笱在梁，其鱼鲂鱮④。齐子归止，其从如雨。
敝笱在梁，其鱼唯唯。齐子归止，其从如水。

### 【注释】

①敝笱（gǒu）：破鱼篓。

②梁：捕鱼的水坝。

③鲂（fáng）：鳊鱼。鳏（guān）：鲲鱼。

④鱮（xù）：鲢鱼。

### 【简析】

本诗追忆文姜归鲁扈从盛大，赞齐人得势，讽鲁国衰弱。其时诸侯纷争，联姻为各国相互制衡的手段之一。"考桓三年，《春秋》书'齐侯送姜氏于讙'。"齐侯，齐僖公；鲁桓公以弑兄篡国，求婚于齐，而文姜又为僖公之女，新送之讙，嫁从之盛，骄伉难制，鲁为齐弱，由来者渐。清代汪梧凤《学诗女为》："笱所以取鱼，敝笱则取之不能制之。"诗中分别以鲂、鳏、鱮作喻，反复吟唱"敝笱不制"，清代姚际恒《诗经通论》："鲂、鳏、鱮，鱼类，阴性，故比文姜。""云、雨、水皆阴气，故比从者。""其从如云"、"其从如雨"、"其从如水"运用夸张的手法，赞美文姜初嫁，随从之盛。文姜嫁鲁，如鱼过梁，齐人乐之。用"敝笱"比喻鲁国的衰弱，形象生动，讽刺辛辣。

## 载驱：心有阳光皆美好

载驱薄薄，簟茀朱鞹①。鲁道有荡②，齐子发夕③。
四骊济济④，垂辔沵沵⑤。鲁道有荡，齐子岂弟⑥。

汶水汤汤<sup>⑦</sup>，行人彭彭<sup>⑧</sup>。鲁道有荡，齐子翱翔<sup>⑨</sup>。

汶水滔滔<sup>⑩</sup>，行人儦儦<sup>⑪</sup>。鲁道有荡，齐子游遨<sup>⑫</sup>。

## 【注释】

①载："乃"。驱：车马疾走。簟（diàn）：竹席。茀（fú）：车蔽。簟茀：车厢上用作障蔽的席蓬及前后遮蔽的竹帘。朱：赤红色。鞹（kuò）：去毛的兽皮。朱鞹：去毛的兽皮上涂着赤红色的油漆。

②有荡：即"荡荡"，平坦的样子。

③发夕：傍晚出发。

④骊：黑马。济济：美好的样子。

⑤辔：马的缰绳。

⑥岂弟：天刚亮。

⑦汤（shāng）汤：水声势浩大的样子。

⑧彭彭：众多的样子。

⑨翱翔：遨游。

⑩滔滔：水流浩荡。

⑪儦（biāo）儦：行人往来。

⑫游遨：遨游。

## 【简析】

这是一首描写齐国女嫁往鲁国的诗。第一章大意是，急驱的车轮儿轰轰啊奔跑的马蹄儿嘚嘚，新竹的蓬席啊蒙着朱漆的兽皮。通往鲁国的道路多么平坦啊，出嫁的齐女出发于日暮时分。第二章大意是，驾车的是四匹齐整的纯黑色骏马呀，垂下的缰绳柔软地来回摇摆。通往鲁国的道路多么平坦啊，出嫁的齐女天亮到达鲁疆。第三章大意是，汶河的急流荡漾着欢歌的浪花，路上熙熙攘攘的行人呀身强体悍。通往鲁国的道路多么平坦啊，出嫁女的马车在人群中来回穿梭。第四章，汶河的急流翻腾着滔滔然东去，路上来来往往的行人呀川流不息。通往鲁国的道路多么平坦啊，出嫁女的马车在人群中任意游逛。诗歌表达了出嫁女的欢悦心情。

## 皇皇①者华：忠职守常怀懔懔

皇皇者华，于彼原隰②。駪駪③征夫，每怀靡及④。
我马维驹，六辔如濡⑤。载驰载驱，周⑥爰⑦咨诹。
我马维骐，六辔如丝。载驰载驱，周爰咨谋⑧。
我马维骆，六辔沃若⑨。载驰载驱，周爰咨度⑩。
我马维骃，六辔既均⑪。载驰载驱，周爰咨询。

## 【注释】

①皇皇：犹言煌煌，形容光彩甚盛。

②原隰：原野上高平之处为原，低湿之处为隰。

③駪（shēn）駪：众多疾行。

④靡及：不及、无及。

⑤如濡：新鲜有光泽。

⑥周：遍。

⑦爰：于。

⑧咨谋：通"资诹"。

⑨沃若：光泽。

⑩咨度：通"资诹"。

⑪均：协调。

## 【简析】

《左传》云："《皇皇者华》，君教使臣曰：'每怀靡及，诹、谋、度、询，必咨于周。'"本首诗歌颂了使臣。首章，先阐明君教使臣之旨，既以慰使臣行道的辛苦，又戒其必须忠于使命，常以"靡及"自警。措词婉而多讽，用意则是非常庄重。至于君教使臣之具体内容为何，则于诗的第二章至第五章中，用使臣口气，反复表达，以见使臣时刻不忘君之所教，时时以忠贞自守。第二章前三句皆为使臣自道其出使在征途上的情况，第四句表明使臣秉承国君之明命，上以宣国家之明德，下以辅助自己之不足，以期达成使命，因而"咨访"实为使臣之大务。而在出使之际，君之教使臣者，正在于广询博访。三章至五章的诗意，与二章全同，特因叶韵关系，在语词上作了改变。前后各章，互相辉映、照顾周密，用意恳切，语言气象开朗，生动蓬勃。

## 东方未明：可怜下级办事难

东方未明，颠倒衣裳。颠之倒之，自公召之。
东方未晞①，颠倒裳衣。倒之颠之，自公令之。
折柳樊圃②，狂夫瞿瞿③。不能辰夜④，不夙则莫⑤。

### 【注释】

①晞（xī）晞："昕"的假借，破晓，天刚亮。
②樊：樊：即"藩"，篱笆。圃：菜园。
③狂夫：指监工。一说狂妄无知的人。瞿（qù）瞿：瞪视貌。
④不能辰夜：指不能掌握时间。辰，借为"晨"，指白天。
⑤夙：早。莫（mù）：古"暮"字，晚。

### 【简析】

《战国楚竹书·孔子诗论》云：《东方未明》"又利词"。这首诗是讽谏笔法生动。第一章写小官吏手忙脚乱，导致衣裳颠倒。在古代，衣，上为衣；裳，下为裳。东方未明，时间当在黑夜。可是因为上级的召令忽然而至，仓促之间，小官吏匆忙起床。上级的召令很急，敲门声一阵紧一阵，呼叫声越来越凶。这个小官吏慌手忙脚，把上衣穿作了下裳，下裳穿作了上衣。之所以这样颠倒错乱，实由于上级的召令无时，让人毫无准备。这里所说的衣裳穿颠倒了，未必是实有之事，而是一种夸张的写法。上章写衣裳"颠之倒之"，第二章写"倒之颠之"，意味绝妙，更增添了讽谏力量。第三章以做篱笆起兴，比喻要政令有时、有节。折下柳枝做菜园篱笆，就是那些狂妄之徒走到菜园边，也不敢轻易逾越。如果上级不分昼夜，而早晚无时，那就难于行事了。这首诗写的是官场上常见的一种现象，其根源在于上级无视下层办事人员的苦乐，不关心下级的冷暖，不顾百姓的死活，呼来唤去，为所欲为，手下的办事人员深受其苦。或者下情不为上所知，以致怨恨上级，心怀不满，离心离德。

## 四牡：劳使臣令人感泣

四牡骓骓①，周道②倭迟。岂不怀归？王事靡③盬④，我心伤悲。
四牡骓骓，啴啴骆马。岂不怀归？王事靡盬，不遑启处⑤。
翩翩者鵻，载飞载下，集于苞⑥栩。王事靡盬，不遑将⑦父。
翩翩者鵻，载飞载止，集于苞杞。王事靡盬，不遑将母。
驾彼四骆，载骤骎骎⑧。岂不怀归？是用作歌，将母来谂⑨。

## 【注释】

①骓骓（fēi）：马不停蹄地走而显得疲劳。
②周道：大路。
③靡：无。
④盬（gǔ）：止息。
⑤启处：在家安居休息；启：古人席地而坐。
⑥苞：茂密。
⑦将：奉养。
⑧骎骎（qīn）：形容马走得很快。
⑨谂（shěn）：想念。

## 【简析】

《小雅》从《鹿鸣》至《天保》六篇，言燕劳群臣朋友，是文事。君为元首，臣为股肱，君能恩诚以乐下，臣能尽忠以事上，此为政之尤急，故以《鹿鸣》燕群臣嘉宾之事为首。群臣在国则燕之，使还则劳之，故次《四牡》。诗中，君上模拟出使在外臣下的口气，唱出的忠孝难两全的哀思和无奈。全诗有三章写到马，因为马是载客的主体。首章为全诗定下了基调，在"王事靡盬"与"岂不怀归"一对矛盾中展现了人物"我心伤悲"的感情世界。以下各章内容都是对"伤悲"情绪的具体补充，全诗渗透着一种伤感色彩。这"周道倭迟"，也正象征着漫长的人生旅途。多少人南辕北辙地行走在人生旅途中而有"怀归"之想，而在"王事靡盬"的无情鞭笞下，他们无奈地违心前进着。除了陶渊明式人物能毅然"归去来兮"外，谁也免不了会有"心中伤悲"的阴影掠过。诗的抒情韵味相当悠长。有二章写到雎（zhuī），是行途所见。借雎鸟专一，或者说悫谨和孝慈的本性，来比喻使臣对王事的专注和对父母的孝养。明代学者何楷分析道："雎，性慈孝、悫谨。盖孝，所以致私恩；谨，所以致公义。故《四牡》，劳使臣之诗，而其托况如此。"这里，恰恰抒发了悫谨使臣，无法孝慈的无奈与悲凉。《四牡》的抒情可谓极尽幽婉，令人抚心感泣，就是今天我们读来，也觉得无限感伤。

## 小旻：各怀私利的谋臣

旻天①疾威，敷于下土②。谋犹回遹③，何日斯沮④？谋臧不从，不臧覆用。我视谋犹，亦孔⑤之邛。

潝潝訿訿⑥，亦孔之哀。谋之其臧，则具是违。谋之不臧，则具是依。我视谋犹，伊于胡底。

我龟既厌，不我告犹。谋夫孔多，是用不集⑦。发言盈庭，谁敢执其咎？如匪行迈谋⑧，是用不得于道。

哀哉为犹，匪先民是程⑨，匪大犹是经⑩。维迩言是听，维迩言是争。如彼筑室于道谋，是用不溃⑪于成。

国虽靡止⑫，或圣或否。民虽靡膴⑬，或哲或谋，或肃或艾⑭。如彼泉流，无沦胥以败⑮。

不敢暴虎，不敢冯河⑯。人知其一，莫知其他⑰。战战兢兢，如临深渊，如履薄冰。

## 【注释】

①旻（mín）天：秋天，此指苍天、皇天。疾威：暴虐。

②敷：布施。下土：人间。

③谋犹：谋划、策谋。犹、谋为同义词。回遹（yù）：邪僻。

④斯：犹"乃"、才。沮：停止。

⑤孔：很。邛（qióng）：毛病、错误。

⑥潝（xì）潝：小人党同而相和的样子。訿（zǐ）訿：小人伐异而相毁的样子。

⑦用：犹"以"。集：成就。

⑧匪：彼。行迈谋：关于如何走路的谋划。

⑨匪：非。先民：古人，指古贤者。程：效法。

⑩大犹：大道、常规。经：经营、遵循。

⑪溃：通"遂"，顺利、成功。

⑫靡：没有。止：礼。靡止，犹言没有礼法、没有法度。

⑬膴（wǔ）：肥。靡膴，犹言不富足、尚贫困。

⑭艾：有治理国家才能的人。

⑮无：通"勿"。沦胥：沉没。败：败亡。

⑯暴（bó）虎：空手打虎。冯（píng）河：徒步渡河。

⑰其他：指种种丧国亡家的祸患。

## 【简析】

《战国楚竹书·孔子诗论》云："《小旻》多疑心，言不中志也。"第一章，言上天把暴虐施与下土，以致今日大王惑于邪谋，什么时候才能够停止呢？当今的谋划，好的则王不从，不好的则王反而采纳。我看大王如此用谋，实在是有毛病。第二章，言出谋的众人，或者渝然应和，或者相互诋毁，党同伐异。好的谋划都不肯用，不好的谋划则依从，这样下去，国家将要混乱到什么程度呢？第三章，言谋夫众多，龟已失灵，众说纷纭反而无成就，满朝的发言者谁肯真正负责呢？都是矢不中的、不着边际的空谈。第四章进一步说明，当前王朝的政令策谋，上不遵古圣先贤、下不合固有规范，而国王还偏听偏信、不加考究，就使王朝的策谋更加脱离实际了。第五章，作者又以谏劝的口气说，国家各种人才都有，国王要择善而从，不要使他们流散、消亡。这实是对周王发出了警告。最后一章，作者再次表达了自己忧虑国事的深沉心情，其中"战战兢兢"三句，生动形象、寓意鲜明，写出了自己焦虑万状的心态，广为后世所引用，早已成为著名的成语。

## 祈父①：快人快语的呵责

祈父，予王之爪牙。胡转予于恤②，靡所③止居？
祈父，予王之爪士。胡转予于恤，靡所厎④止？
祈父，亶⑤不聪。胡转予于恤？有母之尸⑥饔。

【注释】

①祈父：周代掌兵的官员，即大司马。
②恤：忧愁。
③靡所：没有处所。
④厎（dǐ）：停止。
⑤亶（dǎn）：确实。聪：听觉灵敏。
⑥尸：借为"失"。饔（yōng）：熟食。

## 【简析】

《战国楚竹书·孔子诗论》云："《祈父》之责，亦有以也。"诗一开头便大呼"祈父！"继而厉声质问道："为什么使我置身于险忧之境，害得我背井离乡，饱受征战之苦？"第二章与此同调，但复沓中武士的愤怒情绪似乎在一步步增加，几乎到了一触即发的地步。"且自古兵政，亦无有以禁卫戍边者"（方玉润《诗经原始》）。武士说："可你这司马，却为何不按规定行事，派我到忧苦危险的前线作战呢？"作为军人，本不该畏惧退缩。在国难当头之际，当饮马边陲，枕戈待旦。武士再次质问："可你这司马太糊涂了，就像耳朵聋了听不到士兵的呼声，不能体察我还有失去奉养的高堂老母。"第三章，武士的质问变为对司马不能体察下情的斥责。同时也道出了自己怨恨的原因和他不能毅然从征的苦衷。"三呼而责之，末始露情"（姚际恒《诗经通论》）。风格上充分体现了武士心直口快、敢怒敢言的性格特征。

## 北门：知识分子的窄门

出自北门，忧心殷殷①。终窭②且贫，莫知我艰。已焉哉！天实为之，谓③之何哉！

王事适④我，政事一埤益⑤我。我入自外，室人交徧谪⑥我。已焉哉！天实为之，谓之何哉！

王事敦⑦我，政事一埤遗⑧我。我入自外，室人交遍摧⑨。已焉哉！天实为之，谓之何哉！

## 【注释】

①殷殷：很忧伤的样子。

②终：既。窭（jù）：窘困艰难。

③谓：无可奈何，此处指奈何不得意。

④王事：周王的事情。适：投掷，扔给我。

⑤政事：公家的事。一：都。埤（pí）益：增加。

⑥偏：通"遍"。谪（zhé）：谴责。

⑦敦：逼迫。

⑧遗：增加。

⑨摧：讥讽。

## 【简析】

这首诗描写一个公务繁忙的小公务员，地位卑下，内外交困，进则无途，退则无路；权贵的冷遇已经够他受的了，还要遭受世俗的白眼；回到家，又遭受家人的责难，表现出无可奈何的哀伤和忧虑。他是一个永远的孤独者和绝望者，他的愤懑无处发泄，只好归于天命。全诗三章，第一章先写外形，再写内心的浩叹。一个小公务员佝偻着身子，趔趔趄趄地走出北门，憔悴不堪，比一头耕牛更疲惫，展现出一个忧愁无比深重的知识分子的形象。接着是他痛苦的自述，无法逃脱贫困焦急的末路，无人理解他的艰辛。宦海茫茫，世人纷纷，而他那颗孤独的心一如漂泊在大海上的小舟，一如在北风中哀伤啼鸣的断雁，只好仰头向天长叹：老天啊，你为什么陷我于如此艰危的泥沼，真是无可奈何呀！二三章连用四个"我"字，宣泄内心极度的愁闷和忧愤。"我"生活在一个冷酷无情的世界里，命途多舛，种种苦役和责难，一切烦恼和忧愁，全都加诸"我"，"我"如何承受？显然，第一人称的连续使用，使本诗的抒情意味更加强烈，更加感人。让读者不禁怀疑："北门"是一张怎样的门？它是一张足以将知识分子人身与人格挤扁的窄门。从那张门趑出来的寒士，都是一脸的衰相。

## 小弁：谴责谗邪规劝君

弁彼鸒斯①，归飞提提②。民莫不谷③，我独于罹④。何辜于天⑤？我罪伊何？心之忧矣，云如之何⑥？

踧踧周道⑦，鞠为茂草⑧。我心忧伤，怒焉如捣⑨。假寐永叹⑩，维忧用老⑪。

心之忧矣，疢如疾首⑫。

维桑与梓⑬，必恭敬止⑭。靡瞻匪父⑮，靡依匪母⑯。不属于毛⑰？不离于里⑱？天之生我，我辰安在⑲？

菀彼柳斯⑳，鸣蜩嘒嘒㉑，有漼者渊㉒，萑苇淠淠㉓。譬彼舟流，不知所届㉔，心之忧矣，不遑假寐。

鹿斯之奔，维足伎伎㉕。雉之朝雊㉖，尚求其雌。譬彼坏木㉗，疾用无枝㉘。心之忧矣，宁莫之知㉙？

相彼投兔㉚，尚或先之㉛。行有死人㉜，尚或墐之㉝。君子秉心㉞，维其忍之㉟。心之忧矣，涕既陨之㊱。

君子信谗，如或酬之㊲。君子不惠，不舒究之㊳。伐木掎矣㊴，析薪扡矣㊵。舍彼有罪，予之佗矣㊶。

莫高匪山，莫浚匪泉㊷。君子无易由言㊸，耳属于垣㊹。无逝我梁㊺，无发我笱㊻。我躬不阅㊼，遑恤我后㊽。

## 【注释】

①弁（pán）：通"般"、通"昪"，快乐。鸒（yù）：鸟名，形似乌鸦，小如鸽，腹下白，喜群飞，鸣声"呀呀"，又名雅乌。斯：语气词，犹"啊"、"呀"。

②提（shí）提：群鸟安闲翻飞的样子。

③谷：美好。

④瘣：忧愁。

⑤辜：罪过。

⑥云：句首语气词。

⑦踧（dí）踧：平坦的状态。周道：大道、大路。

⑧鞫：阻塞、充塞。

⑨怒（nì）：忧伤。

⑩假寐：不脱衣帽而卧。永叹：长叹。

⑪用：犹"而"。

⑫疢（chèn）：病，指内心忧痛烦热。疾首：头疼。如：犹"而"。

⑬桑梓：古代桑、梓多植于住宅附近，后代遂为故乡的代称，见之自然思乡怀亲。

⑭止：语气词。

⑮靡：不。匪：不是。"靡……匪……"句，用两个否定副词表示更加肯定的意思。瞻：尊敬、敬仰。

⑯依：依恋。

⑰属：连属。毛：犹表，古代裘衣毛在外。此两句毛、里，以裘为喻，指裘衣的里表。

⑱离：通"丽"，附着。

⑲辰：时运。

⑳菀：茂密的样子。

㉑蜩（tiáo）：蝉。嘒嘒：蝉鸣的声音。

㉒漼（cuǐ）：水深的样子。渊：深水潭。

㉓萑（huán）苇：芦苇。淠（pèi）淠：茂盛的样子。

㉔届：到、止。

㉕维：犹"其"。伎（qí）伎：鹿急跑的样子。

㉖雉（zhì）：野鸡。雊（gòu）：雉鸣。

㉗坏木：有病的树。

㉘疾：病。用：犹"而"。

㉙宁：犹"乃"、犹"岂"，竟然、难道。

㉚相：看。投兔：入网的兔子。

㉛先：开、放，见马瑞辰《毛诗传笺通释》。

㉜行（háng）：路。

㉝墐（jìn）：掩埋。

㉞秉心：犹言居心、用心。

㉟维：犹"何"。忍：残忍。

㊱陨：落。

㊲酬：劝酒。

㊳舒：缓慢。究：追究、考察。

㊴掎（jǐ）：牵引。此句说，伐木要用绳子牵引着，把它慢慢放倒。

㊵析薪：劈柴。扡（chǐ）：顺着纹理劈开。

㊶佗（tuó）：加。

㊷浚：深。

㊸由：于。

㊹属：连接。垣：墙。

㊺逝：借为"折"，拆毁。梁：拦水捕鱼的堤坝，亦称鱼梁。

㊻发：打开。笱（gǒu）：捕鱼用的竹笼。

㊼躬：自身。阅：被收容。

㊽遑：暇。恤：忧虑。

## 【赏析】

　　《小弁》为"贞良被害"的抒愤之作。诗共八章。首章言因失爱于至亲而生的怨慕之情。先以鸟的悠闲归巢暗示人的无家可归，再由别人的安乐舒适反衬自己的孤独悲哀。正是在这种强烈的对比下，诗人因慕而怨，因怨而愤，以至凄痛惨切，疾声大呼："何辜于天，我罪伊何？"无罪而见逐的不平遭遇使他仰望上苍，忧心如焚。这一章是全诗的总起，它像一首交响乐的序曲，一开始就将它所要表达的那种怨愤之情强烈地传给了读者。二、三章极言诗人的悲苦之状。平坦的大道塞满了野草，看上去是踽踽于途者的所见之景，但又使人由此联想起坎坷不平的世道及诗人内心的纷乱杂沓，从内心和外表两个方面，逼真地勾画出一个处于极度痛苦之中的弃子形象。而这种无法抑制的感情，到了他由桑梓树想起父母对子女应有的慈爱时，更出现了前所未有的高潮。父母对己的寡恩薄义使诗人不寒而栗，陷入了深深的绝望："天之生我，我辰安在？"这一沉痛的质问是积聚诗人胸中的愁闷的集中迸发。诗的四、五两句与前几章直抒胸臆不同，以景取喻，写得委婉曲折，引人联想。蝉在浓密的柳荫间鸣叫，芦苇在深广的河渊生长，而自己却像无所维系的小舟，在生活的急流中不知漂向何方。接着又写群鹿奔跑，相互追逐，雄鸡晨鸣，尚求其雌，而自己却像坏死的树木，憔悴麻木。所见景物皆各得其所，充满生机，唯独自己归属无处，形神俱伤。作品正是通过这种截然相反的对比，进一步突出了诗人内心的忧愤。如果说前五章主要是描写自己的艰难处境和内心怨苦，那么后三章则主要是谴责"君子"的"不惠"和表达自己的意愿。诗的末尾以山高水深喻人心叵测，以隔墙有耳规劝"君子"，以"无逝我梁，无发我笱"表达出对以往的留恋。最后两句"我躬不阅，遑恤我后"突作转折，显出义无反顾的决绝态度，这正是上述诗人在痛苦、矛盾、焦虑、忧愁中得出的结论。最后四句亦见于《邶风·谷风》，可能是当时流行的谚语。诗人移置于此，恰到好处地反映出他当时的真实心情，同时也使全诗留下了想象的余地。

## 北山：怨愤填膺的呼号

陟彼北山，言采其杞①。偕偕士子②，朝夕从事。王事靡盬③，忧我父母。

溥天之下④，莫非王土；率土之滨⑤，莫非王臣。大夫不均，我从事独贤⑥。

四牡彭彭⑦，王事傍傍⑧。嘉我未老，鲜我方将⑨。旅力方刚⑩，经营四方⑪。

或燕燕居息⑫，或尽瘁事国⑬；或息偃在床⑭，或不已于行⑮。

或不知叫号⑯，或惨惨劬劳⑰；或栖迟偃仰⑱，或王事鞅掌⑲。

或湛乐饮酒⑳，或惨惨畏咎㉑；或出入风议㉒，或靡事不为㉓。

【注释】

①言：语助词。杞：枸杞，落叶灌木，果实入药，有滋补功用。

②偕偕：健壮貌。士：周王朝或诸侯国的低级官员。周时官员分卿、大夫、士三等，士的职级最低，士子是这些低级官员的通名。

③靡盬（gǔ）：无休止。

④溥（pǔ）：古本作"普"。

⑤率土之滨：四海之内。古人以为中国四周环海，自四面海滨之内的土地是中国领土。《尔雅》："率，自也。"

⑥贤：多、劳。马瑞辰《毛诗传笺通释》："贤之本义为多……事多者必劳，故贤为多，即为劳。"

⑦牡：公马。周时用四马驾车。彭彭：形容马奔走不息。

⑧傍傍：急急忙忙。

⑨鲜（xiǎn）：称赞。《郑笺》："嘉、鲜，皆善也。"方将：正壮。

⑩旅力：体力。旅通"膂"。

⑪经营：规划治理，此处指操劳办事。

⑫燕燕：安闲自得貌。居息：家中休息。

⑬尽瘁：尽心竭力。

⑭息偃：躺着休息。偃，仰卧。

⑮不已：不止。行（háng）：道路。

⑯叫号：《毛传》："叫呼号召。"吴闿生《诗义会通》："呼召也，不知上有征发呼召。"

⑰惨惨：又作"懆懆"，忧虑不安貌。劬（qú）劳：辛勤劳苦。

⑱栖迟：休息游乐。

⑲鞅掌：事多繁忙。钱澄之《田间诗学》："鞅掌，即指勤于驰驱，掌不离鞅，犹言身不离鞍马耳。"

⑳湛（dān）：同"耽"，沉湎。

㉑畏咎：怕出差错获罪招祸。

㉒风议：放言高论。傅恒等《诗义折中》："或出入风议，则

己不任劳，而转持劳者之短长。"

㉓靡事不为：无事不作。为：古读如"讹"。《诗义折中》："勤劳王事之外，又畏风议之口而周旋弥缝之也。"

## 【赏析】

《北山》的作者是一个"士子"，他为上命所遣，终年服役，难以安居，不能孝养父母，心力交瘁，怨恨至极，发而为诗，唱出了心底的不平之声。本篇分为六章，前三章各六句，后面三章各四句。第一章总写士子忙于王事而无暇归家孝养父母的忧愁。开头以登北山采枸杞起兴，眼看一年一度采摘枸杞之日到来，而自己没完没了地奔走，以至父母为之拒忧，由此勾起他满腹牢骚。他不直说自己不能在家奉养父母，而说父母为自己担忧，从对面着想，显得格外含蓄深沉。第二章指责执政的大夫驱使他当差的不公正。这六句诗看似正面陈述，细细玩味，却能体会诗人的口吻是冷峻的，语气颇含讥讽，意为：是啊，天下之大，哪里不是国君的领土；四海之广，有谁不是国君的臣民。你执政大夫不公平，派给我这么多苦差，就是因为我年轻力壮而能吃苦耐劳，所以能者多劳吧！"溥天之下"四句后来被后人引用说明奴隶制下国君占有一切的情况，但这里作者并不是歌颂，而是表现了一种无可奈何的心情。第三章说自己独劳是因为年轻力壮堪受驱使。先写他驾着四匹雄壮大马为王事而驰骋奔走的情况，继写大夫赞其年富力强，有能力经营四方。表面上士子得到大夫差遣似乎有点受宠若惊，好像理所当然地应为王事效力，实则字里行间充满揶揄调侃之意。第四章至第六章具体描绘士子与大夫两种人劳逸、忙闲和苦乐不均的情景。第四章写劳逸不均：一边在家享受，一边则为国事操劳；一边高卧在床，一边则奔走道途。第五章写忙闲不等；一边不知人间有痛苦事，一边是憔悴辛劳；一边是优游自在，一边是忙得不可开交。第六章写苦乐不同：一边是寻欢作乐，一边起为国担忧；一边是高谈阔论，一边是样样事亲自动手。诗句就在如此鲜明的对比中戛然而止。只有摆事实的陈述，不加一字评论，读者自能看清不"均"的社会现实，体会诗人内心的不满情绪，连用十二个"或"字将上层统治者和下层小臣加以对比，节奏加快，苦乐鲜明，使人好像欣赏一幅大夫和士生活对比的画卷。

## 正月：孤独智者的愤嫉

正月繁霜①，我心忧伤。民之讹言②，亦孔之将③。念我独兮，忧心京京④。哀我小心，瘝忧以痒⑤。

父母生我，胡俾我瘉⑥？不自我先，不自我后。好言自口，莠言自口⑦。忧心愈愈，是以有侮。

忧心惸惸⑧，念我无禄⑨。民之无辜，并其臣仆。哀我人斯，于何从禄？瞻乌爰止⑩？于谁之屋？

瞻彼中林，侯薪侯蒸⑪。民今方殆，视天梦梦。既克有定，靡人弗胜。有皇上帝，伊谁云憎？

谓山盖卑⑫，为冈为陵。民之讹言，宁莫之惩⑬。召彼故老，讯之占梦⑭。具曰予圣⑮，谁知乌之雌雄！

谓天盖高，不敢不局⑯。谓地盖厚，不敢不蹐⑰。维号斯言，有伦有脊⑱。哀今之人，胡为虺蜴⑲？

瞻彼阪田⑳，有菀其特㉑。天之杌我㉒，如不我克。彼求我则㉓，如不我得。执我仇仇㉔，亦不我力㉕。

心之忧矣，如或结之。今兹之正，胡然厉矣？燎之方扬㉖，宁或灭之㉗？赫赫宗周㉘，褒姒灭之！

终其永怀㉙，又窘阴雨。其车既载，乃弃尔辅㉚。载输尔载㉛，将伯助予㉜！

无弃尔辅，员于尔辐㉝。屡顾尔仆㉞，不输尔载。终逾绝险，曾是不意㉟。

鱼在于沼，亦匪克乐。潜虽伏矣，亦孔之炤㊱。忧心惨惨㊲，念国之为虐！

彼有旨酒，又有嘉肴。洽比其邻，婚姻孔云㊳。念我独兮，忧心殷殷<sup>㊴</sup>。

佌佌彼有屋<sup>㊵</sup>，蔌蔌方有谷<sup>㊶</sup>。民今之无禄，天天是椓<sup>㊷</sup>。哿<sup>㊸</sup>矣富人，哀此惸独。

## 【注释】

①正月：正阳之月，夏历四月。

②讹（é）言：谣言。

③孔：很。将：大。

④京京：忧愁深长。

⑤瘰（shǔ）：忧闷。痒：病。

⑥俾：使。瘉：病，指灾祸、患难。

⑦莠（yòu）言：坏话。

⑧悁（qióng）：忧郁不快。

⑨无禄：不幸。

⑩乌：周家受命之征兆。此下二句言周朝天命将坠。

⑪侯：维，语助词。薪、蒸：木柴。

⑫盖：通"盍"，何。

⑬惩：警戒，制止。

⑭讯：问。

⑮具：通"俱"，都。

⑯局：弯曲。

⑰蹐（jǐ）：轻步走路。

⑱伦、脊：条理，道理。《毛传》："伦，道；脊，理也。"

⑲虺蜴（huǐ yì）：毒蛇与蜥蜴，古人把无毒的蜥蜴也视为毒虫。

⑳阪（bǎn）田：山坡上的田。

㉑有菀（wǎn）：菀菀，茂盛。

㉒扤（wù）：动摇。

㉓则：语尾助词，通"哉"。

㉔执：执持，指得到。仇（qiú）仇：慢怠。

㉕力：用力。

㉖燎：放火焚烧草木。扬：盛。

㉗宁：岂。或：有人。威（miè）：即"灭"。

㉘宗周：西周。

㉙终：既。怀：忧伤。

㉚辅：车两侧的挡板。

㉛载输尔载：前一个"载"，虚词，及至。后一个"载"，所载的货物。输，丢掉。

㉜将：请。伯：排行大的人，等于说老大哥。

㉝员（yún）：《毛传》："益也。"指加固。

㉞仆：通"幞"，也叫伏兔，像伏兔一样附在车轴上固定车轴的东西。一说仆即车夫。

㉟曾：竟。不意：不留意。

㊱炤（zhāo）：易见。

㊲惨惨：忧愁不安。

㊳云：亲近，和乐。

㊴殷（yīn）殷：忧愁的样子。

㊵佌（cǐ）佌：比喻小人卑微。

㊶蔌（sù）蔌：鄙陋。

㊷椓（zhuó）：打击。

㊸哿（gě）：欢乐。

## 【赏析】

　　这首诗对昏君乱臣以及社会风气的败坏予以深刻的揭露与抨击，是西周末年社会政治的一面镜子，具有深刻的社会意义，诗中"赫赫宗周，褒姒灭之"是预料之词。全诗十三章。第一章由"正月繁霜"的时令失常以及民间谣言四起的现象写起，预示国将大乱，而为国忧伤的却只有他孤独一人，因而忧愁郁结得病了。第二章自伤生逢乱世，深感谗邪小人之可怕，处境险恶。第三章忧虑国家崩溃后后患莫测，不仅自身无辜遭殃，而且还要连及奴仆；人民将流离颠沛，无处投奔。第四章写小人、恶人充斥朝廷，人民处于危急存亡的困境之中，寄希望于上天来解决。第五章写讹言不止，是非纷纭，真假难辨。第六章言当时环境险恶，人人自危，虽已独醒，但无地难容。第七章说自己在朝孤立，有如在瘠薄的山坡地里生长出的一株壮苗，任其风雨飘摇，不被重视。第八章直刺周幽王朝政昏乱暴虐，其咎在褒姒，显赫的宗周，将被褒姒毁掉。第九、第十章，以大车输载逾险为喻，极自得人者昌，失人者亡。第十一章讲贤既不用，亦必难以容己，自伤进退维谷，故特忧之。第十二章叙说当权小人明党乱政，诗人更感孤独。第十三章控诉社会不平现象，不仅富人与诗人之间地位相距悬殊，而且人民不但无禄，还要遭受富人打击和压榨，因而诗人更加深感孤苦无依。这首诗虽长，但在结构上层次井然。全诗可为三个层。第一层一至六章，着重描写当时社会是非颠倒，环境险恶；第二层七至十一章，侧重指责统治者用贤不专，至使仁人贤士不容于朝廷；第三层十二、十三章，重在指出当时社会的日趋腐败和衰弱之势已无力挽回。而且诗人还别具匠心地在头一章以"念我独兮"开始，在最后一章以"哀此茕独"作结，自始至终贯穿一个"独"字，就像一根红线，把全篇连成一个有机整体。于是一个"举世混浊我独醒"的忧国忧民的孤独者的诗人形象凸现在读者面前，具有强烈的艺术魅力。由于作者忧国忧民，又深知内情，因而陈词激烈，感情迫切，哀痛感人，实开屈原《离骚》之先声。

## 十月之交：用奸佞乱政殃民

十月之交①，朔月辛卯②。日有食之，亦孔之丑。彼月而微，此日而微；今此下民，亦孔之哀。

日月告凶，不用其行③。四国无政④，不用其良。彼月而食，则维其常⑤；此日而食，于何不臧⑥。

烨烨震电<sup>⑦</sup>，不宁不令<sup>⑧</sup>。百川沸腾<sup>⑨</sup>，山冢崒崩<sup>⑩</sup>。高岸为谷，深谷为陵。哀今之人，胡憯莫惩<sup>⑪</sup>？

皇父卿士<sup>⑫</sup>，番维司徒<sup>⑬</sup>，家伯维宰<sup>⑭</sup>，仲允膳夫<sup>⑮</sup>，棸子内史<sup>⑯</sup>，蹶维趣马<sup>⑰</sup>，楀维师氏<sup>⑱</sup>。醜妻煽方处<sup>⑲</sup>。

抑此皇父<sup>⑳</sup>，岂曰不时<sup>㉑</sup>？胡为我作<sup>㉒</sup>，不即我谋？彻我墙屋<sup>㉓</sup>，田卒汙莱<sup>㉔</sup>。曰予不戕<sup>㉕</sup>，礼则然矣。

皇父孔圣，作都于向<sup>㉖</sup>。择三有事<sup>㉗</sup>，亶侯多藏<sup>㉘</sup>。不慭遗一老<sup>㉙</sup>，俾守我王。择有车马，以居徂向<sup>㉚</sup>。

黾勉从事<sup>㉛</sup>，不敢告劳。无罪无辜，谗口嚣嚣<sup>㉜</sup>。下民之孽<sup>㉝</sup>，匪降自天。噂沓背憎<sup>㉞</sup>，职竞由人<sup>㉟</sup>。

悠悠我里<sup>㊱</sup>，亦孔之痗<sup>㊲</sup>。四方有羡，我独居忧。民莫不逸，我独不敢休。天命不彻<sup>㊳</sup>，我不敢效，我友自逸。

## 【注释】

①交：日月交会，指晦朔之间。

②朔月：月朔，初一。

③行（háng）：轨道，规律，法则。

④四国：泛指天下。

⑤则：犹。

⑥于：读作"吁"，感叹词。于何：多么。臧：善。

⑦烨（yè）烨：雷电闪耀。震：雷。

⑧宁、令：皆指安宁。

⑨川：江河。

⑩冢：山顶。崒：通"碎"，崩坏。

⑪胡憯（cǎn）：怎么。莫惩：不制止。

⑫皇父：周幽王时的卿士。卿士：官名，总管王朝政事，为百官之长。

⑬番：姓。司徒：六卿之一，掌管土地人口。

⑭家伯：人名，周幽王的宠臣。宰：冢宰，六卿之一，"掌建

六邦之典"。

⑮仲允：人名。膳夫：掌管周王饮食的官。

⑯聚（zōu）子：姓聚的人。内史：掌管周王的法令和对诸侯封赏策命的官。

⑰蹶（guì）：姓。趣马：养马的官。

⑱楀（jǔ）：姓。师氏：掌管贵族子弟教育的官。

⑲艳妻：指周幽王的宠妃褒姒。煽（shàn）：炽热。

⑳抑：通"噫"，感叹词。

㉑不时：不按时，不合时，此处"时"主要指农时。

㉒我作：作我，役使我。

㉓彻：拆毁。

㉔卒：尽，都。污：积水。莱：荒芜。

㉕戕（qiāng）：残害。

㉖向：王先谦认为是今河南济源县南向城。

㉗三有事：三有司，即三卿。

㉘亶（dǎn）：信，确实。侯：助词，维。

㉙愁（yìn）：愿意，肯。

㉚徂：到，去。"以居徂向"即"徂向以居"。

㉛黾（mǐn）勉：努力。

㉜嚣（áo）嚣：众多的样子。

㉝孽：灾害。

㉞噂（zǔn）：聚汇。沓：语多貌。噂沓，聚在一起说话。背憎：背后互相憎恨。

㉟职：主要。

㊱里："悝"之假借，忧愁。

㊲痗（mèi）：病。

㊳彻：毁灭。

## 【赏析】

这是周大夫作的一首政治讽喻诗，直斥周幽王屡遭自然灾异而不知戒惧，反而宠幸褒姒，重用佞臣，以致乱政殃民，暴虐无道，民不聊生。全诗八章。首章写发生在周幽王六年十月（即夏历八月）初一的日食事件，古人认为这是一个重大的天变现象。次章写日、月不按常轨运行，出现日食、月食的凶兆。诗人认为这是由于周幽王失政，不用贤良的结果。并认为月食与日食比较起来，月食是常有的事，而日食却是关系到国家朝政的大事，所以诗人把"此日而微"看作是一件极不吉利的事。第三章写雷电、地震，河弗、山崩等灾异，显示了上天的警告和惩罚。第四章指名道姓地历数七位佞臣和艳妻褒姒，是他们把持朝政，败坏国家。然后画龙点睛似的归结在褒姒身上。诗人认为褒姒是祸乱之源，正如《正月》中所说："赫赫宗周，褒姒灭之。"第五章写皇父的专擅、贪婪和不恤下民。他不遵农时，强迫人民服劳役，毁人房屋，废人田园，还冠冕堂皇地说是"礼法这样是应该"。第六章写皇父自营私邑；自选聚敛财富之臣为三卿，选有车马的富豪之家，迁往向邑。第七章写诗人虽勉从事，忠于王室，却还遭到"谗口嚣嚣"，受到皇父的迫害。因而诗人得出"下民之孽，匪降自天"的结论，认为人民遭受的灾难都是谗佞之人造成的，表达了诗人对人祸的清醒认识。第八章写诗人为国事忧愁得病了，尽管四方之人富裕康宁，但他宁愿独自坐在家里发愁。虽然天命无常，他也不敢仿效他的僚友自享安乐，仍要勤勉为国。以上八章，可分为三个层次：第一层次一、二、三章，写天变灾异及其原因，给周幽王当头棒喝，希冀幽王引以为戒，惩止暴政，可是无动于衷。第二层次四、五、六章写人祸，即七位佞臣和艳妻褒姒的胡作非为，这是"四国无政，不用其良"的进一步深化，致使周王朝民不聊生，危在旦夕。第三层次七，八两章，写诗人面临朝政日非，大厦将倾，无力回天的无穷忧愁和感慨。表现手法上全用赋法，直抒胸臆，大胆深刻，叙议结合，脉络清楚，层次井然。

## 鼓钟：怀念周初的贤人

鼓钟将将①，淮水汤汤②，忧心且伤。淑人君子③，怀允不忘④。
鼓钟喈喈⑤，淮水湝湝⑥，忧心且悲。淑人君子，其德不回⑦。
鼓钟伐鼛⑧，淮有三洲⑨，忧心且妯⑩。淑人君子，其德不犹⑪。
鼓钟钦钦⑫，鼓瑟鼓琴，笙磬同音。以雅以南⑬，以龠不僭⑭。

### 【注释】

①鼓：敲击。将将：同"锵锵"，象声词。

②汤（shāng）汤：大水涌流貌，犹荡荡。

③淑：善。

④怀：思念。允：信，确实。一说为语助词。

⑤喈（jiē）喈：声音和谐。

⑥湝（jiē）湝：水流貌。

⑦回：邪。

⑧伐：敲击。鼛（gāo）：一种大鼓。

⑨三洲：淮河上的三个小岛。

⑩妯（chōu）：因悲伤而动容、心绪不宁。

⑪犹：已。王引之《经义述闻》："其德不犹'，言久而弥笃，无有已时也。"一说假借为"訧"，缺点、毛病。

⑫钦钦：象声词。

⑬以：为，作，指演奏、表演。雅：原为乐器名，状如漆筒，两头蒙以羊皮。引申为乐调名，指天子之乐，或周王畿之乐调，即正乐。南：原为乐器名，形似钟。引申为乐调名，或说指南方江汉地区的乐调。

⑭龠（yuè）：乐器名，似排箫。古代羽舞时边吹龠，边持翟羽舞蹈。僭（jiàn）：超越本分，此训乱。不僭，犹言按部就班，和谐合拍。

## 【赏析】

钟鼓齐鸣的辉煌，掩盖不住内心的忧伤；欢乐喜庆的盛况，同样抹不去铭刻在内心深处的沉重；人生悲观的滋味，从不会因为外表的灿烂壮观而被冲淡。悲伤并不一定始于快乐到极点，也并不一定只产生于落叶萧萧北风呼啸之时。在平和宁静之时，在歌舞升平之时，甚至一句话、一个动作、一个眼神，都足以使人悲从中来，发思古之幽情，感念天地人间绝望和悲观，以至不能自已，难以自拔。没有感念的日子，注定是空虚的；没有悲伤的日子，注定是轻飘飘的；没有迷惘彷徨的日子，注定是没有厚度的。尽管沉重的悲伤在物欲、权欲的洪流中已被视为陈旧过时而不再被看重，但是，生命存在在本质上令人悲观和绝望的性质，却并不随时代思潮的改变而改变。可以笙歌宴舞乐而忘返，可以花天酒地云里雾里，可以变作挣钱机器拼命运转，也可以一夜暴发声名显赫，也可以作威作福不可一世，然而这一切过去之后呢？在沉溺于其中忘乎所以的时候呢？为了什么？意义在哪里？我们的面前总耸立着一座城堡，若隐若现。我们想尽办法要进去，却始终进不去，即使可以接近，却无法看清它的真面目。最后，我们两手空空，又不肯放弃。不可思议的事太多了，不可理喻的荒谬太多了，不可控制和不可把握的事情也太多了。人在这些东西面前是渺小的，无能为力的，可悲的，可怜的。我们在任何时候想到这一切时，都可能悲从中来，陷入失语症之中。

## 大东：天上人间的罪恶

有饛簋飧<sup>①</sup>，有捄棘匕<sup>②</sup>。周道如砥<sup>③</sup>，其直如矢。君子所履<sup>④</sup>，小人所视。睠言顾之<sup>⑤</sup>，潸焉出涕<sup>⑥</sup>。

小东大东<sup>⑦</sup>，杼柚其空<sup>⑧</sup>。纠纠葛屦<sup>⑨</sup>，可以履霜<sup>⑩</sup>。佻佻公子<sup>⑪</sup>，行彼周行<sup>⑫</sup>。既往既来，使我心疚。

有洌氿泉<sup>⑬</sup>，无浸获薪<sup>⑭</sup>。契契寤叹<sup>⑮</sup>，哀我惮人<sup>⑯</sup>。薪是获薪，

尚可载也。哀我惮人，亦可息也。

东人之子，职劳不来⑰。西人之子⑱，粲粲衣服。舟人之子⑲，熊罴是裘⑳。私人之子㉑，百僚是试㉒。

或以其酒，不以其浆㉓。鞙鞙佩璲㉔，不以其长㉕。维天有汉㉖，监亦有光㉗。跂彼织女㉘，终日七襄㉙。

虽则七襄，不成报章㉚。睆彼牵牛㉛，不以服箱㉜。东有启明㉝，西有长庚㉞。有捄天毕㉟，载施之行㊱。

维南有箕㊲，不可以簸扬。维北有斗㊳，不可以挹酒浆㊴。维南有箕，载翕其舌㊵。维北有斗，西柄之揭㊶。

## 【注释】

①饛（méng）：食物满器貌。簋（guǐ）：古代一种圆口、圈足、有盖、有座的食器，青铜制或陶制，供统治阶级的人使用。飧（sūn）：熟食，晚饭。

②捄（qiú）：曲而长貌。棘匕：酸枣木做的勺匙。

③周道：大路。砥：磨刀石，用以形容道路平坦。

④君子：统治阶级的人，与下句的"小人"相对。小人指被统治的民众。

⑤睠（juàn）言：同"睠然"，眷恋回顾貌。

⑥潸（shān）：流泪貌。

⑦小东大东：西周时代以镐京为中心，统称东方各诸侯国为东国，以远近分，近者为小东，远者为大东。

⑧杼柚（zhù zhóu）：杼，织机之梭；柚，同"轴"，织机之大轴；合称指织布机。

⑨纠纠：缠结貌。葛屦：葛，葛草，茎皮可制葛布；屦，鞋。

⑩可：通"何"（用俞樾说）。

⑪佻（tiāo）佻：豫逸轻狂貌。

⑫周行（háng）：同"周道"。行，道路。

⑬氿（guǐ）泉：泉流受阻溢而自旁侧流出的泉水，狭而长。

⑭获薪：砍下的薪柴。王宗石《诗经分类诠释》认为"获"为"檴"的假借，即榆木，如《诗经》诸篇中《凯风》《东山》《车舝》诸篇之棘薪、栗薪、樵薪。

⑮契契：忧结貌。寤叹：不寐而叹。

⑯惮：同"瘅"，疲苦成病。

⑰职劳：从事劳役。来："勑"的借字，慰勉，或为"赉"的借字，赏赐，均通。

⑱西人：周人。

⑲舟人：《郑笺》："舟，当作周。"一说为舟楫之人，周人中之低贱者。

⑳熊罴是裘：用熊皮、马熊皮为料制的皮袍。一说，《郑笺》谓"裘当作求"，这句意即狩猎求取熊罴。二说均通。

㉑私人：家奴。

㉒百僚：犹云百隶、百仆。

㉓浆：米浆。

㉔鞙（juān）鞙：形容玉圆（或长）之貌。璲（suí）：贵族佩带上镶的宝玉。

㉕不以其长：以，因。长，善。《郑笺》："佩之鞙鞙然，居其官职，非其才之所长也，徒美其佩而无其德，刺其素餐。"

㉖汉：银河。

㉗监：同"鉴"，照。

㉘跂（qí）：同"歧"，分叉状。织女：三星组成的星座名，呈三角形，位于银河北侧。

㉙七襄：七次移易位置。古人一天分十二时辰，白日分卯时至酉时共七个时辰，织女星座每一个时辰移动一次。

㉚报章：报，复，指织机的梭子引线往复织作；章，经纬纹理。不成报章，即织不成布帛。

㉛睆（huǎn）：明亮貌。牵牛：三颗星组成的星座名，又名河鼓星，俗名牛郎星，在银河南侧。

㉜服箱：驾车运载。服，负载；箱，车斗。

㉝启明、长庚：金星（又名太白星）晨在东方，叫启明，夕在西方，叫长庚。

㉞天毕：毕星，八星组成的星座，状如捕兔的毕网，网小而柄长，手持之捕兔。

㉟施：张。

㊱箕：俗称簸箕星，四星联成的星座，形如簸箕，距离较远的两星之间是箕口。

㊲斗：南斗星座，位置在箕星之北。

㊳挹：舀。

㊴翕：吸引。翕其舌，吸着舌头。箕星底狭口大，好像向内吸舌若吞噬之状。

㊵西柄之揭：南斗星座呈斗形有柄，天体运行，其柄常在西方。揭，举起。这句形容西方执柄举向东方。

## 【赏析】

吴闿生说《大东》"文情淑诡奇幻，不可方物。在《风》《雅》中为别调。开词（当作辞）赋之先声。后半措词运笔，极似《离骚》，实三代上之奇文也"。首先"奇"在思想内容上。这首诗抓住当时经济生活的几个主要方面，有层次、有重点地一一展示出来。第一章是写"食"即写耕种的果实被摘取，东人耕作的成果被人吞吃了。那么，吞噬这丰盛食品的是什么人呢？笔锋一转，写到"周道"，它平坦、笔直，然而却散发罪恶的血腥味。西方的君子往往返返，东方的小人怒目而视，怒视这条吸血管吸干了东方人民的血液。短短的八句诗，把西人的贪婪，周道的罪恶，东人的忧愤，和盘托出。第二章进而写"衣"，即写东人纺织之物被搜取。"小东大东，杼柚其空"，姚际恒说"唯此一句，实写正旨"。东方人民的织物已被洗荡一空，那纠纠结结的麻鞋（一说为葛草编织的草鞋）怎么能践霜踏雪？而那些西周统治阶级的花花公子们，在周道上继续运走东人的汗水，怎不使我内心产生无限的悲哀？第三、四两章，写西周统治阶级给东国人民带来的正是穷困、劳悴和嗟叹："薪是获薪，尚可载也。哀我惮人，亦可息也。"意思是说，如果把获薪当柴烧，还可以载之而去，以免继续为寒泉浸渍。可怜他们这些劳病之人，也该休息休息了，大有人不如薪之叹。他们为什么如此困顿而不得休息呢？第四章直接点明原因，是"东人之子，职劳不来"，是"百僚是试"。他们专门从事劳役而得不到抚问，各种沉重的劳役都强加在他们身上，这自然是不堪忍受了。特别是第五、六、七三章诗，又以幻想的形式深化诗的主题，更是奇幻之笔。其次"奇"艺术手法上。这首诗的象征手法和巧妙的比喻和鲜明对比手法是很有特色的，因多已为人论及，这里姑且从略。本诗的另一个特点是丰富的联想。这首诗"傲诡奇幻"，在表现手法上，堪与屈原的《离骚》媲美。第五章以后，诗人的联想由人间突然转到天上，由地上一下飞到星空，又由星空转到人间，实在是奇幻莫测。它以幻想的方式虚写东人贫困之因，只不过是把人间的现实生活内容，用非人间的形式表现罢了。这就使读者的思绪时而围绕着现实生活运转，时而又在幻觉的世界里翻飞，文章也更因此而显得丰富多姿。

## 頍弁：醉生梦死末世音

有頍者弁①，实维伊何②？尔酒既旨，尔殽既嘉③。岂伊异人？兄弟匪他。茑与女萝④，施于松柏。未见君子，忧心奕奕⑤；既见君子，庶几说怿⑥。

有頍者弁，实维何期⑦？尔酒既旨，尔肴既时⑧。岂伊异人？兄弟具来。茑与女萝，施于松上。未见君子，忧心怲怲⑨；既见君子，庶几有臧⑩。

有頍者弁，实维在首。尔酒既旨，尔肴既阜。岂伊异人？兄弟甥舅。如彼雨雪⑪，先集维霰⑫。死丧无日⑬，无几相见⑭。乐酒今夕，君子维宴。

## 【注释】

①颀（kuǐ）：《毛传》："弁貌。"《释名》："颀，倾也。著之倾近前也。"弁（biàn）：皮弁，用白鹿皮制成的圆顶礼帽。

②实维伊何：是为伊何。实，犹"是"。维，语助词。伊，当作"繄"，犹"是"。

③肴（yáo）：同"肴"，荤菜。

④茑（niǎo）、女萝：都是善于攀缘的蔓生植物。

⑤弈弈：心神不安貌。

⑥说怿（yuè yì）：欢欣喜悦。说，通"悦"。

⑦何期：犹言"伊何"。期，通"其"，语助词。

⑧时：善也，物得其时则善。

⑨怲（bǐng）怲：忧愁貌。

⑩臧：善。

⑪雨（yù）雪：下雪。

⑫霰（xiàn）：雪珠。

⑬无日：不知哪一天。

⑭无几：没有多久。

## 【赏析】

这首诗写一个豪富贵族招他的兄弟、姻亲来宴饮作乐，赴宴者作出这首诗，表示对这位贵族的依附。诗中一方面表露了这群贵族食客们的阿谀奉承嘴脸，同时更表达了这群人追求享乐生活，以及极为腐朽的醉生梦死的情绪。全诗三章，每章 12 句。诗中开篇描写贵族们一个个戴着华贵的圆顶皮帽前去赴宴，为什么要兴高采烈地打扮起来呢？他们径直地、厚颜无耻地说，就是因为主人有一席美酒佳肴在等待着他们。为了拉关系，表示亲密，特别点出自己并非什么外人，都是兄弟之辈。接着则对主人奉承地说，主人是松柏树一样的高树大枝，而自己则是攀缘依附于其上的蔓生植物。说他们没见到主人时，心里是如何的难过，见面后又是如何的兴高采烈。由此可见，这群贵族聚在一起就是为了大吃大喝，并利用宗族血缘关系攀附权贵。小贵族向有权势的当权大贵族拍马奉承，希望得到好处，大贵族则充当他们的庇护人。第二章与第一章复沓，内容基本相同，不过将上一章的意思表达得更为庸俗露骨。前章说见面后心情很高兴，而这里却直言不讳地说，见面后就是为了得到某些好处，领取赏赐。第三章前四句与上两章意思略同，而下面却写出参加一起饮酒作乐的不仅是同姓贵族，还有甥舅等一帮异姓外戚，这是一个庞大的贵族关系网。在宗法社会中，正是靠这种血缘关系构成了一个贵族集团，成为社会上的统治势力。而诗的结尾六句，却使我们看到了他们的腐朽思想和空虚的内心世界。他们觉得人生如露似雪，不知何时就会消失，就会死去。因此采取今朝有酒今朝醉的态度，充分流露出一种醉生梦死、消极颓废的心态。由于社会的动乱，他们虽仍在饮酒作乐，但也感到自己的命运岌岌可危，朝不保夕，正表露出所谓末世之音来了。所以吴闿生称这首诗为"季世忧乱之音"（《诗义会通》）。

## 菀柳：放逐之臣的质问

有菀者柳①，不尚息焉②。上帝甚蹈③，无自昵焉④。俾予靖之⑤，后予极焉⑥。

有菀者柳，不尚愒焉⑦。上帝甚蹈，无自瘵焉⑧。俾予靖之，后予迈焉⑨。

有鸟高飞，亦傅于天⑩。彼人之心，于何其臻。曷予靖之，居以凶矜⑪。

【注释】

①菀（yù）：树木茂盛。
②尚：庶几。
③蹈：动，变化无常。

④昵（nì）：亲近。

⑤靖：谋。

⑥极：同"殛"，惩罚。

⑦愒（qì）：休息。

⑧瘵（zhài）：病。

⑨迈：行，指放逐。

⑩傅：至。

⑪矜：危。

## 【赏析】

这是一个被周王贬谪的大臣的怨诗。它揭露国君的暴虐无常，心狠手辣，述说自己被贬斥的遭际，饱含着感慨、怨恨、愤激之情。反映了周王朝的当权者昏庸残暴，不辨忠奸，摧残贤才，危害国家，显示出春秋时代政治黑暗以及邪与正，善与恶的斗争。全诗三章，每章六句。前二章诗意相同：先以枯柳比拟国君，呼告他人不要去亲近；其次，揭露国君暴虐无常，心狠手辣；最后，述说自己被贬斥的遭际。第三章诗意：先以天上的飞鸟比拟国君，不可理喻；其次，提醒善良的人们，国君的心思难以预测；最后，对国君的暴虐无常，提出愤懑的质问。整首诗的大意说：路边有棵枯萎的柳树，不要去休息倚靠。国君暴虐无常，不要去亲近自找灾祸。当初让我参与谋划治国之道，后来又猜忌把我放逐。有一只高飞天上的鸟，飞到天的最高处。那个人的心思，能走到何种地步？为什么启用我，又把我推向凶险的境地？此诗曲折明朗，感情递增，寄情深远。虽然，以议论为诗，没有直接出现画面，也没有任何形象的描绘，但在议论中不仅饱含着感慨怨恨、愤懑之情，而且处处显示出诗人刚正不阿、疾恶如仇的性格。随着议论的深入和感情的推移，诗人的形象愈加鲜明可触。通篇跳荡着不可遏制的忧愤之情，具有动人的艺术力量，读来令人喟然生慨，味外有味。

# 第八章

# 大众的心声

广阔的大地，有种类繁多的树木，大众的心声汇聚成叶子。

## 鸤鸠①：怀抱坚贞如磐石

鸤鸠在桑，其子七兮。淑人②君子，其仪③一兮。其仪一兮，心如结④兮。

鸤鸠在桑，其子在梅。淑人君子，其带伊丝。其带伊⑤丝，其弁伊骐。

鸤鸠在桑，其子在棘。淑人君子，其仪不忒⑥。其仪不忒，正是四国。

鸤鸠在桑，其子在榛⑦。淑人君子，正是国人，正是国人。胡⑧不万年？

## 【作品介绍】

## 【注释】

①鸤（shī）鸠：布谷鸟。

②淑人：善人。

③仪：容颜仪态。

④心如结：比喻用心专一。

⑤伊：是。

⑥忒：差错。

⑦榛：众生的树。

⑧胡：何。

## 【简析】

《战国楚竹书·孔子诗论》云："《鸤鸠》曰：'其仪一'，是'心如结'也，吾信之。"这首诗颂扬了淑人君子怀抱坚贞操守，表里如一的美德。诗以鸤鸠及其子起兴，包含两层意思。一是布谷鸟喂养众多小鸟，无偏无私，平均如一。二是"鸤鸠在桑"，始终如一，操守不变，正以兴下文"淑人君子""其仪一兮"、"其仪不忒"的美德，与那些小鸟忽而在梅树，忽而在酸枣树，忽而在各种树上的游移不定形成鲜明对照。小鸟尚未成熟，故行动尚无一定之规。因此，各章的起兴既切题旨又含义深长。起兴之后，转入对"淑人君子"的颂扬。一、二章是颂"仪"之体，"如一"谓始终如一地威仪棣棣，包括庄重、整饬等。仪表是人的心灵世界的外露，由表及里，首章也赞美了"淑人君子"充实坚贞稳如磐石的内心世界。次章举"仪"之一端，丝带、缀满五彩珠玉的皮帽，将"仪"之美具体化、形象化，让人想象出"淑人君子"的华贵风采。三、四章是颂"仪"之用，即内修外美的"淑人君子"对于安邦治国佑民睦邻的重要作用。四章的末句将整篇的颂扬推至巅峰，意谓：这样贤明的君王，怎不祝他万寿无疆？

## 野①有蔓草：遇见露水中的你

野有蔓草，零露溥②兮。有美一人，清③扬婉④兮。邂逅⑤相遇，适⑥我愿兮。

野有蔓草，零露瀼瀼⑦。有美一人，婉如⑧清扬。邂逅相遇，与子偕⑨臧。

【注释】

①野：野外。

②零：落下。零露：训诂为"孤单的六坤"，没有"九阳"。溥（tuán）：训诂为《周易》之"彖"。

③清：明，形容眼睛黑白分明。扬：扬眉。

④婉：美好。

⑤邂逅：不期而遇。

⑥适：符合，适合。

⑦瀼（rǎng）瀼：鲁浓的样子。

⑧婉如：宛然。

⑨偕：原作"皆"。

## 【简析】

这首诗感叹君子生不逢时，怀才不遇。孔子说："夫遇不遇者，时也；贤不肖者，才也。君子博学深谋而不遇时者，众矣，何独丘哉。且芝兰生于深林，不以无人而不芳，君子修道立德，不为穷困而改节。为之者人也，生死者，命也。"此时的君子，只能活在理想的梦中：清晨的野外，太阳还没有出来，露珠还挂在草叶上，我信步到此，不期然与你相遇。你不是那"桃之夭夭"的美人，亦未曾有"手如柔荑，肤如凝脂"的具体，我只见你清澈明亮的眼神，既善于倾听，又善于懂得。在茫茫人海中，我希望遇见的你，不光是美女，而是真正的知己，遇见这样一个你，就是遇见我最好的自己。野，训为"雅"，指出身卑微而有才能的人。雅人的学问，是通天的学问，子曰："先进于礼乐，野人也；后进于礼乐，君子也。如用之，则吾从先进。"蓫草，泛指众多贤人。有美一人，比喻君子所期待的"时"。"邂逅相遇，与子偕臧"，在这新鲜而又岑寂的雾气里，在这澄明与超然的一刻，我首先找到了自己，然后，我希望与你相遇。以最美好的自己，遇见一个美好的人，然后和她（他）一往无前地美好下去，世间，还有比这更美好的事吗？它可遇不可求，难怪只能"邂逅相遇"了。

## 有杕之杜：等你在时间树下

有杕之杜，生于道左①。彼君子兮，噬肯适②我？中心③好之，曷④饮食之？
有杕之杜，生于道周⑤。彼君子兮，噬肯来游⑥？中心好之，曷饮食之？

## 【注释】

①杕（dì）：孤零零的样子。道左：道路左边。
②适：到。

③中心：心中。

④曷：通"盍"，何不。

⑤周：右。

⑥游：来看。

## 【简析】

这是首孤独求友之诗。人类都有一种"共生欲望"，而这种"共生欲望"又是以人们的相互帮助、彼此交流为基础的，一旦得不到满足或有所缺憾时，就会产生孤独感。诗中的"我"，似乎已经意识到自己与外界隔了一堵"墙"，失去了和朋友的交往，深怀孤独感。为了摆脱这种孤独感，获得精神上的慰藉或寄托，他力图改变与世隔绝的处境，渴望有良友来访，彼此建立友谊，交流感情。诗歌展现出这样一幅生动的画面：荒野古道旁，立着一株孤零零的杜梨树，盼友者站在那里翘首苦盼"君子"来访的神态，殷勤款待"君子"时的情景（此为"我"的想象），历历在目。诗的每章开头都用杜梨比兴。杜梨长于荒野偏僻处，果小而酸，向来被人冷落，显得孤零零的，引起作者对自己孤独处境的联想。"中心好之"是诗眼，全诗以"我"的心理活动为主线，以期待的眼光，诚挚的态度，殷勤款待的方式，频频召唤"君子"来访做客。"我"从自己强烈的寻友愿望出发，步步设想双方的心态和行为。"肯"落笔妙，希望他来却又不敢肯定他是否来，只恐"求之不得"的心理活动跃然纸上。"我"对"君子"有好感，切盼与之交往，但用何种方法进行呢？思之再三，何不请"君子"来家做客，端上美酒佳肴，殷勤待之。借此机会，一则表明自己好客的诚意，二则可以交流情感，加深友谊。或许这就是本诗两章末句都用"曷饮食之"的用意所在。细细玩味，"曷"字似有试探的心理；或如牛运震所说："'曷'字有欲言不尽之妙也。"（《诗志》）

## 青蝇：谗佞造谣真可恶

营营<sup>①</sup>青蝇，止于樊<sup>②</sup>。岂弟<sup>③</sup>君子，无信谗言。
营营青蝇，止于棘。谗人罔极<sup>④</sup>，交乱四国。
营营青蝇，止于榛。谗人罔极，构<sup>⑤</sup>我二人。

**【注释】**

①营营：苍蝇飞来飞去的叫声。
②樊：篱笆。
③岂弟：性格快活平易。
④罔极：没有定准。
⑤构：离间。

**【简析】**

这首诗是讽刺进谗诋毁、造谣生事的小人们。诗歌以"蝇"作为兴词，《论衡·商虫》云"蝇者，谗人之象也。"苍蝇具有强大的生命力和多产性，谗佞在社会上也是广泛存在的，而且物以类聚，常常是成帮成派的。这类人形容丑陋，内心阴暗，心术不正，脸皮颇厚，不择手段，无事生非，恶习不改，用苍蝇比喻谗佞小人是再恰当不过了。全诗三章，第一章道青蝇嗡嗡飞，篱色上面停。平和愉快的君子啊，他人谗言不可信。第二章道青蝇嗡嗡飞，蒺藜上面靠。谗佞无正义，扰得四方国度乱糟糟。第三章道青蝇嗡嗡飞，停在榛树上。谗佞真恶毒，我和君子遭诽谤。

## 防有鹊巢：防不胜防的暗箭

防<sup>①</sup>有鹊巢，邛有旨苕<sup>②</sup>。谁侜<sup>③</sup>予美？心焉忉忉<sup>④</sup>。
中唐有甓，邛有旨鹝<sup>⑤</sup>。谁侜予美？心焉惕惕<sup>⑥</sup>。

**【注释】**

①防：水坝。

②邛（qióng）山丘。旨：味美的，鲜嫩的。苕（tiáo）：紫云英，豆类植物。

③侜（zhōu）：谎言欺骗。

④忉（dāo）：忧虑。

⑤鹝（yì）：绶草，一般生长在阴湿处。

⑥惕惕：提心吊胆。

**【简析】**

这首诗写对谣言的忧惧。第一章写男女原本感情亲密而忽然出了嫌隙。喜鹊原本在树上做巢，苕生在低湿的地方。现在竟有人说，要提防树上有喜鹊做巢，山丘上生有美苕。这真是不可信的话，是凭空造谣啊。究竟是谁制造这类不可信的谣言，来欺诳我所钟爱的美人呢？可怕的是，我所钟爱的美人竟然相信了谣言，真使人心中忧惧不安。第二章换韵写谣言的可怕。中庭的路本是平地，却有人说是甓做的台阶，这是不可信的事。高丘上生鹝草，这是谣言啊，而我钟爱的美人竟然相信了，真让人提心吊胆。诗歌用重章叠唱的形式，反复书写了对谣言的深重的忧惧，提醒人们不要相信别有用心的谣言。

## 风雨：高洁君子可安好

风雨凄凄①，鸡鸣喈喈。既②见君子，云胡不夷③？

风雨潇潇④，鸡鸣胶胶。既见君子，云胡不瘳⑤？

风雨如晦⑥，鸡鸣不已⑦。既见君子，云胡不喜？

**【注释】**

①凄凄：寒凉之气。

②既：已经，终于。

③云：语气助词。胡：为什么。夷：平，特指心情由忧思而平静。

④潇潇：形容风雨声猛烈而急促。

⑤瘳（chōu）：病愈。

⑥如：而。晦：昏暗。

⑦已：停止。

## 【简析】

"风雨"是男欢女会的象征性隐语。《风雨》的诗旨，有"夫妻重逢"说，有"喜见情人"说，有"老友重逢"说，汉代经生的"乱世思君"说，在后世产生了积极的影响。《毛诗序》曰："《风雨》，思君子也。乱世则思君子不改其度焉。"全诗三章，都以"风雨鸡鸣"起兴，只改几字，却细腻逼真地表现出了人的不同感受。写风雨的凄凄，是对风雨寒凉的感觉；潇潇，则从听觉见出夜雨骤急；如夜的晦冥，又从视觉展现眼前景象。写鸡鸣，"喈喈"是鸡鸣相唱和，刚开始时鸣声尚微，只觉得鸣声彼此应和；"胶胶"，写鸡鸣同声高唱，声音越来越洪亮，天快要亮了；"不已"，写鸡鸣此起彼伏，天就要亮了。诗一开头描绘出了一幅寒冷阴暗、鸡声四起的背景。这既是"以哀景写乐，一倍增其哀乐"（《董斋诗话》），又似隐隐担忧，又似世道险恶，又似苦尽甜来，给人丰富的联想。风雨如晦之秋，只有极少数的君子不改其度。那位忠信可靠、立身浊世而皎皎不污的朋友，我是多么想念他啊！那些反复无常的小人岂容他鹤立鸡群？我岂能不为他担忧？遗世而独醒的友人啊，我终于见着了他，纵然身上有病，也不医自愈。但愿他能逢凶化吉，遇难呈祥！

## 葛藟：人情凉薄民流离

绵绵①葛藟，在河之浒②。终远兄弟③，谓他人父。谓他人父，亦莫我顾④。

绵绵葛藟，在河之涘⑤。终远兄弟，谓他人母。谓他人母，亦莫我有⑥。

绵绵葛藟，在河之漘⑦。终远兄弟，谓他人昆。谓他人昆，亦莫我闻⑧。

## 【注释】

①绵绵：长而不绝。

②浒：水边。

③终：既，已经。远：远离。兄弟：亲人。

④顾：照顾。

⑤涘：水边，岸边。

⑥有：通"友"，亲近、亲爱。

⑦漘（chún）：河岸。

⑧闻：通"问"。

## 【简析】

这是一首流亡者求助不得的哀怨之歌。在那战乱频仍、劳役繁重、灾难不断的时代，他被迫告别亲人，离乡背井。虽到处哀告，称呼别人为父母兄长，急切地乞求同情与救援，但却无人理睬，受到了冷酷无情的拒绝。诗以葛藟起兴，一说他看见长长的葛藟得其所地长在河边，因而联想自己离家过着漂泊的生活；一说葛藟本是蔓生，在河滨无高木依附，比喻他流离失所，举目无亲。全诗三章，只改动了几个字。父、母、昆的变化反映了诗人感情的波澜。一二章"谓他人父（母）"，反映了诗人在孤寒无援的境地中愈益窘迫卑下的心；三章"谓他人昆"，则体现了诗人在乱离之中渴望家庭温暖的感情。两种情感交杂渗透，细致入微。"谓他人父"、"谓他人母"、"谓他人昆"，在每章中各重叠一句。这是全篇的诗眼所在，也是诗人感情波澜的激涌点。如果说前一句是窘困无地的压抑，那么后一句便是满怀希冀的稍稍扬起。而最后"亦莫我顾"则是当头一棒，击碎了诗人的幻想，使他的感情跌落到冰冷的谷底。自己是又渺小又卑贱的流亡者，而他们却傲慢地充耳不闻苦难者的呼唤。为人至此，穷困极矣；读者至此，也难免为之一掬同情之泪，所以方玉润说这几句是"沉痛语，不忍卒读"（《诗经原始》）。

## 候人：啼饥号寒日色暗

彼候人①兮，何戈与祋②。彼其之子，三百赤芾③。
维鹈在梁④，不濡⑤其翼。彼其之子，不称其服⑥。
维鹈在梁，不濡其咮⑦。彼其之子，不遂其媾⑧。
荟兮蔚兮⑨，南山朝隮⑩。婉兮娈兮⑪，季女⑫斯饥。

【注释】

①候人：官名，是看守边境、迎送宾客和治理道路、掌管禁令的小官。
②何：通"荷"，扛着。祋（duì）：武器，殳的一种，竹制，长一丈二尺，有棱而无刃。
③赤芾（fú）：赤色的芾。赤芾乘轩是大夫以上官爵的待遇。
④鹈（tí）：即鹈鹕，水禽，体型较大，喙下有囊，食鱼为生。梁：伸向水中用于捕鱼的堤坝。
⑤濡（rú）：沾湿。
⑥称：相称，相配。服：即赤芾之服。
⑦咮（zhòu）：禽鸟的喙。遂：终也，久也。
⑧媾：服佩。
⑨荟（huì）、蔚：云起蔽日，阴暗昏沉的样子。
⑩朝：早上。隮（jǐ）：虹。
⑪婉：年轻。娈（luán）：貌美。季女：少女。
⑫季女：儿童。

## 【简析】

《毛诗序》:"《候人》,刺近小人也。共公远君子而好近小人焉。"诗四章,章四句,结构如链条然一环套一环,蝉联而歌。首章四句两两对比。前两句说候人荷武器守于岗位,后两句言"彼其之子"身着鲜艳的官服,喻其逍遥容与。两相对比,鲜明地揭示出朝廷上苦乐不均的现象。二三章承"彼其之子,三百赤芾",集中笔墨指斥"彼其之子"尸位素餐、不称职。他们就像"鹈"一样,"鹈"无须辛劳入水捕食,可以坐享其成,喻指"赤芾"者由于荫庇等有利条件,无须考虑国事,同样可以坐享其成。四章承二三章,言这些尸位素餐者充于朝廷造成的恶果。恶果可能是很多的,但诗人只选取那些可爱的儿童受饥挨饿的事实。因为为父母者总是让孩子先吃、吃饱;儿童不能饱,国人的饥寒可知矣!国人饥寒若此,则其国政之败坏可知矣!而国政之败坏,则正因这些如此众多的"赤芾"者所致!那么,四章前两句中"荟兮蔚兮,南山朝隮"之喻可知矣,即言这些着"赤芾"者就像乌云压在南山上,使人看不见早晨的太阳,极言曹国之无望。全诗两层对比,层次清晰,意脉贯通,在两组鲜明的对比中,在对其原因和结果的深刻揭示中,有力地鞭挞了曹国的政治败坏。其唱于朝廷之上,应具有震撼的力量。

## 兔爰:分裂时代的呻吟

有兔爰爰①,雉离于罗②。我生之初③,尚无为④;我生之后,逢此百⑤罹。尚寐无吪!

有兔爰爰,雉离于罦。我生之初,尚无造⑥;我生之后,逢此百忧。尚寐无觉⑦!

有兔爰爰,雉离于罿。我生之初,尚无庸⑧;我生之后,逢此百凶⑨。尚寐无聪⑩!

## 【注释】

①爱爱：放纵的样子。

②雉：野鸡。离：通"罹"，陷入，遭难。

③生之初：小时候。

④尚：犹、还。无为：无事。

⑤百：虚数。

⑥造：作、为。

⑦觉：醒来。

⑧庸：用、劳。

⑨凶：灾难。

⑩聪：听。

## 【简析】

《战国楚竹书·孔子诗论》云："《有兔》不逢时。"这是一首感时伤世、感叹今不如昔的诗。西周宣王时，"内修政事，外攘夷狄，复文武之境土"。较前此的周夷王衰败之治、周厉王暴虐之政，宣王之时尚可谓之"中兴"。但宣王之子幽王即位之后，周王朝的内外矛盾迅速激化。首先是关中火地砭，所谓"百川沸腾，山冢崒崩，高岸为谷，深谷为陵"（《小雅·十月之交》）。再加上旱灾，造成人民的饥馑与流亡。而幽王嬖爱褒姒，以之为后，并立其子伯服为太子，废申后的太子宜臼。这就引起了王位继承的危机，导致申侯叛变，引进犬戎入攻西周。幽王在骊山下被杀。天灾加上人祸，使西周灭亡。幽王之子平王宜臼迫于戎狄势力的强盛，放弃镐京，迁都洛阳，是为东周。此时的周室，已等同于一个诸侯小国，非但不能发号施令反而必须依附于某一强大诸侯才能生存。诗人有感于诸侯背叛，王室衰微，祸乱频仍，抒发灰心与愤懑而作此诗。诗篇开头的起兴，是兴而兼比。兔与雉正代表了两种不同的遭遇：一个悠游自在，一个落网挣扎。而诗作的抒情主人公正好像那落进灾难罗网的痛苦不堪、命运不测的野鸡！作者刚出生时，他的生活环境是安定的——既没有战争之灾，又没有劳役之苦。但是，随着时光的流逝、年龄的老大，社会却发生了急剧的变化，使他遭受了百千的灾祸、饱尝了无数的痛苦。这痛苦是这般的难以忍受，以致他痛不欲生，但愿长眠不醒，体现了个人命运与时代命运息息相关。

## 匪风：忧国思乡的惆怅

匪风发兮①，匪车偈②兮。顾瞻周道，中心怛兮③。
匪风飘兮，匪车嘌④兮。顾瞻周道，中心吊兮。
谁能亨⑤鱼？溉之釜鬵⑥。谁将西归？怀之好音⑦。

【注释】

①匪："彼"，那。发（bō）：犹"发发"，象声词，疾风的声音。

②偈（jié）：迅速驰驱。

③周道：大道。怛（dá）：忧伤，悲苦。

④嘌（piāo）：轻捷之状。

⑤亨（pēng）：古同"烹"，煮。

⑥溉：洗涤，洗刷。旧说释洗。闻一多《风诗类钞》则以为溉通"摡"，"摡同乞，给予也"。釜：锅。鬵（zèng）：古同"甑"。

⑦西归：回到西方。怀：送，捎，带。音：音讯，消息。

【赏析】

这首诗表达了忧国思乡之情。诗的前两章一再抒发自己的忧伤之情。第一章说不是起风的原因，也不是车太快的原因，是我看着周道，心中忧伤。第二章说不是风大的原因，也不是车不稳的原因，是我看着周道，心中悬悬。先用两个否定句表达自己的忧愁与旅途上的"风"和"车"无关，着意突出"周道"，"周道"才是诗人忧愁感慨的深层原因。诗人由周道联想到周王朝的统治颓废，国力衰微，大周不保，小国乱象，周礼衰败，自然会心中忧愁的。第三章由烹鱼兴起西归。从顾瞻周道突然转到谁能烹鱼，好像和风与车不相及，实则"知亨鱼则知治民"，以烹鱼喻治民。诗人见周王室衰微，不由怀念先周政道，希图归辅周王室的情绪。而今国破家亡，正义之士长期漂泊在远处，国难家愁的复杂情绪挥之不去。由于险恶的局势，诗人运用王顾左右而言他和暗喻的表现手法，申诉明说所不能表达的深沉感情。

## 墓①门：不听讽谏的归宿

墓门有棘②，斧以斯③之。夫④也不良，国人知之。知而不已⑤，谁昔⑥然矣。

墓门有梅⑦，有鸮⑧萃⑨止。夫也不良，歌以讯⑩之。讯予不顾⑪，颠倒⑫思予。

**【注释】**

①墓：墓道之门。

②棘：酸枣树。

③斧以：以斧。斯：离析，劈开。

④夫：那个人。

⑤已：停止。

⑥谁昔：往昔。

⑦梅：楠木。

⑧鸮：猫头鹰。

⑨萃：草丛生貌。

⑩讯：责问，警告。

⑪予不顾：不顾予。

⑫颠倒：跌倒。

## 【简析】

此诗的诗意，一说是一位妻子对品行不端的丈夫的规劝，丈夫却不知悔改；另一说是讽刺陈国陈佗抢班夺权，反为所杀，陈国陷入混乱。第一章写不良之人的行径没有除去。以墓门荆棘兴起，墓门塚间因为幽暗，原本就少有行人，现在又有荆棘碍事，于是用斧头砍除，以此比喻丈夫的不良行径，国人尽知，却不去除，确实可叹。只是这种情况不但今日有，自古就有。第二章写不良之人不听诤谏。墓门有梅树，猫头鹰聚栖其上。现在有人不良，我于是作歌劝谏他，想要改正他的错误。他却弃之不顾，只有等到他败灭的时候，才能想起我的劝谏。口诛笔伐的力量是有限的，所以他必奔赴自己的命运。"墓门、棘、鸮"给他们的不良品性作了铺垫，制造了不祥的气氛。

## 泉水：战火连绵望家园

毖①彼泉水，亦流于淇②。有怀于卫，靡日不思。娈③彼诸姬，聊④与之谋。

出宿于泲⑤，饮饯于祢⑥。女子有行⑦，远父母兄弟。问我诸姑，遂及伯姊。

出宿于干，饮饯⑧于言。载⑨脂载辖，还车⑩言迈。遄⑪臻于卫，不瑕⑫有害？

我思肥泉，兹⑬之永叹。思须与漕，我心悠悠⑭。驾言出游，以写⑮我忧。

## 【注释】

①毖：通"泌"，泉水涌流。
②淇：淇水。
③娈：美好的样子。
④聊：愿。

⑤沝（jǐ）：地名。

⑥祢（nǐ）：地名。

⑦行：女子出嫁。

⑧饯：用酒来践行。

⑨载：发语词。

⑩还车：回转车。迈：远行。

⑪遄：疾速。

⑫瑕：通"胡"。

⑬兹：通"滋"，增加。

⑭悠悠：忧愁深长。

⑮写：通"泻"，排解。

## 【简析】

《泉水》是一首描写已婚嫁的卫女难回故国探望父母的叙事诗。全诗四节构成，四幅卫女故国难归的连环画面。第一幅是卫女故国难归的画面，第二幅是卫女婚嫁告别亲人的画面，第三幅是婚后假借出游回故国的画面，第四幅是思念故国难排忧的画面。从这首诗里我们可以看到：春秋时期由于诸侯争霸逞强，相互征伐，弱肉强食，都怕被吃掉，才造成相互戒备，相互猜疑，互不往来的局面，国与国之间有一堵不可逾越的高墙，致使那些异国他乡的人，有国不能归，有家不能回，亲人不能团聚，这就是相互征伐带来的悲剧，只有消除战争，才会给人们带来福祉。家园感可以说是人类心灵中最为持久和强烈的冲动。失去家园，既是失去了肉体的寄居之所，同时也是失去了情感的寄托和精神的归依。无论对一个民族来说，还是对一个人来说，都不可能一日无家园。有家不能回的忧愁，丝毫都不亚于无家可归的悲哀。在人遭受痛苦磨难的时候，家园家乡常常取代神灵上帝而成为人们精神上的支柱和依靠，成为人们在痛苦磨难中坚持并与之抗争的力量源泉之一。从这个意义上说，乡愁是可贵的。

## 竹竿：清澈的怀乡之情

籊籊①竹竿，以钓于淇。岂不尔思②？远莫致之。
泉源③在左，淇水在右。女子有行④，远兄弟父母。
淇水在右，泉源在左。巧笑之瑳⑤，佩玉之傩⑥。
淇水滺⑦滺，桧楫⑧松舟。驾言⑨出游，以写⑩我忧。

## 【注释】

①籊籊（tì）：长而尖的外貌。

②尔思：想念你。尔，你。

③泉源：泉水名。

④行：远嫁。

⑤瑳：玉色洁白。

⑥傩：婀娜。

⑦滺：河水荡漾的样子。

⑧楫：船桨。

⑨言：而。

⑩写：通"泻"，排解。

## 【简析】

这首诗是写居住淇水的男子思念远嫁的女友。卫国的淇水，是青年男女游乐的地方。悠悠的淇水水波，秀丽的两岸风光，伴随着这些青年度过无忧无虑的青少年时代。他们有的缔结连理，有的劳燕分飞。本诗中一个男子，昔日的恋人远嫁他方，因忧思而作。全诗四章。第一章是写诗人拿着竹竿，在淇水上垂钓，触景生情，不禁思念心上人。从前在淇水上曾看到昔日的恋人，现在独自一人，她已经远嫁，不得相见，怎能不伤怀，怎能不思念？第二章追叙昔日恋人已远嫁。淇水仍像昔日一样流在左边，小泉源之水亦如前一样流在左边，唯有不见伊人。她已远嫁他方，离兄弟父母而去，无法再见她了。第三章写昔日恋人之美也。淇水泉源仍如旧，而昔日恋人巧笑之倩，仪容之美，只可怀想，不能目睹了！第四章是写思念女友忧愁之深，无法排解，于是驾车外游。淇水长流，有桧楫松舟系在水上，可是男子睹物伤情，昔日与女友同游舟上，所以不愿作水上之游，而驾车出游，来排解心中的忧郁。这是一首纯洁的情诗，表现了男子对爱情的忠贞。

## 小星：向宿命寻求解脱

嘒①彼小星，三五②在东。肃肃宵征③，夙夜在公④。寔命不同⑤！

嘒彼小星，维参与昴。肃肃宵征，抱衾与裯⑥。实命不犹⑦！

## 【注释】

①嘒（huì）：流星，微光闪烁。

②三五：即下文说道的"参"与"昴"。参：三星，昴：五星。

③肃肃：敬畏，恭敬。宵：夜。征：行。

④寔：通"实"。

⑤维：通"惟"。

⑥衾：被子。裯：床帐。

⑦犹：若，如。

## 【简析】

这首诗写了人们对命运的思索和无奈。第一章，写东方的"参星"与"昴星"光芒微弱。夜晚恭恭敬敬前往宗庙，在宗庙里诚惶诚恐地竭尽全力侍奉，毕恭毕敬祭祀祖灵，想到命运的多变，感到命运不公，于是向祖灵诉说这一悲哀。第二章写与第一章重章叠唱，写侍奉祖灵已毕，临睡前抱着被子，仍然百思不透，于是说，祖灵啊，不是命运不公，怪只怪我的命运不如别人。借助宿命涣然冰释了自己的郁怨。人们都在竭力与命运抗争，当无力战胜命运时，甘于宿命也许对某些人来说解脱。

## 河①广：眼前有家不得归

谁谓河广？一苇杭②之。谁谓宋远？跂予③望之。
谁谓河广？曾④不容刀。谁谓宋远？曾不崇朝⑤。

**【注释】**

①河：黄河。
②杭：通"航"。
③跂：踮起脚尖。予：而。
④曾：乃，竟。刀：小船。
⑤崇朝：终朝。崇，终。

**【简析】**

《盐铁论·执务》载："孔子曰：吾于《河广》知德之至也。"这是嫁到卫国的宋人思乡之作。卫国在戴公以前定居朝歌，与宋国隔着一条黄河，所以有"河广"之咏。诗人站在滚滚黄河边，眺望家乡，突发奇想：谁说黄河宽广？一束芦苇便可渡过，一条小船也容纳不下；谁说宋国遥远？踮起脚跟就能望见，一个早上就能到达家乡。生此奇想，是因为她心中升腾着无可按抑的归国之情。那么，既然故国家乡如此容易到达，为什么不回去呢？诗章戛然而止，诗人一定有难言之隐。那丰富的潜台词背后涌动着无比强烈的感情波涛，回荡着难以自抑的乡愁离恨，恰是这首小诗深长隽永的美。

## 燕燕：离愁渐远渐无情

燕燕于飞①，差池②其羽。之子于归③，远送于野④。瞻望弗及⑤，泣涕⑥如雨。

燕燕于飞，颉之颃之⑦。之子于归，远于将之⑧。瞻望弗及，伫⑨立以泣。

燕燕于飞，下上其音⑩。之子于归，远送于南⑪。瞻望弗及，实劳我心⑫。

仲氏任只⑬，其心塞渊⑭。终温且惠⑮，淑慎⑯其身。先君之思⑰，以勖⑱寡人。

## 【注释】

①燕燕：即燕子。

②差池：参差不齐的样子。

③之子于归：这个女子。于归：出嫁。

④于野：于：至、到。野：城邑之外。

⑤弗及：看不到。弗：不。

⑥泣涕：眼泪。

⑦颉之颃之：鸟飞翔的样子。颉，向下飞。颃（háng），向上飞。

⑧将：送。

⑨伫：久立。

⑩音：鸣叫声。

⑪南：城南野外。

⑫实：是。

⑬仲：排行第二。

⑭塞：诚实。渊：深。

⑮终：既。

⑯淑：善、好。慎：谨慎。

⑰先君：已亡故的国君。

⑱勖（xù）：勉励。

## 【简析】

《楚竹书·孔子诗论》云："《燕燕》之情，以其独也。"《燕燕》是送远嫁的抒情诗，也是中国诗史上最早的送别之作。一位国君送妹远嫁，哥哥感到依依不舍，故越礼远送，并作此诗述情。前三章都以"燕燕于飞"起兴，反复抒写兄妹离别的感慨和悲伤。以燕之双飞喻妹婚姻美满，以燕之双飞反衬人之孤独，以燕之双飞渲染离别气氛。它们低回顾影，呢喃作语，好像也在殷切地挽留即将远行的新娘。末章赞妹之德，感妹之勉：妹妹诚实、温顺、善良、谨慎，不忘先君与己共勉的美德。诗人一送再送，随着妹妹的远去，他始而泪下如雨，继而伫立饮泣，终而心碎断肠。全诗笼罩着浓厚的感伤和惆怅的气氛。

## 白驹：马儿哟你慢些走

皎皎白驹，食我场苗①。絷之维之②，以永今朝③。所谓伊人④，于焉逍遥⑤？

皎皎白驹，食我场藿⑥。絷之维之，以永今夕。所谓伊人，于焉嘉客⑦？

皎皎白驹，贲然来思⑧。尔公尔侯⑨，逸豫无期⑩？慎尔优游⑪，勉尔遁思⑫。

皎皎白驹，在彼空谷⑬。生刍一束⑭，其人如玉⑮。毋金玉尔音⑯，而有遐心⑰。

## 【注释】

①场：圃。

②絷（zhí）：绊马两足。维：用绳一头系马勒一头系在树木楹柱等物上。《集传》："絷，绊其足。维，系其靷（yǐn）也。"

③永：长。这句是留客之词，言多留一刻，这欢乐的早晨就多延长一刻。下章"以永今夕"仿此。

④谓：望，念。伊人：此人，指白驹的主人。

⑤焉：此。逍遥：闲散自在貌。这句是说伊人在此游息。

⑥藿（huò）：初生的豆。上章的"苗"就是指豆苗。

⑦于焉嘉客：这句说在我处做好客人。

⑧贲（bēn）：饰。贲然：是光彩貌。

⑨尔公尔侯：指"伊人"。

⑩逸豫：安乐。期：读为"綦（qí）"，极。以上二句是说客人在这里可得到极大的安乐。

⑪慎：重。优游：犹"逍遥"。

⑫勉：抑止之词。遁：迁。以上二句对客人说：你重视这一番优游罢，且别作离去的打算。

⑬空谷：《文选》李善注引《韩诗》作"穹谷"，即深谷。以上二句言白驹离此归去正走在深谷之中。

⑭生刍：青草，用来喂白驹。

⑮其人：指白驹的主人。如玉：言其有美德。

⑯毋金玉尔音：这句对"其人"说，别太珍惜你的音信像珍惜金玉似的。

⑰遐：远。遐心：是说疏远之心。最后两句是希望其人勿断绝音信。

## 【简析】

这是一首挽留惜别的诗。全诗四章。第一、二章写执意挽留的急切之情。分明想挽留的是她的"伊人"，但却偏偏先写挽留那匹沾白如雪的马。用豆苗、豆叶喂它，用缰绳拴它的笼头，绊它的马脚，将少女急切而羞涩、体贴而焦虑的心理用侧笔细细地描绘出来了。从"以永今朝"到"以永今夕"，写出了时间的推移，时间的弥足珍贵，更写出了内心深处一声声沉重的叹息，将难堪之情推向高潮。浮现在读者面前的是一位愁肠似结、忧思如潮、孤眠不寐的少女形象。第三章写嗔怪。"贲然来思"，快把车儿往回拉。显然已似命令的口吻。"尔公尔侯？逸豫无期"，你是公爷还是侯？日夜优游不回家。却已是责怪的态度。"慎尔优游，勉尔遁思"，安闲游乐莫过分，切勿避世图闲暇。俨然是教训的架势。这一切当然都是为了增强语言的分量、情感的分量，以便引起对方的重视。只有爱得深沉、爱得热烈，才能如此坦率、奔放、毫无顾忌。这是一个纯洁无邪的心灵，她大胆地追求幸福宁静的生活，"尔公尔侯"，善意的揶揄中掺杂着温存娇昵的嗔怪。第四章写最后的叮咛。黯然销魂的离别已属无可挽留，白驹已经"在彼空谷"了，马上即将起程，奉上"生刍一束"只是尽最后一番心意而已。"其人如玉"点出意中人奕奕风采，也道破了其令人爱慕和为之倾倒的原因所在。"如玉"固然是指外表的俊俏，也可理解为品德像玉一样纯洁。配以"皎皎白驹"，则构成一幅色彩鲜明、情景交融的"暮春离别图"。"毋金玉尔音，而有遐心"，希望对方不要吝惜音讯的通问，情深意浓，缠绵悱恻。这是无可奈何的哀叹，这是情意缠绵的絮语，这是体贴入微的最后叮咛。全诗直抒胸臆，深沉有力而回荡多姿，写出了诗人心理活动的全过程，有波有澜，情调掩抑低回，却不乏粗犷刚健之美。语言上不事雕琢，手法上纯用白描，全无烘托，人物形象呼之欲出，跃然纸上，在《小雅》中实在是独具风格的。

## 采蘩①：夙夜在公的悲凉

于以②采蘩？于沼于沚③。于以用之？公侯之事④。
于以采蘩？于涧⑤之中。于以用之？公侯之宫⑥。
被⑦之僮僮，夙⑧夜在公。被之祁祁⑨，薄言还归⑩。

## 【注释】

①蘩（fán）：白蒿，水草的一种。
②于以：语气助词，往哪。
③沚：水中的沙洲。
④事：此处指祭祀。

⑤涧：山中之水，山涧。

⑥宫：大的房子。

⑦被（bì）：首饰，用头发编成的假髻。

⑧夙：早。

⑨祁祁：舒迟貌。

⑩归：归寝。

## 【简析】

这首诗描写了宫女们为公侯采白蒿祭祀的生动画面。诗之开篇，出现的正是这样一些忙于"采蘩"的女宫人。她们往来于池沼、山涧之间，采够了祭祀所需的白蒿，就急急忙忙送去"公侯之宫"。诗中采用的是短促的问答之语："哪里采的白蒿?""水洲中、池塘边。""采来作什么?""公侯之家祭祀用。"答问之简洁，显出采蘩之女劳作之繁忙，似乎只在往来的路途中，对询问者的匆匆一语之答。答过前一问，女宫人的身影早已过去；再追上后一问，那"公侯之事"的应答已传自远处。再加上第二章的复叠，便愈加显得忙碌无暇，简直可以从中读出穿梭而过的女宫人的匆匆身影，读出那从池沼、山涧飘来，又急促飘往"公侯之宫"的匆匆步履！第三章是一个跳跃，从繁忙的野外采摘，跳向了忙碌的宗庙供祭。由于干的是供祭事务，还得打扮得漂漂亮亮，戴上光洁黑亮的发饰。这样一种"夙夜在公"的劳作，究竟把女宫人折腾成什么样子？诗中妙在不作铺陈，只从她们发饰"僮僮"（光洁）向"祁祁"（松散）的变化上着墨，便入木三分地画下了女宫人劳累操作而无暇自顾的情状。那曳着松散的发辫行走在回家路上的女宫人，此刻究竟带几分庆幸、几分辛酸，似乎已不必再加细辨——"薄言还归"的结句，不已化作长长的喟叹之声，对此作了无言的回答。古代的祭祀排场，原本就为鬼神"降福"贵族而设，卑贱的下人除了付出劳辛，又有何福可言！

## 伐檀：君子不会白吃饭

坎坎伐檀①兮，置②之河之干兮。河水清③且涟猗。不稼不穑④，胡取禾三百廛⑤兮？不狩不猎⑥，胡瞻尔庭有县貆⑦兮？彼⑧君子兮，不素餐⑨兮！

坎坎伐辐兮，置之河之侧兮。河水清且直猗。不稼不穑，胡取禾三百亿⑩兮？不狩不猎，胡瞻尔庭有县特⑪兮？彼君子兮，不素食兮！

坎坎伐轮⑫兮，置之河之漘兮。河水清且沦⑬猗。不稼不穑，胡取禾三百囷兮？不狩不猎，胡瞻尔庭有县鹑兮？彼君子兮，不素飧⑭兮！

## 【注释】

①檀：青檀。

②置：放置。

③河：黄河。干：岸。

④稼：耕种。穑：收割。

⑤胡：为什么。廛（chán）：通"缠"。

⑥狩：冬猎。

⑦貆（huān）：猪獾。

⑧彼：他们，相当于那些。

⑨不素餐：不白吃。

⑩亿：束。

⑪特：大型的野兽。

⑫轮：指辋。

⑬沦：圆形扩散的微波。

⑭飧：熟食。

## 【简析】

《孔丛子·记义》载："于《伐檀》见贤者之先事后食也。"这是一首祭祀黄河水神的诗，主旨是"君子不素餐"。诗中的"君子"即指饰演河神的"尸者"。诗分男女两重唱。男唱：砍伐檀树声坎坎啊，棵棵放倒堆河边啊。女唱：河水清清微波转哟。男唱：不播种来不收割，为何三百捆禾往家搬啊？不冬狩来不夜猎，为何见你庭院猪獾悬啊？女唱：河神保佑我们风调雨顺、百谷丰收，不会白吃闲饭啊！古人每到过年过节，都用最好的祭品、最虔诚的心来祭拜天地、圣人，食物皆拜天地所赐，天地不稼不穑，天地、祖灵水神接受人们的供奉，也保佑人们五谷丰登，子孙昌盛。随着时代的流变，诗中的"君子"渐渐转化为儒家意义的"君子"。儒家所谓的"君子"，孟子的解释是："君子不耕而食，何也？君子居是国也，其君用之，则安富尊荣；其子弟从之，则孝悌忠信。"所谓"素餐"，戴震的解释是："食民之食，而无功德于民，是为素餐。"君子用自己的智慧、道德风尚谋国家安泰，看重谋道而播种精神食粮，不要用一般的目光来看待君子作为，他并没有浪费粮食哦。所以结尾有"彼君子兮，不素餐兮"。

## 硕①鼠：沉痛控诉剥削者

硕鼠硕鼠，无食我黍！三岁贯女②，莫我肯顾。逝③将去女，适④彼乐土。乐土乐土，爰⑤得我所。

硕鼠硕鼠，无食我麦！三岁贯女，莫我肯德。逝将去女，适彼乐国。乐国乐国，爰得我直⑥。

硕鼠硕鼠，无食我苗！三岁贯女，莫我肯劳⑦。逝将去女，适彼乐郊。乐郊乐郊，谁之永号⑧。

## 【注释】

①硕：肥大。

②女：通"汝"，你。

③逝：坚决的态度。

④适：之、到。

⑤爱：乃。

⑥直：通"值"，价值。

⑦劳：慰劳。

⑧永号：因痛苦而长号。

## 【简析】

本首诗表现了贵族统治者的残酷与剥削的无情，表现了劳动人民对美好生活的向往。这首诗风格直率，三章都以"硕鼠硕鼠"开端，直呼奴隶主剥削阶级为贪婪可憎的大老鼠、肥老鼠，形象地刻画了剥削者的丑恶面目。正是贪婪、剥削的程度太大太深，从而激起对剥削者的憎恨。从"无食我黍"、"我麦"到"我苗"，反映了奴隶们捍卫劳动成果的正义要求，同时也说明了奴隶主的贪得无厌，奴隶们被深重剥削，举凡一切劳动果实，都被奴隶主所吞没。从"三岁贯汝，莫我肯顾"、"肯德"到"肯劳"，揭露了奴隶主忘恩负义的本性。奴隶们长年的劳动，用自己的血汗养活了奴隶主，而奴隶主却没有丝毫的同情和怜悯，反而残忍无情，得寸进尺，剥削的程度愈来愈强。这首诗不但写出了奴隶们的痛苦，而且写出了奴隶们的反抗；不但写出了奴隶们的反抗，而且写出了奴隶们的追求和理想。因此，它比单纯揭露性的作品，有更高的思想意义，有更大的鼓舞力量。

## 杕杜：流民的孤苦无助

有杕之杜，其叶湑①湑。独行踽踽②。岂无他人？不如我同父。嗟行之人，胡不比③焉？人无兄弟，胡不佽④焉？

有杕之杜，其叶菁菁⑤。独行睘睘⑥。岂无他人？不如我同姓。嗟行之人，胡不比焉？人无兄弟，胡不佽焉？

## 【注释】

①湑（jǔ）：形容树叶茂盛。

②踽踽：单身独行，孤独无依的样子。

③比：亲近。

④佽（cì）：资助，帮助。

⑤菁菁：树叶茂盛的样子。

⑥睘（qióng）睘：孤独无依的样子。

## 【简析】

　　这诗首写流浪者孤独、凄冷的情感。全诗二章，每章九句，复沓章法，二章内容除用韵换字外基本相同。起首二句，也可谓"兴而赋也"。第三句"独行踽踽"才是全章的灵魂。整首诗就是描写一个"寻寻觅觅，冷冷清清，凄凄惨惨戚戚"的踽踽独行者的苦闷叹息。此句独立锁住，不加铺叙，以少驭多，浓缩了许多颠沛流离的苦境，给人无限想象空间。"岂无他人，不如我同父。"路上风尘仆仆的行人还是有的，但心为形役，各有各沉重的精神枷锁与自顾不暇的物质烦恼，谁肯去对一个陌路人顾之以情呢？这时，独行客想到了同胞手足的兄弟亲情：行人为什么不来亲近我？我没有兄弟在旁，为什么不来帮助我？孤独寂寞，呼天抢地，两个激问中蕴藏着浓重的绝望和忧伤。落难的人犹如落水的人，多么需要救援，可有谁会来、有谁能来济助他呢？这真是一声令人心寒的长叹！

### 蜉蝣：翅膀一闪的艳光

　　蜉蝣之羽①，衣裳楚楚②。心之忧矣，于我归处。
　　蜉蝣之翼，采采③衣服。心之忧矣，于我归息。
　　蜉蝣掘阅④，麻衣如雪。心之忧矣，于我归说⑤。

## 【注释】

①蜉蝣之羽：以蜉蝣之羽形容衣服薄而有光泽。

②楚楚：鲜明、整齐。

③采采：光洁鲜艳。

④掘阅：阅，通"穴"，挖穴而出。

⑤说：居住、住。

## 【简析】

《战国楚竹书·孔子诗论》云："《蟋蟀》知难。"这首诗刺不切实际。第一章是用蜉蝣的无知，比喻众生的愚昧。蜉蝣朝生暮死，却不知道生命的短促，振羽而飞，炫耀衣裳，洋洋自得，好像天地之间，唯我为大。即使在不到一天的时间就要化为尘土，却依然以为自己是长寿的彭祖。这是庸人不知道生命的可贵，竞夸浮华的写照。如果人不善用生命，竟相奔走权贵之门，用黄金夸耀自己，不知老之将至，转眼之间与万物一同消逝，与蜉蝣有什么区别呢？一日之生与百年之生，从日月的永恒、宇宙的无穷来观察，同样短暂。这就是诗人的忧愁所在，担忧诗人虚掷生命无所作为，然而众人皆醉而我独醒，又能有何作为呢？我且独寻我的归息之所罢。这未必是要绝群而去，只不过是伤心之语。诗写得很含蓄蕴藉，不是用理说教，而是抒写了诗人浓浓的忧思，让深沉的情感感染人。当听到诗人一声长叹"心之忧矣，于我归处"时，每一个人的心里恐怕都会一颤，并在心里像诗人一样问自己我归何处？所以阮籍看了《蜉蝣》后，在《咏怀诗》中感叹道："生命几何时，慷慨各努力。"

## 匏①兮：人生苦短的惆怅

匏兮匏兮，风其吹女②。叔兮伯兮③，倡予和女④。

匏兮匏兮，风其漂⑤女。叔兮伯兮，倡予要⑥女。

**【注释】**

①萚（tuò）：落叶。

②女：汝，指枯叶。

③叔：相当于弟弟。伯：相当于哥哥。

④倡：起唱。和（hè）：应和。

⑤漂：通"飘"。

⑥要：成全。

**【简析】**

　　这是一首情致之诗，是家人休憩时共唱之歌。第一章，写相邀唱和。家人在一起休憩，诗人见风吹叶落，起头歌咏："落叶啊落叶，风吹叶落。"引起唱歌的兴致，于是请叔伯等家人起头唱，我将应和你们唱。第二章，写共成一曲。一面以重唱加强情致，一面与你和歌，完成一曲。本诗意味深长。因为秋风起，黄叶飘；因为孤单，于是邀家人相唱和。风吹叶落，激起人对生命的留恋。然而，任谁也无法阻止生命的老去，人生的寂寞无从排遣，于是呼唤亲近的人来一起唱歌。难道唱歌真能心心相印？难道寂寞真能让人走近？这古老的歌曲，单纯的音节，浸着很深的悲凉。

## 巷伯：暗箭伤人特可恨

　　萋兮斐兮①，成是贝锦②。彼谮人者，亦已大甚！

　　哆兮侈兮③，成是南箕④。彼谮人者，谁适与谋。

　　缉缉翩翩⑤，谋欲谮人。慎尔言也，谓尔不信。

　　捷捷幡幡⑥，谋欲谮言。岂不尔受？既其女⑦迁。

　　骄人好好，劳人草草⑧。苍天苍天，视彼骄人，矜此劳人。

　　彼谮人者，谁适与谋？取彼谮人，投畀⑨豺虎。豺虎不食，投畀有北⑩。有北不受，投畀有昊⑪！

　　杨园之道，猗于亩丘⑫。寺人⑬孟子，作为此诗。凡百君子，敬而听之。

## 【注释】

①萋、斐（fěi）：都是文采相错的样子。

②贝锦：织有贝纹图案的锦缎。

③哆（chǐ）：张口。侈：大。

④南箕：星宿名，共四星，连接成梯形，如簸箕状。

⑤缉缉：附耳私语状。翩翩：往来迅速的样子。

⑥捷捷：信口雌黄状。幡幡：反复进言状。

⑦女：同"汝"。

⑧骄人：指进谗者。劳人：指被谗者。草草：陈奂《诗毛氏传疏》："草读为慅（cǎo 忧愁），假借字也。"

⑨畀（bì）：与。

⑩有北：北方苦寒之地。

⑪有昊：苍天。

⑫猗：在……之上。亩丘：丘名。

⑬寺人：阉人，宦官。

## 【赏析】

作者孟子，很可能是一位因遭受谗言获罪，受了宫刑，作了宦官，与西汉大史学家司马迁异代同悲的正直人士，无怪乎诗中对诬陷者是如此切齿愤恨。造谣之所以有效，乃在于谣言总是披着一层美丽的外衣。古人称造谣诬陷别人为"罗织罪名"。何谓"罗织"，诗一开始说"萋兮斐兮，成是贝锦"，花言巧语，织成的这张贝纹的罗锦，是非常容易迷惑人的。造谣之可怕，在于它是暗箭伤人。当事人无法及时知道，当然也无法一一辩驳；待其知道，为时已晚。诗中二、三、四章，对造谣者的摇唇鼓舌，喊喊喳喳，上蹿下跳，左右舆论的丑恶嘴脸，作了极形象的勾勒。造谣之可恨，在于以口舌杀人，杀了人还不犯死罪。作为受害者的诗人，为此对那些谮人发出强烈的诅咒，祈求上苍对他们进行正义的惩罚。诗人不仅投以憎恨，而且投以极大的厌恶："取彼谮人，投畀豺虎！豺虎不食，投畀有北！有北不受，投畀有昊！"也无怪乎此诗能引起世世代代蒙冤受屈者极为强烈的共鸣。

## 小宛：乱世人们的绝望

宛彼鸣鸠①，翰飞戾天②。我心忧伤，念昔先人。明发③不寐，有怀二人④。

人之齐圣⑤，饮酒温克⑥。彼昏不知，壹醉日富⑦。各敬尔仪，天命不又⑧。

中原有菽⑨，庶民采之。螟蛉有子，蜾蠃负之⑩。教诲尔子，式谷⑪似之⑫。

题彼脊令⑬，载飞载鸣。我日斯迈，而月斯征。夙兴夜寐，毋忝尔所生⑭。

交交桑扈⑮，率场啄粟。哀我填寡，宜岸宜狱⑯。握粟出卜，自何能谷？

温温恭人⑰，如集于木。惴惴小心⑱，如临于谷。战战兢兢，如履薄冰。

## 【注释】

①宛（wǎn）：小貌。《集传》："宛，小貌。鸣鸠，斑鸠也。"

②翰：高。戾（lì）：至。

③明发：《集传》："明发，谓将旦而先明开发也。"

④二人：《集传》："二人，父母也。"

⑤齐圣：王引之《经义述闻》卷六："齐圣，聪明睿智之称，与下文'彼昏不知'相对。齐者，知虑之敏也。"

⑥温：蕴藉自持。《郑笺》："饮酒虽醉，犹能温藉自持以胜。"

⑦"彼昏"二句：《通释》："醉则日自盈满。与温克正相反。"

⑧又：《毛传》："又，复也。"

⑨菽:《集传》:"菽,大豆也。"

⑩螟蛉、蜾蠃(guǒ luǒ):《集传》:"螟蛉,桑上小青虫也。蜾蠃,土蜂也,似蜂而小腰。"王夫之《诗经稗疏》:"盖蜾蠃之负螟蛉,与蜜蜂采花酿蜜以食正同。"

⑪式:语助词。谷:《郑笺》:"谷,善也。"

⑫似:嗣,继承。《传疏》:"传于似字皆训为嗣。"

⑬题:视,看。《集传》:"题,视也。脊令,飞则鸣,行则摇。"

⑭忝(tiǎn):辱没。《毛传》:"忝,辱也。"《集传》:"各求无辱于父母而已。"

⑮交交桑扈:"交交,往来之貌。桑扈,窃脂也,俗呼青觜(zuǐ),肉食不食粟。"

⑯填(tiǎn):穷苦。《释文》:"填,《韩诗》作疹(zhěn)。疹,苦也。岸:《韩诗》作犴,音同。云乡亭之系曰犴,朝廷曰狱。"

⑰温温:"温温然恭谨之人,无过可指,然处今之乱世如集于木而恐坠,如临于谷而恐陨。"

⑱惴惴(zhuì):形容又发愁又害怕的样子。

## 【赏析】

朱熹说《小宛》是一首:"遭时之乱,而兄弟相戒以免祸之诗。"全诗六章,章六句。首章以斑鸠起兴,兴中有比,以小小斑鸠却要高飞上天为喻,形容弟弟人小力量差,却想建立大功业,所以"我心忧伤",为弟弟担心,更怀念父母,忧伤过度,通宵达旦睡不着。诗的开端,为全篇定下了感情基调,与结尾的诗意,遥相呼应,显示出诗人反复告诫弟弟要辛勤从事、谨慎处世的宗旨。这一章里,"念先人"和"怀二人",诗意并不重复,正因为有了这二句,突现了忧虑的深重,使诗情摇曳多姿,产生艺术感染的力量。诗的第二章,从正反两个方面告诫弟弟要"各敬尔仪"。恭敬聪明的人,饮酒和处理事务,都能有节制,而糊涂无知的人,群聚酗酒，放纵无度。两相比照后，诗人接着说你（指弟弟）要注重自己的仪容和作风，做一个"齐圣"的人。诗的第三章，以采菽和螺蠃负子设喻，告诫弟弟要"教诲尔子"。"中原、螟蛉"二句，两次运用比兴手法，劝告弟弟要教好下一代，继承好的品德，做力所能及的事，做对别人有益的事。姚际恒曾说过"中原二句，螟蛉二句，此双兴法，亦奇"（《诗经通论》）。第四章，诗人用鹡鸰为例，劝勉弟弟要"而月斯征"，"夙兴夜寐"，努力奋进，不要辜负父母亲的养育之恩。三个诗章，三层告诫、劝勉的诗意，不断展示出诗篇的题旨。第五章诗意一转，写到衰乱的时世。作者别转一路，宕开诗笔去描写"率场啄粟"的"桑扈宜岸宜狱"的"填寨"，十分新人耳目。诗人又写到人们握粟问卜，冀求生存，但哪里会有吉祥的征兆呢？"握粟"二句，进一步申明了乱世人们绝望的诗意。这一诗章，是全诗的"诗骨"，它为本诗所透露出来的人们忐忑不安的心绪、畏祸忧伤的心态，揭示出深刻的社会原因。最后一个诗章，诗人反复申述处在乱世的人，一定要小心谨慎，以免受祸害。这个诗章，拍合全篇，读诗至此，我们才真正领悟到诗人为什么会如此忧伤恐惧。

## 四月：被迫害者的控诉

四月维夏①，六月徂暑②。先祖匪人③，胡宁忍予④？
秋日凄凄，百卉具腓⑤。乱离瘼矣⑥，爰其适归⑦？
冬日烈烈⑧，飘风发发⑨。民莫不谷⑩，我独何害⑪？
山有嘉卉，侯栗侯梅⑫。废为残贼⑬，莫知其尤⑭！
相彼泉水⑮，载清载浊⑯。我日构祸⑰，曷云能谷⑱？
滔滔江汉⑲，南国之纪⑳。尽瘁以仕㉑，宁莫我有㉒？
匪鹑匪鸢㉓，翰飞戾天㉔。匪鳣匪鲔㉕，潜逃于渊。
山有蕨薇㉖，隰有杞桋㉗。君子作歌，维以告哀。

**【注释】**

①四月：指夏历（即今农历）四月。下句"六月"同。

②徂（cú）：往。徂暑，意谓盛暑即将过去。

③匪人：不是他人。

④胡宁：为什么。忍予：忍心让我（受苦）。

⑤卉（huì）：草的总名。腓（féi）：此系"痱"的假借字，（草木）枯萎或病。

⑥瘼（mò）：病、痛苦。

⑦爰：何。适：往、去。归：归宿。

⑧烈烈：即"冽冽"，严寒的样子。

⑨飘风：疾风。发（bō）发：状狂风呼啸的象声词。

⑩谷（gǔ）：善、好。

⑪何：通"荷"，承受。

⑫侯：有。

⑬废：大。残贼：残害。

⑭尤：错、罪过。

⑮相：看。

⑯载：又。

⑰构："遘"的假借字，遇。

⑱曷：何。云：语助词。

⑲江汉：长江、汉水。

⑳南国：指南方各河流。纪：朱熹《诗集传》："纪，纲纪也，谓经带包络之也。"

㉑尽瘁：尽心尽力以致憔悴。仕：任职。

㉒有：通"友"，友爱，相亲。

㉓鹑（tuán）：雕。鸢（yuān）：老鹰。

㉔翰（hàn）飞：高飞。戾（lì）：至。

㉕鳣（zhān）：大鲤鱼。鲔（wěi）：鲟鱼。

㉖蕨薇：两种野菜。

㉗杞：枸杞。桋（yí）：赤楝。

## 【赏析】

《四月》是首逐臣自述诗。全诗八章：第一章写夏日迁徙之苦。开头两句，是说从四月到六月，一直在炎炎烈日下奔走。这两句既是交代时间，也是暗示跋涉之苦。"先祖匪人，胡宁忍予"两句，正是痛极无告而呼唤先祖之词。第二章写秋日迁徙途中所见所感。作者以秋风凄厉、花卉凋零映衬社会动乱、民生凋敝，以及自己的痛苦遭遇，"兴"的手法运用得恰到好处。第三章写冬日迁徙之为了突出"苦"字，诗作者一方面以"冬日烈烈，飘风发发"作渲染，另一方面以"民莫不教，我独何害"作对比衬托。这个"独"字下得极为巧妙，它一方面写出了"我"在朔风怒号、寒气凛冽的旷野里踽踽独行的形象；另一方面又与"民"亦即"众人"形成鲜明对比，从而给人以强烈的刺激。以上三章，从时间落笔，写"我"迁徙之苦。四、五、六这三章则是从空间着墨，写"我"登上山岭、经过流泉及徜徉江汉之滨的所见所感。"我"登上山巅，望到大片栗梅遭到摧毁，联想到自己横遭摧残，于是发问：是谁摧毁了栗梅？又是谁把我摧残到这个样子？这是谁的罪过？"我"穿行深谷，看见泉水有清有浊，不舍昼夜地奔流，"我"想：泉水还有清的时候，我为什么天天受罪？我的罪什么时候了啊！"我"独步江汉之滨，看见江汉汇集百川奔腾而去，于是"我"联想到以前担负的职务，如今孑然一身，远谪江汉，于是"我"问：有谁理解我？又有谁同情我啊？由于是用移步换形写山、泉、江汉，表明"我"放逐所经的处所。以上六章均以问句作结，恰到好处地表达了"我"由痛苦而愤怒以至无法自我控制的强烈感情。第七章紧接第六章，是由江畔所见而生的联想。"我"独步江畔，见鸢飞鱼跃，美慕它们能高飞深潜，悲痛自己无法逃脱那不堪忍受的迫害。最后一章说明作诗之由，抒发胸中的悲痛，也就是控诉统治者的迫害，从一个侧面反映了统治阶级内部的矛盾，以及统治者的昏庸。

## 小明：辛劳不暇使人愁

明明上天，照临下土。我征徂西①，至于艽野②。二月初吉③，载离寒暑④。心之忧矣，其毒大苦⑤。念彼共人⑥，涕零如雨。岂不怀归？畏此罪罟⑦！

昔我往矣，日月方除⑧。曷云其还⑨？岁聿云莫⑩。念我独兮，我事孔庶⑪。心之忧矣，惮我不暇⑫。念彼共人，睠睠怀顾⑬！岂不怀归？畏此谴怒。

昔我往矣，日月方奥⑭。曷云其还？政事愈蹙⑮。岁聿云莫，采萧获菽⑯。心之忧矣，自诒伊戚⑰。念彼共人，兴言出宿⑱。岂不怀归？畏此反覆⑲。

嗟尔君子，无恒安处⑳。靖共尔位㉑，正直是与㉒。神之听之，式谷以女㉓。

嗟尔君子，无恒安息。靖共尔位，好是正直。神之听之，介尔景福㉔。

## 【注释】

①征：行，此指行役。徂：往，前往。

②艽（qiú）野：荒远的边地。

③二月：指周正二月，即夏正之十二月。初吉：上旬的吉日。

④载：乃，则。离：经历。

⑤毒：痛苦，磨难。

⑥共：通"恭"，此指恭谨尽心。

⑦罪罟（gǔ）：指法网。罟，网。

⑧除：除旧，指旧岁辞去、新年将到。

⑨曷：何，何时。云：语助词。其：将。还：回去。

⑩聿云：二字均语助词。莫：古"暮"字。岁暮即年终。

⑪孔庶：很多。

⑫惮：通"瘅"，劳苦。不暇：不得闲暇。

⑬睠睠：即"眷眷"，恋慕。

⑭奥（yù）："燠"之假借，温暖。

⑮蹙：急促，紧迫。

⑯萧：艾蒿。菽：豆类。

⑰诒：通"贻"，遗留。伊：此，这。戚：忧伤，痛苦。

⑱兴言：犹"薄言"，语首助词。一说"兴"，意谓起来，"言"即焉。出宿：不能安睡。一说到外面去过夜。

⑲反覆：指不测之祸。

⑳恒：常。安处：安居，安逸享乐。

㉑靖：敬。共：通"恭"，奉，履行。位：职位，职责。

㉒与：亲近，友好。一说通"举"，行为，举止。

㉓式：乃，则。谷（gǔ）：善，此指福。以：与。女：汝。

㉔介：借为"匃"（gài），给予。景福：犹言大福。

## 【赏析】

高亨说："这首诗是周王朝的官吏所作。他被派到远方办事，经年不归，因作此诗，抒写他的辛苦生活和思家情绪，并对上级统治者提出劝告。"（《诗经今注》）。第一章，这位官吏行役于西方荒远之地，经过严冬酷暑仍不得归家，因而"心之忧矣"，犹如毒药在肠，真是苦不堪言，一想到家中相亲相爱的妻子不禁涕泪如雨。这如雨之泪，更生动形象地说明愁思之苦。并不是不思念归家，怕只怕身触法网。以上四句，桓宽曾有所述说："古者行役不逾时，春行秋返，秋行春来，寒著未变，衣脤不易，固已还矣今则徭役极远，尽寒苦之地，危难之处"，然而今注而来岁方还，"故一人行而乡曲恨，一人死而万人悲"（《盐铁论·执务篇》）。由于行役逾时，春往而秋不返，因而愁恨无限。特别是怕罪名加身，实令人倍加悲酸凄苦。第二章，起句作追忆之辞，章法一变。"昔我往矣，日月方除"，记得我远行之当初，是除旧布新的吉日良辰，而今已一年将尽，何时才是归期？身独事多，勤劳不暇，当然更令人心忧，不禁想到相亲相爱的妻子，油然生出回顾、眷恋的深情。"岂不怀归？畏此谴怒。"不是不想回到家乡熟地，实在是害怕遭受怨怒和谴责。第三章和第二章相同，通过追忆，联系眼前政事越来越繁忙，一年将尽仍不得回归，乃至思虑辗转，不能安寝。因为无法入睡，只有起而外出，把主人公内心深沉而复杂的愁思描绘得淋漓尽致。末二章起句均为正面劝告之辞，章法再变。这两章对上级统治者提出劝告，你们身居高位的人，不要只顾自己安居享福，应时时念及勤谨供职，正直为公。应该做到由品德端正的人来辅佐，与胸怀正直的人相亲与。如果真的做到这种程度，神人知道了，也会赏给你更高爵禄，赐给你无量大福。这对上级统治者的劝告之辞，既尽了良言规劝之责，也道出了婉而含讽之意。这首诗结构绵密，首尾自相环贯。特别是在铺叙中章法多变，更给人以跌宕多姿的美感，诗篇对复杂心理的描绘也达到深妙入微的地步。

## 苕之华：吃人也难以活命

苕之华①，芸其黄矣②。心之忧矣，维其伤矣③！
苕之华，其叶青青。知我如此，不如无生！
牂羊坟首④，三星在罶⑤。人可以食，鲜可以饱⑥！

### 【注释】

①苕（tiáo）：植物名，又名陵苕、凌霄或紫葳。蔓生木本，花黄赤色。

②芸：黄盛。

③维：犹"何"。

④牂（zāng）：母绵羊。坟：大。绵羊头小角短，但羊身越瘦就越显得头大。

⑤罶（liǔ）：鱼笥。这句是说罶中没有鱼，水静静地映着星光。一说，"星"读为"鮏（xīng）"，小鱼。鱼小而少，所以不堪

一饱。

⑥以上二句是说即使人可以吃，也少有能吃饱的。

## 【赏析】

这首诗反映了征战连年，民不堪命，造成凶年饥馑的社会现实。诗的一、二两章，从苕华起兴。"苕之华芸其黄矣""苕之华，其叶青青"，两句互文见义，意谓苕花金黄灿烂，苕叶青翠葱茏。作者触景生情，"感于花木的荣盛而叹人的憔悴"，痛感自己生而为人，还不如野生植物，以至悲呼"知我如此，不如无生"！人民痛苦到不欲生存，其间有多少难言的酸辛。前两章尽管诗人感情激切，难以压抑的忧愤几如烈火喷射而出，但是这一忧愤产生的原因，还是隐含在比兴之中，到第三章才加以揭示。第三章意思是说：荒年无物可食，宰母羊吧，可是它瘦弱得只剩下一个大头；打鱼吧，水中捕鱼的竹器中只有星光不见鱼。即使人可以吃，而剩下的人已经很少了，而且还可以想见，吃草的羊都已瘦得无肉可吃，何况饥饿已久的人呢？不消说个个枯瘦如柴，就是把这为数不多的人全吃了，也难以饱肚子的。说得何等毛骨悚然，令人触目惊心，不忍卒读，这是挣扎在死亡线上的人民对统治者的血泪控诉，是人民对黑暗时代的诅咒。

## 都人士：向往时代的昌隆

彼都人士，狐裘黄黄。其容不改，出言有章。行归于周，万民所望。

彼都人士，台笠缁撮①。彼君子女，绸直如发②。我不见兮，我心不说③。

彼都人士，充耳琇实④。彼君子女，谓之尹吉⑤。我不见兮，我心苑结⑥。

彼都人士，垂带而厉⑦。彼君子女，卷发如虿⑧。我不见兮，言从之迈。

匪伊垂之，带则有余。匪伊卷之，发则有旟⑨。我不见兮，云何盰矣⑩。

## 【注释】

①缁撮：青布冠。

②绸：通"稠"。如发：她们的头发。如发，犹言"乃发"，乃犹"其"。

③说（yuè）：同"悦"。

④琇（xiù）：一种宝石。

⑤尹吉：当时的两个大姓，犹东晋时称王谢。

⑥苑（yùn）：一本作"薁"，郁结。

⑦厉：带之垂者。

⑧虿（chài）：蝎类的一种。长尾曰虿，短尾曰蝎。

⑨旟（yú）：上扬。

⑩盰（xū）：忧。

## 【赏析】

《都人士》是一首伤离乱之作。诗五章，章六句。全诗皆用赋法，平淡的叙述中寄寓着浓烈的感情内容。第一章开头便以"彼都人士"仿佛是称呼又像是叙述的句子面对读者，一个"彼"字，浸透了诗人的物换之慨，星移之叹。读着这样的诗句，脑海中立即会浮现出这样一幅画面：一位饱经乱离之苦的老人正在用略显苍老的声音告诉后人："那个时候的京都人士啊……""狐裘黄黄"是衣着，"其容不改"是容止，"出言有章"是言语，无论哪个方面都雍容典雅，合乎礼仪。那个时候的京都人士是如此可观可赏，言外之意便是今天见到的这些人物，皆不可同日而语了。"行归于周，万民所望"，重新回到昔日的周都是人心所向，而人们更为向往的是民生的安定，礼仪的复归和时代的昌隆。虽然"彼都人士"衣着、容止和言语都有可赞叹之处，但最为直观且可视作礼仪标志的则是衣服之美，因此以下各章多层次不厌其详地描写昔日京都人士服饰的华美有节，仪容的典雅可观。第二、三两章叙说的是彼时彼地具有典型性的男女贵族人物的形象，草笠和青布冠是男子的典型头饰，而密密直直的头发则是女子的典型特征。耳朵上的宝石饰物更是不失贵族气派。要问他们是何许人，是当时的名门望族尹氏和吉氏。今天这一切都不可得见，怎不令人忧郁愁懑呢？愈是忧郁愁懑愈是难以忘怀昔日的人物典章，那个时候他们衣带下垂两边飘荡，卷发上翘如蝎尾上冲，都不是随心所欲，而是合乎当时审美眼光和礼仪制度的精心设计。当然，从表现手法方面看，全诗无一笔描写今日人物形容，而是处处落笔于昔日京都男女的衣饰仪态之美，准确而深沉地传递出诗人不胜今昔盛衰的主观感受。这是其艺术上的成功处。诗人用如此多的篇幅渲染昔日都城男女的仪容之美，意在体现周王朝当年的繁荣昌盛，但从社会发展的角度看，它正反映出社会生产力发展之后，在新旧制度的转换过程中，社会的政治、经济、文化和思想观念的巨大变革。所谓昔日的"仪容之美"，今日的"礼崩乐坏"都是不能适应时代变迁和社会发展的旧式人物不可避免的历史的悲哀。

# 第九章

## 烽火沙场

战争让一切零落，却让诗歌诞生。

# 破斧：创业艰难百战多

既破我斧，又缺我斨。周公东征，四国是皇①。哀我人斯②，亦孔之将③。

既破我斧，又缺我锜。周公东征，四国是吪④。哀我人斯，亦孔之嘉⑤。

既破我斧，又缺我銶。周公东征，四国是遒⑥。哀我人斯，亦孔之休⑦。

## 【注释】

①皇：通"惶"，恐惧。一说"匡正"。

②斯：语气助词。

③孔：很、甚、极。将：大。

④吪：教化。

⑤嘉：美。

⑥遒：臣服。

⑦休：美好。

## 【简析】

武王死，成王年幼，由周公辅政，武庚、管、蔡、徐、奄等叛周。周公率兵东征，历时三年，平定叛乱。这首诗当是周公从人所作，歌颂了周公东征的行动，有悲壮的意味。头两句是"恶四国"，以战后斧破戕缺言战斗的持久与惨烈；后四句是"美周公"，"四国"句，言胜利在周。"皇"，如解为惊恐，则只是乱政的动摇，还未真正改变；如释为匡正，那也只是治的开始，对人民来说这只是外部条件的变化。而"吪"，受教育、受感化，这是深入到内部的变化。最后的"遒"，团聚、强固，则已结出丰硕的果实了。这四个字的意义是逐层深进的。最后以"哀"而"孔将""孔嘉""孔休"，哀悼牺牲之士兵、歌颂凯旋之士兵。结构严谨，又用重唱的方式强化情感。

## 车攻：气势恢弘的军演

我车既攻，我马既同①。四牡庞庞，驾言徂东②。
田车既好，田牡孔阜③。东有甫草④，驾言行狩。
之子于苗，选徒嚣嚣⑤。建旐设旄，搏兽于敖⑥。
驾彼四牡，四牡奕奕⑦。赤芾金舄，会同有绎⑧。
决拾既佽，弓矢既调⑨。射夫既同，助我举柴⑩。
四黄既驾，两骖不猗⑪。不失其驰，舍矢如破⑫。
萧萧马鸣，悠悠旆旌⑬。徒御不惊，大庖不盈⑭。
之子于征，有闻无声。允矣君子，展也大成⑮。

## 【注释】

①攻：修缮。同：齐，指选择调配足力相当的健马驾车。

②庞庞：马高大强壮貌。言：句中语气词。徂（cú）：往。东：
东都洛阳。

③田车：猎车。孔：甚。阜（fù）：高大肥硕有气势。

④甫草：甫田也，后为郑地。宣王之时，未有郑国，甫田属东
都畿内，故周王往田也。

⑤之子：那人，指天子。苗：《毛传》："夏猎曰苗。"选：通
"算"，清点。徒：步卒。嚣（áo）嚣：声音嘈杂。

⑥旐（zhào）：绘有龟蛇图案的旗。旄：饰牦牛尾的旗。搏兽：
一作"搏狩"、"薄狩"，泛指狩猎。敖：山名，在今河南荥阳东北。

⑦奕奕：马从容而迅捷貌。

⑧赤芾（fú）：红色蔽膝。金舄（xì）：用铜装饰的鞋。舄，双
层底的鞋。会同：会合诸侯，是诸侯朝见天子的专称，此处指诸侯
参加天子的狩猎活动。有绎：绎绎，连续不断而有次序的样子。

⑨决：用象牙和兽骨制成的扳指，射箭拉弦所用。拾：皮制的
护臂，射箭时缚在左臂上。佽（cì）："齐"之假借字，齐备之意。

调：相称。

⑩同：合耦，指比赛射箭的人找到对手。举：取。柴（zī）：或作"胔"，堆积的动物尸体。

⑪四黄：四匹黄色的马。两骖：四匹马驾车时两边的马叫骖。猗（yǐ）：通"倚"，偏差。

⑫驰：驰驱之法。舍矢：放箭。如：而。破：射中。

⑬萧萧：马长鸣声。悠悠：旌旗轻轻飘动貌。

⑭徒：步卒也。御：车御者也。不惊：言比卒事，不喧哗也。大庖（pǎo）：天子的厨房。不盈：言取之有度，不极欲也。

⑮允：确实。君子：指天子。展：诚。

## 【赏析】

《诗经》中田猎场面之宏大，当首推此诗。全诗八章，艺术地再现了周宣王在东都会同诸侯举行田猎的的整个过程。第一章是全诗的总领，写车马盛备，将往东方狩猎。战马精良，猎车牢固，队伍强壮，字里行间流露出自豪与自信。第二、三章点明狩猎地点是圃田和敖山。在那里人欢马叫，旌旗蔽日，显示了周王朝的强大声威。第四章专写诸侯来会。个个车马齐整，服饰华美，显示了宣王中兴时期，平定外患、消除内忧后国内稳定的政治状况。第五、六两章描述射猎的场面。诸侯及随从士卒均逞强献艺，驾车不失法度，射箭百发百中。暗示周王朝军队无坚不摧、所向披靡。第七章写田猎结束，硕果累累，大获成功，气氛由紧张而缓和。第八章写射猎结束整队收兵，称颂军纪严明。赞语作结，喜悦之情溢于言表。全诗结构完整，层次分明，按田猎过程依次道来，有条不紊，纹丝不乱。运用具有高度概括性和极富表现力的语言，生动传神地描写了射猎的场面及各种不同的景象，使读者如见其人，如闻其声。如写射猎，仅用四句十六字就绘声绘色地将大规模的场面呈现于读者眼前。"不失其驰，舍矢如破"凝练传神；"萧萧马鸣，悠悠旌旆"，画出一幅队伍归来的景象，意境宏大而优美，真是充满了诗情画意。

## 黍离：故国宫阙今何在

彼黍离离①，彼稷之苗。行迈靡靡②，中心摇摇③。知我者，谓④我心忧；不知我者，谓我何求⑤。悠悠⑥苍天，此何人哉？

彼黍离离，彼稷之穗。行迈靡靡，中心如醉⑦。知我者，谓我心忧；不知我者，谓我何求。悠悠苍天，此何人哉？

彼黍离离，彼稷之实。行迈靡靡，中心如噎⑧。知我者，谓我心忧；不知我者，谓我何求。悠悠苍天，此何人哉？

## 【注释】

①离离：繁盛的样子。

②迈：远行。靡靡：行不迟缓的样子。

③中心：心中。摇摇：形容心中心神不宁的样子。

④谓：说。

⑤何求：贪求什么。

⑥悠悠：遥远的样子。

⑦中心如醉：心中忧郁，想喝了酒一样。

⑧噎：食物塞住了嗓子，这里只堵塞。

## 【简析】

这首诗是"忧王室之已覆"、感慨沧桑巨变而生兴亡浩叹。第一章写行役之人到了镐京，满目所见，已没有了昔日的城阙宫殿，也没有了都市的繁盛荣华，只有一片郁茂的黍苗尽情地生长，也许偶尔还传来一两声野雉的哀鸣，此情此景，令诗作者不禁悲从中来，涕泪满衫，徘徊不能离去。此章先从眼前的稷黍写起，绿油油的稷黍吞噬了往日繁华的都城；接着写行役的举止和感受，他在这一片废墟中徘徊复徘徊，久久不忍离去；他心旌摇摇，充满怅惘。然后写旁人眼中的自己。自己忧思尚能承受，令人不堪者是这种忧思不能被理解，"知我者，谓我心忧，不知我者，谓我何求"。这是众人皆醉我独醒的尴尬，这种大悲哀诉诸人间是难得回应的，所以最后只能质之于天："悠悠苍天，此何人哉？"苍天自然也无回应，此时诗人郁懑和忧思便又加深一层。第二章和第三章，基本场景未变，但"稷苗"已成"稷穗"和"稷实"。稷黍成长的过程颇有象征意味，与此相随的是诗人从"中心摇摇"到"如醉"、"如噎"的深化。而每章后半部分的感叹和呼号虽然在形式上完全一样，但在一次次反复中加深了沉郁之气，这是歌唱，更是痛定思痛之后的长歌当哭。物是人非之感，知音难觅之憾，世事沧桑之叹，无不可借此宣泄。更进一层，透过诗本文所提供的景象，我们可以看到一个孤独的思想者，面对虽无灵性却充满生机的大自然，对自命不凡却无法把握自己命运的人类的前途的无限忧思。

## 兔罝：能用人者得天下

肃肃兔罝①，椓之丁丁②。赳赳武夫，公侯干城③。
肃肃兔罝，施于中逵④。赳赳武夫，公侯好仇⑤。
肃肃兔罝，施于中林⑥。赳赳武夫，公侯腹心。

**【注释】**

①肃（suō）肃：整饬貌，密密。罝（jū）：捕兽的网。

②椓（zhuó）：打击。丁丁（zhēng）：击打声。布网捕兽，必先在地上打桩。

③公侯：周封列国爵位（公、侯、伯、子、男）之尊者，泛指统治者。干：盾牌。城：城池。干城，比喻捍卫者。

④逵（kuí）：九达之道曰"逵"。中逵，即四通八达的路叉口。

⑤仇（qiú）：通"逑"。

⑥林：牧外谓之野，野外谓之林。中林，林中。

**【简析】**

《战国楚竹书·孔子诗论》云："《兔罝》其用人，则吾取。"

"周南"江汉之间，呼虎为"於菟"。那么，这场狩猎所要猎获的对象，该是啸声震谷的斑斓猛虎了！正因如此，猎手们所布的"兔罝"，结扎得格外紧密，埋下的网桩，也敲打得愈加牢固。"肃肃"，既有形容布网紧密之义，但从出没"中逵"、"中林"的众多狩猎战士说，同时也表现着这支队伍的"军容整肃"之貌。"丁丁"摹写敲击网"椓"的音响，从路口、从密林四处交汇，令人感觉到它们是那样恢宏，有力，又同时展示着狩猎者振臂举锤的孔武身影。狩猎战士围驱虎豹的关键场景还没有展开，就突然跳向了对"赳赳武夫"的热烈赞美。但被跳过的狩猎场景，交由读者的丰富想象来补足。诗写得很自豪，在三章相叠的咏唱之中，这种自豪也因"干城"、"好仇"以至"腹心"的层层推进，而增添了一种神采飞扬的夸耀意味，这对于那些"公侯"来说，是用人得其所；而对于那些孔武有力之士来说，则是有用武之地。

## 驷①驖：田猎演武展射技

驷驖孔阜②，六辔③在手。公之媚子④，从公于狩⑤。
奉时⑥辰牡⑦，辰牡孔硕⑦。公曰左之⑧，舍拔⑨则获。
游于北园⑩，四马既闲⑪。輶车鸾镳，载猃歇骄⑫。

## 【注释】

①驷：四马。

②阜：肥硕。

③辔：马缰。

④媚：亲信、宠爱之人。

⑤狩：冬猎。

⑥奉：猎人驱赶野兽以供射猎。时："是"。

⑦硕：肥大。

⑧左之：从左面射它。

⑨舍：放发。拔：箭的尾部。

⑩北园：秦君狩猎憩息的园囿。

⑪闲：熟练，通"娴"。

⑫辀（yóu）：马衔铁。镳（biāo）：马嚼子。猃（xiǎn）：长嘴猎狗。

## 【简析】

这首诗是赞美田猎的盛况。古代用田猎的方式练兵，也是炫耀国家武力强盛的一种方式，相当于现在的军事演习。第一章写田猎出行的盛况。四匹铁色的壮马拉着国君的战车，手上拉着六匹马（当有八匹，内面的两马缰绳系于车轼）的缰绳，国君和国君所喜爱的人一起去田猎。由马写到人，用马的剽悍威武，烘托出猎的壮观。第二章写田猎的情况。掌管山河、苑囿、畋牧的虞人驱赶着合乎时令的雄兽（冬献狼，夏献麋，春秋献鹿、野猪）供国君射猎。这些合乎时令的雄兽都很壮健。国君命令驾车的人使车左向，以便射左边的雄兽。古代打猎以射中左边的兽为善射。国君拔箭而射，每射必中，确实为善射者。这一章细致地描绘了打猎的具体情状，用兽的强壮反衬国君的英武。第三章写田猎已毕，游园的情况。田猎完毕，就到北园游玩。驾车的四匹马已经演习娴熟，于是乘坐驱逐的轻车，解下铃放在马衔的两边，猎犬载在车上，轻快驱驰，从容游园，十分得意。此诗也反映了当时田猎国的强大。

## 大叔于田①：飞车射箭手擒虎

叔于田，乘乘②马。执辔如组③，两骖如舞。叔在薮④，火烈具举⑤。袒裼暴虎，献于公所。将叔勿狃⑥，戒其伤女。

叔于田，乘乘黄。两服上襄，两骖雁行。叔在薮，火烈具扬。叔善射忌，又良御⑦忌。抑磬控忌，抑纵⑧送忌。

叔于田，乘乘鸨。两服齐首，两骖如手。叔在薮，火烈具阜⑨。叔马慢忌，叔发罕忌，抑释⑩掤忌，抑鬯⑪弓忌。

## 【注释】

①田：同"畋"，打猎。

②乘乘（chéng shèng）：前一乘为动词，后为名词。古时一车四马叫一乘。

③组：组织纽带的两条线。

④薮：低湿多草木之地。

⑤火烈：持火把者的行列。烈：通"列"。具：通"俱"。举：起。

⑥将（qiāng）：请，愿。勿狃：因习以为常而大意。狃（niǔ）：习惯。

⑦良御：驾车人很在行。

⑧纵：放马奔跑。

⑨阜：旺盛。

⑩释：打开。

⑪鬯（chāng）：弓囊。

## 【简析】

这首诗赞美了一位武士在狩猎时的勇猛与高超的武艺。第一章写大叔田猎之盛况。先写车马之盛：大叔坐着四匹马拉的车，手执缰绳好像舞蹈者手拿丝带，挥洒自如。两骖分列于两服之后，行列整齐，好像舞者之列。然后写大叔田猎的行动：大叔在沼泽间举火驱兽，赤裸上身，空手搏虎，献给庄公。最后写京城人关心爱护大叔，说你用投手搏虎来练习，一定要谨慎，这很容易伤害你的身体啊。第二章写大叔善射善御。先写车马之盛，与上一章意思差不多，后摹写行动：大叔善于射箭，又善于驾车，飞车射箭，"扬手接飞猱，俯身散马蹄"，御马操纵如意。第三章写田猎已毕。大叔乘坐四马杂毛之车，两服齐头并驰，两骖就像两手，夹服而行。大叔田猎将结束时，他的马慢下来了，他的箭稀下来了，他的箭筒盖已经解下来了，他的弓已经入囊了，渐次写来，如见其人。

# 击鼓：人性让战争走开

击鼓其镗①，踊跃用兵②。土国城漕③，我独南行。

从孙子仲④，平⑤陈与宋。不我以归⑥，忧心有忡⑦。

爰⑧居爰处？爰丧其马？于以⑨求之？于林之下。

死生契阔⑩，与子成说⑪。执子之手，与子偕老。

于嗟⑫阔兮，不我活⑬兮。于嗟洵⑭兮，不我信⑮兮。

## 【注释】

①镗（tāng）：鼓声。

②踊跃：犹言鼓舞。兵：兵器。

③土：挖土。国：指都城。城：修城。漕：卫国的城市。

④孙子仲：即公孙文仲，字子仲，卫国将领。

⑤平：平定两国纠纷。谓救陈以调和陈宋关系。

⑥不我以归：倒装句。即有家不让回。

⑦有忡：忡忡，忧虑不安的样子。

⑧爰（yuán）：哪里。

⑨于以：在哪里。

⑩契阔：聚散、离合。

⑪成说：约定、成议、盟约。

⑫于嗟：感叹词。

⑬活：借为"佸"，相会。

⑭洵：久远。

⑮信：守信，守约。

## 【简析】

这首诗是战火扑灭不了炽热情爱的人性呐喊。《毛诗序》云："《击鼓》，怨州吁也。卫州吁用兵暴乱，使公孙文仲将而平陈与宋。

国人怨其勇而无礼也。"士兵被远征打仗，进攻陈国和宋国，战事结束后，仍不能回家，还得留守南方，引起了思归不得的怨恨。诗歌以"击鼓"警策人心，蕴含了做事要有节奏，执政要"闻鼓而知音"，见近知远，知己知彼，要知人心冷暖、要善于凝聚人心、善聚众人之力的道理。面对现实世界，孔子在林下凝神远方，忧伤歌唱：那么多人在乎今天的放利而行，为名利、权利、金钱击鼓叫好，生死相搏。到处弥漫对名利、权利、金钱追逐，这样的国家在我眼里如临粪土、如临深渊，我崇尚的是人人心灵美的礼仪之邦。这样的礼仪之邦在哪里？就在我灵魂深处。在不远的未来憧憬里，我看不到现实的礼仪之邦到来，还是回到精神世界里去吧，我愿意与这种憧憬为伴："死生契阔，与子成说。执子之手，与子偕老。"洋溢在诗中撼天动地的，不是宏大的战争，而是战火阻挠不了的炽热情爱。亲情无央，有爱无疆，"心治之要，在于立仁信"，执政者当如何作为？面对执政者无"仁信"，面对爱情与现实的扞格，士兵将会采取怎样的行动？这是读者读后会引起的思考。作品在对人类战争本相的透视中，呼唤的是对个体生命具体存在的尊重和生活细节幸福的获得。这种来自心灵深处真实而朴素的歌唱，是对人之存在的最具人文关怀的阐释，是先民们为后世树立起的一座人性丰碑。

## 伯兮：思念征战的丈夫

伯兮朅①兮，邦之桀②兮。伯也执殳③，为④王前驱。
自伯之⑤东，首如飞蓬。岂无膏沐⑥？谁适为容⑦！
其雨其雨，杲杲⑧出日。愿言⑨思伯，甘心首疾⑩。
焉得⑪谖草？言树之背。愿言思伯。使我心痗⑫。

## 【注释】

①朅（qiè）：勇武的样子。

②桀：通"杰"。

③殳（shū）：古时兵器。

④为：替。

⑤之：往。

⑥膏沐：妇女润发的油脂。

⑦适：取悦。容：容饰。

⑧杲杲（gǎo）：日出明亮的样子。

⑨愿言：沉思的样子。

⑩甘心首疾：虽然头疼也心甘情愿。

⑪焉得：哪得。

⑫痗（mèi）：病。

## 【简析】

　　这首诗是卫国的一位妇女寄给在前线打仗的丈夫的，表达了她对丈夫的思念、忠诚和担忧。卫宣公时，"蔡人、卫人、陈人随王伐郑伯也。为王前驱久，故家人思之。"（《郑笺》）。第一章写妇人为丈夫感到骄傲。她称赞丈夫英武魁伟，是国家的杰出人才，执殳为周王作战。"为王前驱"突出了丈夫的勇敢，这是国家荣誉所在，也是妇人骄傲的原因。第二章写自从丈夫出征后，妇人就不再打扮自己了，任由头发——女性身体最富装饰性的部分——零乱得像一蓬草，也即表明她对丈夫的忠贞，好让丈夫安心打仗。妻子对从军的丈夫的忠贞，间接地也是对于国家的忠贞——这就不仅是个人行为，也是群体——国家的要求。所以，社会尤其需要鼓励军人的妻子对其丈夫表现彻底的忠贞。第三章写对丈夫安危的牵挂和担忧。先由天晴下雨起兴，刚以为要下雨，可是忽然又晴了，天气不可预测，就好像人事变化无常。妇人不断地探听前方的消息，听说前方打了胜仗，丈夫还活着，心里高兴；有时传来前方吃了败仗，探听丈夫是否还活着时，便感到头痛愁闷。第四章写思念之深，心忧过度，只希望得到忘忧的萱草，种在北堂，吃了之后忘记忧愁。但这是不可能的，所以仍然怀念不已，致使她成心病。全诗表达了妻子怀念从军的丈夫的两种情感：为丈夫而骄傲——这骄傲来自国家、来自群体的奖勉；思念丈夫并为之担忧——这种情绪来自个人的内心。

## 扬①之水：马不停蹄的忧伤

扬之水，不流束薪②。彼其③之子，不与我戍申。怀哉怀哉，曷月予还归哉！

扬之水，不流束楚。彼其之子，不与我戍④甫。怀哉怀哉，曷月予还归哉！

扬之水，不流束蒲。彼其之子，不与我戍许。怀⑤哉怀哉，曷月予还归哉⑥！

### 【注释】

①扬：飞扬。

②流：漂流。束薪：捆起的柴草。

③彼其：那个人。

④戍：守卫。

⑤怀：怀念，想念。

⑥曷：何。予：我。还归：回家。

### 【简析】

《战国楚竹书·孔子诗论》云：《王风·扬之水》是"其爱妇煭"，诗中戍者所表达的爱怀，也是妇人的离恨。所思者，身为戍者，离家日久，不能不思念妻子、家人；所怨者，生当动荡之世，被强征入伍，远戍他乡，归日无期。史载：周平王东迁洛邑，派兵戍守申、许、吕几个小国，防备楚国侵略。久不换防，戍卒怨恨，希望早日回去。诗歌以远戍战士的口吻写出了一个戍卒们的心声。战士戍守的地方应当临水。他久戍思亲，于是用水占卜回家的日期。古代先民有水占的民俗，从山柴在水上的漂流占测吉凶和成败。"束薪"比喻这爱的忠贞。若从社会学角度看，这两句又有另外的阐释，恰如欧阳修所认为的，"曰激扬之水其力弱不能流移于束薪，犹东周政衰不能召发诸侯，独使国人远戍，久而不得代尔"，这两句是委婉地表明：周天子政令烦急，王畿之民疲于奔命；君王不能流惠于民，国人怨声载道，这是对周的衰政的指斥。战士看见小河沟的水漂不走一捆柴，兴起离别的寂寞寥落心情，怕是不吉祥的预兆。他所思念的人不能与他同守申（甫、许）国，而流水只不过增添了自己如箭的归心，更让他怀想妻子，所以说"怀哉怀哉"。连用两个"怀哉"，突出了他强烈的思妻之念，只盼早日还家。但是，役期漫漫，战士像流水一样不停地转换戍守之地，从申国（今河南信阳）到甫国（今河南南阳）到许国（今河南许昌），只有那河沟的水哗哗地流动，仿佛岁月一天天过去，不再回来，分离的日子越久，远戍的时间越长，阔别之情更加强烈，忧伤也与日俱增。这首口语化的诗歌，千载之下读之，仍是极易使人感动的。

## 清人：英姿飒爽的演练

清人在彭，驷介①旁旁②。二矛③重英，河上乎翱翔。
清人在消，驷介麃麃④。二矛重乔，河上乎逍遥。
清人在轴，驷介陶陶⑤。左旋右抽，中军作好⑥。

【注释】

①驷：一车驾的四匹马。介：甲。
②旁旁：马强壮的样子。
③矛：夷矛。
④麃（biāo）麃：英勇威武。
⑤陶陶：驱驰。
⑥作好：容好。

【简析】

这首诗是赞美郑国清邑士兵的娴熟的操练。清邑士兵在黄河边上的彭地、消地、轴地演练，彭地、消地、轴地属郑卫交界，但隶属于郑国。每章前两句写陆上操练的雄姿，意思是，在彭地、消地、轴地演习的士兵，披着铠甲的四马，奔跑时气势雄盛。后两句写水上操练的英姿，意思是，两只缘以英饰的矛插在战船上，士兵们站在战船演习激战，像鸟儿一样翱翔，轻盈娴熟，毫无笨拙之态，非常轻松自如；把身体向左边转用右手抽出刀剑练习，演习男儿的姿态和表现在军中是最好的。四句整合在一起，正好表现了清人的能征惯战。

## 小戎①：点点滴滴垂泪数

小戎俴收②，五楘梁辀③。游环④胁驱，阴靷鋈续⑤。文茵⑥畅毂，驾我骐馵。言⑦念君子，温其如玉⑧。在其板屋⑨，乱我心曲⑩。

四牡⑪孔阜⑫，六辔⑬在手。骐骝是中，騧骊是骖。龙盾之合，鋈以觼軜。言念君子，温其在邑⑭。方⑮何为期？胡然⑯我念之。

俴驷孔群，厹矛鋈錞。蒙伐⑯有苑⑰，虎韔镂膺。交韔二弓，竹闭绲滕。言念君子，载寝载兴⑱。厌厌⑲良人，秩秩⑳德音㉑。

## 【注释】

①小戎：兵车。

②俴（jiàn）收：浅的车厢。

③梁辀（zhōu）：曲辕。

④游环：活动的环。

⑤鋈（wù）续：以白铜镀的环扣紧紧扣住皮带。

⑥文茵：虎皮坐垫。

⑦言：乃。

⑧温其如玉：女子形容丈夫性情温润如玉。

⑨板屋：用木板建造的房屋。

⑩心曲：心灵深处。

⑪牡：公马。

⑫孔：甚；阜：肥大。

⑬辔：缰绳。

⑭邑：秦国的属邑。

⑮方：将。

⑯胡然：为什么。

⑯蒙：画杂乱的羽纹；伐：盾。

⑰苑（yūn）：花纹。

⑱载寝载兴：又寝又兴。

⑲厌厌：安静柔和。

⑳秩秩：有礼节。

㉑德音：好声誉。

## 【简析】

　　这首诗表达了妻子对远征西戎的丈夫思念之情。全诗三章，结构相同，前六句都是回忆征夫的车马装备之盛，后四句则赞扬征夫的美德，并遥致自己的思念之情。车马装备要写的东西很多，但写得层次清晰，井然有序。第一章总写战车：它轻便灵巧，车厢不深，车辕上缠绕着有花纹的皮条，拉车的皮带上装饰着银晃晃的白铜圈。长长的车毂，虎皮的坐垫，显得格外威风。上面坐着的自然便是思妇的心上人——征夫。第二章写驾车之马：四四公马，既高大，又健壮。中间的服马一青一红，两旁的骖马一黄一黑。再配上白铜装饰的绳、环，看提多漂亮多神气了。第三章写车上的兵器：安着镶铜木柄的三棱长矛雪光铮亮，新漆上毛羽图案的盾牌坚固无比。虎皮制的弓袋，还刻上了花纹，两把硬弓相互交叉插在袋中。在三章的前六句中，征夫虽然没有正面出场，但由于对他的车马、装备作了充分渲染，一位英俊、豪迈、勇悍而又潇洒的征夫形象也就自然地浮现在读者的眼前了。思妇为什么要这样反反复复、不厌其详地称颂征夫的车马装备之盛呢？因为她的内心煎熬着对征夫的刻骨相思。在她看来，征夫的品行像美玉一样纯洁温柔，他平和安静，彬彬有礼，在人群中享有很高的声誉，更不用说在自己内心所占的位置是何等重要了。如今他却远征去了西戎，怎不令人深深思念，以至于心烦意乱呢？她久久盼着他的归来，但总是不能如愿，只好一遍一遍屈指细数归期。她日思夜想，坐卧不宁，一夜之间，忽睡忽起，反复多次，真是百无聊赖，难以为情。如果说每章的前六句是镂金错彩、质实密丽的话，那么每章的后四句便像芙蓉出水，动荡空灵。把这两种不同色彩的画面有机地组织成为一个完整的艺术境界，而又浑然天成，天衣无缝。

## 无衣：气壮山河的战歌

岂曰无衣？与子同袍①。王于②兴师，修我戈矛。与子同仇！
岂曰无衣？与子同泽。王于兴师，修我矛戟③。与子偕作④！
岂曰无衣？与子同裳⑤。王于兴师，修我甲兵。与子偕行！

【注释】

①袍：战袍。
②于：语气助词。
③戟：一种长柄兵器。
④作：参展。
⑤裳：裙式下衣。

【简析】

这是一首慷慨激昂的军歌，表现了士兵们团结互助，英勇杀敌的旺盛士气和必胜信心。全诗三章，主题在第一章已经写尽，二三章烘托渲染出排山倒海、不可阻挡的声势。《汉书赵充国辛庆忌传赞》记载，秦人"民俗修习战备，高尚勇力、鞍马骑射"，一听就要打仗，兴奋激昂的心情立刻像一蓬火似地熊熊燃烧起来。要打仗啦！所以起首就霹雳一句："谁说我们没衣着？你我共穿一战袍"，显得突兀可惊；再加上以反诘口吻出之，更觉笔力矫健，先声夺人：面前是共同的敌人，即使共衣合袍，也一定要奔赴战场。这种斗志正是行将出征的形势激发起来的。接下来三句从"王于兴师"句入题，是作诗的原因。"修我戈矛"句拓开一笔，以整治戎装的场面旁衬大军出征前的紧张激奋情景。"与子同仇"句点明主旨，是全诗关键。三句诗一句叙一事，用笔极洗练，而包蕴的内容极丰富，将秦国将士一往无前的豪迈气概写得神完气足。全诗疏密得当，繁简适度，虽然是军中将士信口而歌，但布局结体还是有天然浑成之妙。近人吴闿生对这首诗推崇备至，认为"非唐人出塞诸诗所能及"（《诗义会通》），虽然未免言过其实，但《无衣》作为出塞诗之祖则是当之无愧的。

## 东山：宁把渊虹剑化衰草

我徂①东山，慆慆②不归。我来自东，零雨③其蒙。我东曰归，我心西悲。制④彼裳衣，勿士⑤行⑥枚。蜎蜎者蠋，烝⑦在桑野。敦⑧彼独宿，亦在车下。

我徂东山，慆慆不归。我来自东，零雨其蒙。果臝⑨之实，亦施⑩于宇。伊威在室，蟏蛸在户。町畽鹿场，熠耀⑪宵行。不可畏也，伊⑫可怀也。

我徂东山，慆慆不归。我来自东，零雨其蒙。鹳鸣于垤，妇叹于室。洒扫穹窒，我征⑬聿至。有敦⑭瓜苦，烝在栗薪。自我不见，于今三年。

我徂东山，慆慆不归。我来自东，零雨其蒙。仓庚于飞，熠耀其羽。之子⑮于归，皇驳其马。亲⑯结其缡，九十其仪。其新孔嘉，其旧如之何？

【注释】

①徂：往。

②慆慆："悠悠"，形容时间久长。

③零雨：落雨。

④制：缝制。

⑤士：通"事"，从事。

⑥行：行阵。

⑦烝："曾"。

⑧敦：敦敦然，形容一个蜷缩成团。

⑨蠃：蔓生植物。

⑩施：蔓延。

⑪熠耀：闪闪发光的样子。

⑫伊：是，此。

⑬我征：我的征人。

⑭有敦："团团然"。

⑮之子：这个姑娘。

⑯亲：特指妻子的母亲。

## 【简析】

《孔丛子·记义》载："于《东山》见周公之远志所以为圣也。"
这首诗是周公东征归来所作，用来劳军。所叙之言都是军士心中之言
之愿，却又不敢说，周公于是先说出来，使军士欣慰感激，"其上下
之际，情志交孚，虽家人父子相语，无以过之，此其所以维持巩固数
十百年无一旦土崩之患也"（朱熹）。诗中士卒在归来的途中，遇到
淫雨天气，这是以哀景写乐，使他的思家之情倍感凄迷，也为后面叙
事准备了一个颇富感染力的背景。第一章写他在细雨蒙蒙的路上，想
象到家后恢复平民身份的可喜。诗人抓住"着装"的改变这一细节，
写战士解甲归田之喜，反映了人民对战争的厌倦，对和平生活的渴
望。接着写他归途风餐露宿，夜住晓行的辛苦。他好像桑中的蚕，虽
然辛苦，却摆脱羁勒，得其所哉的喜悦。第二章写他近乡"情怯"
和"情切"的矛盾心情。他在途中想像家园荒芜、民生凋敝，倍增
怀念之情。这里所写的杂草丛生、野兽昆虫出没、磷火闪烁的景象，
说明战士家乡发生过较大规模的战乱，难怪在家乡越来越近时，他的
心境更加复杂。所以他一面说着家乡的可怕景象，一面说着"不可畏

也，伊可怀也"这样自相矛盾的话。后两章承上写主人公途中的想象，却是专写对妻子的怀思。有推想妻在家中的忧思，有回忆新婚的情景，也有对久别重逢的想象，诗中写到剖瓠为瓢的婚俗，迎亲的车马喜气洋洋，丈母娘的殷勤叮咛，暗示着主人公曾经有过"新婚别"的悲痛经历。回忆还会引起诗中人对重逢更强烈的渴望。此诗于"道途之远、岁月之久、风雨之凌犯、饥渴之困顿、裳衣之久而垢敝、室庐之久而荒废、室家之久而怨思"（朱善），皆有情貌无遗的描写，使之成为浑融完美的艺术整体。

## 采薇①：征讨玁狁保中国

采薇采薇，薇亦作②止。曰归③曰归，岁亦莫④止。靡室靡家，玁狁之故。不遑⑤启居⑥，玁狁之故。

采薇采薇，薇亦柔⑦止。曰归曰归，心亦忧止。忧心烈烈⑧，载⑨饥载渴。我戍⑩未定，靡使归聘。

采薇采薇，薇亦刚⑪止。曰归曰归，岁亦阳止。王事靡盬⑫，不遑启处。忧心孔疚⑬，我行不来⑭！

彼尔⑮维何⑯？维常之华。彼路⑰斯何？君子⑱之车。戎车既驾，四牡业业。岂敢定居？一月三捷⑲。

驾彼四牡，四牡骙骙⑳。君子所依㉑，小人所腓。四牡翼翼㉒，象弭鱼服。岂不日戒㉓？玁狁孔棘㉔！

昔㉕我往矣，杨柳㉖依依。今我来思，雨雪霏霏㉗。行道迟迟㉘，载渴载饥。我心伤悲，莫知我哀！

## 【注释】

①薇：菜名，可以充饥。
②作：出芽。
③曰归：回家吧。
④莫："暮"。
⑤不遑：无暇。

⑥启居：跪坐。

⑦柔：柔嫩。

⑧忧心烈烈："忧心如焚"。

⑨载：则，指"并列"。

⑩戍：戍守。

⑪刚：硬。

⑫靡盬（gǔ）：没有止息。

⑬孔疚：非常痛苦；孔：很。

⑭来：指归家。

⑮尔：花繁盛的养子。

⑯维何：是什么。

⑰路：大车。

⑱君子：指将帅。

⑲三捷：多次接战。

⑳骙骙：马强壮的样子。

㉑依：乘依。

㉒翼翼：整饬的样子。

㉓日戒：日日戒备。

㉔孔棘：很紧急。

㉕昔：从军出征之时；往：出征。

㉖杨柳：蒲柳。

㉗雨：落雪；霏霏：雪繁盛的样子。

㉘迟迟：迟缓。

## 【简析】

毛序为："《采薇》，遣戍役也。文王之时，西有昆夷之患，北有玁狁之难。以天子之命，命将率遣戍役，以守卫中国。故歌《采薇》以遣之。"少女太姒，是帝乙之妹，纣王的姑母辈，周一直是商的姻亲。"采薇采薇，薇亦柔止；采薇采薇，薇亦刚止"，采一株叫薇的植物送给你，寓意很深：或我很微小，或我很有危机感，或商朝目前日渐式微，或我知危而为诸多层次来读。"不遑启居，猃狁之故"，启，夏启。禹死后，启通过武力征伐伯益，将其击败后继位，天下为公这个原始共产主义禅让制，变为"世袭制"，意味着人类进入了最大的二律背反阶段——公权私用阶段，华夏民族这种公权私用社会制度，跟处于野蛮状态的猃狁相比，好不到哪里去。夏启这种家天下的人居于帝位，作为手下的侯或伯，人人自危。"彼尔维何？维常之华。彼路斯何？君子之车。戎车既驾，四牡业业。岂敢定居，一月三捷。"成汤是商朝的创立者，商王朝一直崇尚武功，其军事能力一直很强大，成汤创立商朝，十一连胜就搞定了夏桀。武丁，戎车既驾，四牡业业，一月三捷。"昔我往矣，杨柳依依；今我来思，雨雪霏霏。行道迟迟，载渴载饥。我心伤悲，莫知我哀"，君臣一心（杨柳依依），其利断金，这是打铁需要自身硬带来的强大，只有少年世子周文王处惊不乱，能有这样的眼界及驾驭全局的能力。"忧心烈烈，载饥载渴。我戍未定，靡使归聘"，父亲季连奉天子诏征讨猃狁有功，却以莫须有罪名死得不明不白，如果奉"征讨猃狁，保卫中华"这个天子诏也有罪，想到这里，我忧心烈烈，没有出征就感到心里很累了，无法胜任"征讨猃狁，保卫中华"这个光荣使命。出不出征，我实在举棋不定，请相互派对方信任的人商议"你我的婚事"。太姒果然很聪明，读懂了少年周文王的《采薇》，促成了朝廷与西岐的再次相互信任。

## 出车：平定西戎的壮歌

我①出我车②，于彼牧③矣。自天子④所，谓⑤我来矣。召彼仆夫，谓之载矣。王事多难，维其棘⑥矣。

我出我车，于彼郊⑦矣。设此旐⑧矣，建彼旄⑨矣。彼旟旐斯，胡⑩不旆旆？忧心悄悄⑪，仆夫况瘁⑫。

王命南仲，往城⑬于方。出车彭彭，旗旐央央⑭。天子命我，城彼朔方。赫赫⑮南仲，猃狁于襄。

昔我往矣，黍稷方华⑯。今我来思，雨雪载途⑰。王事多难，不遑⑱启居⑲。岂不怀归？畏此简书。

喓喓草虫，趯趯⑳阜螽。未见君子，忧心忡忡。既见君子，我心则降㉑。赫赫南仲，薄伐西戎。

春日迟迟，卉木㉒萋萋。仓庚喈喈，采蘩祁祁㉓。执㉔讯获丑，薄言还归。赫赫南仲，玁狁于夷。

## 【注释】

①我：领兵主帅。

②我车：指主帅所乘之车。

③牧：城郊以外的地方。

④自：从。

⑤谓：吩咐。

⑥棘：急。

⑦郊：近郊。

⑧旐（zhào）：画有龟蛇图案的旗子。

⑨建：竖立；彼旟：画有鹰隼图案的旗子。

⑩胡：何。

⑪悄悄：痛苦的样子。

⑫况瘁：辛苦憔悴。

⑬城：筑城。

⑭央央：鲜明的样子。

⑮赫赫：威仪显赫的样子。

⑯方：正值；华：开花。

⑰载途：满路；途：通"涂"。

⑱遑：空闲。

⑲启居：安坐休息。

⑳趯（tì）：蹦蹦跳跳的样子。

㉑降：安宁。

㉒卉木：草木。

㉓祁祁：众多的样子。

㉔执：捉。

## 【简析】

这首诗是对周宣王初年讨伐猃狁胜利的歌咏，满腔热情地歌颂统帅南仲的英明和赫赫战功，表现了中兴君臣对建功立业的自信心，后来作凯旋的军歌。第一章，写刚出征的事。先写我国出动的军队已经到了郊外。然后说是天子让我们出征的，可见严整肃杀之气。天子让将军载着各种军需出征，因为国家正值多难之时，所以出征甚急。第二章，写兵车在郊野，设旒旗竖立各部队的旗帜番号，旗帜末端状如燕尾的垂旒在空中飞扬。将军们以出征重任为忧，兵士们也为出征劳役而憔悴。第三章，写南仲出师成功。周宣王南仲建起一座座城池，来抵御北狄作乱。南仲受命后出师，兵多车盛，旗帜鲜明。有我威名显赫的南仲将军，终于平息了北狄叛乱。第四章，写凯旋的路上回忆往事。从前我们出征的时候，黍稷正茂盛，现在我们回来，已落雪满途，到岁暮了。因为国家多难，所以不敢休息。出征期间，难道不想家吗？可是害怕天子出征的策命，所以不敢回家。体现了将士们以国事为重的胸襟。第五章，写将士们出征，他们的家人对他们的想念。从草虫写起，显示季节的变化，可是征人们还没有回家，所以忧心不安。可是我的君子还没有回家，以此显示南仲又出师西征了。第六章，写在春光明媚中凯旋。春日天气渐暖而日上迟迟，春和日丽，草木荣茂，黄鹂飞鸣，妇女们结伴出去采白蒿喂蚕。此时，我军已擒获俘虏，平定叛乱。

## 何草不黄：众志成城的悲壮

何草不黄？何日不行①？何人不将②？经营四方。

何草不玄③？何人不矜④？哀我征夫，独为匪民。

匪兕匪虎⑤，率彼旷野⑥。哀我征夫，朝夕不暇。

有芃者狐⑦，率彼幽草。有栈之车⑧，行彼周道⑨。

## 【注释】

①行：出行。此指行军，出征。

②将：出征。

③玄：发黑腐烂。

④矜（guān）：通"鳏"，无妻者。征夫离家，等于无妻。

⑤兕（sì）：野牛。

⑥率：沿着。

⑦芃（péng）：兽毛蓬松。

⑧栈：役车高高的样子。

⑨周道：大道。

## 【简析】

这是一首慷慨悲壮的军歌。第一章写战士们众志成城，可以征战四方。直译可理解为：什么草不黄？那一天不行军？哪一个人不出征？可以征战四方。以草都要黄起兴将士都可用，全民皆兵是胜利之本，所以可以经略四方。句中"何"还可以训诂为"和"，改为祈使句后，"和"变成了动词，之后面加上"心愿"（'乾元'的爻变）变成"让……心愿和谐"，这就是杂易易理的运用。句意是：心灵之草不老、心灵之日永存、心灵之音永恒，可以经营四方。二三章的"哀我征夫"中的"哀"解为"哀悯"，在"哀"含有悲壮之气。哀而不丧志，悲能进取时，这才是军士的可爱之风、阳刚之风。"何草不玄"在时间上又推进了一层。天寒地冻，哪个士兵不打光棍？可怜我们这些军人，不是种地的农民。这是军士们强调自己肩负的责任。在先秦时代，"士"和"民"是两个阶层，"士"包括尚未为官的读书人和兵士，在战时，"民"可以征调为"兵"；在闲时，"兵"可以耕种为"民"。二三章连起来是说，正因为我们是军人，尽管个个都打光棍，尽管不是野牛、老虎，我们却像野牛、老虎那样征战旷野，昼夜行军。第四章写征夫们使命在肩、为王前驱、保家卫国的责任感。当征夫们在茫茫旷野忍饥受寒的极端困苦中行走时，看见蓬尾之狐躲在草丛中表现出暖和和舒适的生态，不禁心生羡慕，但是，"家中有国、国中有家"，他们出征正是为了保护家人的安全和温馨。"周道"是周都的大道，暗含阳刚悲风传四野，暗含征夫们希望远方的家人能感应到他们。

## 杕杜：思征人痛断心肠

有杕之杜，有睍①其实。王事靡盬，继嗣②我日。日月阳止，女心伤止，征夫遑③止。

有杕之杜，其叶萋萋④。王事靡盬，我心伤悲。卉⑤木萋止，女心悲止，征夫归⑥止！

陟⑦彼北山，言采其杞。王事靡盬，忧我父母⑧。檀车幝幝，四牡痯痯，征夫不远！

匪载⑨匪来，忧心孔⑩疚。斯逝⑪不至，而多为恤⑫。卜筮偕止，会言近止，征夫迩⑬止！

## 【注释】

①有睍：形容果实浑圆有光泽的样子。

②嗣：续。

③遑：闲暇。

④萋萋：茂盛。

⑤卉：草木。

⑥归：归来。

⑦陟：登。

⑧忧我父母：是我父母处于忧虑之中。

⑨匪：通"非"；载：车载。

⑩孔：很。

⑪斯：归期；逝：往。

⑫恤：忧愁。

⑬迩：近。

## 【简析】

《战国楚竹书·孔子诗论》云："《杕杜》则情，喜其至也。"这首诗是写思妇对应役远戍的兵士过期不得还乡的思念。第一章写思妇思念征人。妇人见孤特的赤棠果实浑圆有光泽的样子，感到时序已变，而远征人还没有回来，不禁感到伤感。王事没有停止的时候，她的忧愁也日复一日地从未终止。眼看到十月了，她真是太伤感了，征人一直没有时间回家，言外之意，征人也在边关想念家人。第二章写征人当在此时回而未归。现在已经是暮春时节，征人仍未回来，思妇越发感觉悲伤。感情由上一章的"伤"到这一章的"悲"，而且用了两个"悲"，可见思妇真是悲伤欲绝，那种越来越绝望的心情到了欲哭无泪的地步。第三章写思妇因为思念征人登上高山眺望。她借采杞，登上北山远望。此时，她想象征人因为王事没有结束，征人不可能回来。他在担忧父母，他的檀木之车已经破旧了，四雄马想来也疲惫了，这时他或许正走在路上，距家不远了。表现思妇对征人的焦渴盼望和热切的思念。第四章写思妇盼征人没有回来，于是占卜。征人没有车载而回，思妇忧思成疾。他已经过了归期却仍然没有回来，是生是死，思妇更加担忧。她又是占卜又是筮卜，卜筮说征人的归期近了，她相信卜筮辞，相信征人快要回来了。这是她急切盼望征人归来的心理，可见战争对前方和后方带来的全面苦难。

## 渐渐之石：昼夜行军将士怨

渐渐之石①，维其高矣②。山川悠远，维其劳矣。武人东征③，不皇朝矣④。

渐渐之石，维其卒矣⑤。山川悠远，曷其没矣⑥？武人东征，不皇出矣⑦。

有豕白蹢⑧，烝涉波矣⑨。月离于毕⑩，俾滂沱矣⑪。武人东征，不皇他矣。

## 【注释】

①渐（chán）渐：山石高峻。

②劳：通"辽"，广阔。

③武人：指将士。

④不皇朝：无暇日。

⑤卒：山高峻而危险。

⑥曷其没矣：什么时候可以结束。矣，感叹词。

⑦不皇出：只知不断深入，无暇顾及出来。

⑧有豕白蹢（dí），烝（zhēng）涉波矣：天象。夜半汉中有黑气相连，俗称黑猪渡河，这是要下雨的气候。蹢，兽蹄。

⑨月离于毕：天象。月儿投入毕星，有雨的征兆。

⑩滂沱：下大雨的样子。

⑪不皇他：无暇顾及其他。

## 【赏析】

《渐渐之石》是一首描述东征将士路途见闻的诗。此诗采用赋法，写途中景，赋当前事，表现出哀怨的感情。第一章由写景开始。映入眼帘的是"渐渐之石"，作者渲染山石的险峻，又着意加上一笔："维其高矣"。而这样艰险的路途还不知有多长多远，"山川悠远，维其劳矣！"反映出将士的劳累疲惫。他们实在需要休息，然而王命难违，"武人东征，不皇朝矣"。无论朝夕，都顾不上休息。第二章仍以描绘山石起头，而略有变化，突出它的顶尖。对于爬山登高的人来说，顶尖无疑为其目标。然而，将士们清楚，这样的山石，翻过一个还有一个："山川悠远，曷其没矣！"将士们只求终极早到，至于到了终点，还有什么灾难，能否脱险回来，就无暇顾及了。可是眼前，这座山就好像永远爬不上去似的："维其卒矣"，望巅兴叹，哀怨之情、疲极之态跃然纸上。第三章写晚上行军的情景。这四句，按事件发生顺序，应当前两句在后，后两句在前。士兵们下得山来，又遇大河挡路，此时天色已黑，月亮靠近了毕星，一场大雨顷刻来临。接着，河水汹涌，夜色中，一群猪夺路争渡，雪白的蹄子令人惊心。将士们的疲累被惊跑了，赶紧过河，以躲大雨之灾要紧，其他什么都顾不上了。这一章以天黑、雨大、河川挡道为特定环境，以亡命小猪为点缀，写出了行军之苦之险。

此诗结构细密。三章各写一事，合起来又构成一个有机整体。第一章，士兵们最关心的是休息，第二章最关心的是到达目的地，第三章最关心的是安然渡河避雨。三章内容由于时间、景物、事件的延续性而衔接自然、紧密，并一层深似一层地写出了旅途之苦、将士之怨。诗的细微之处也经得起推敲。比如白蹄黑身的猪一般地方比较少见，但东南一带颇多。诗中点其"白蹄"，既表现了东南地方的特色，也使月昏天黑之下能识其为猪变得十分可信。天黑人疲，月离毕，雨滂沱，白蹄之豕群然涉波，这些景象共同组成了一层浓厚的抒情氛围，增强了诗歌的艺术魅力。

## 六月：扫平侵略扬国威

六月栖栖①，戎车既饬②，四牡骙骙③，载是常服④。猃狁孔炽⑤，我是用急⑥，王于出征，以匡王国。

比物⑦四骊，闲之维则，维此六月，既成我服⑧。我服既成，于三十里⑨，王于出征，以佐天子。

四牡修广⑩，其大有颙⑪，薄伐猃狁，以奏肤公⑫。有严有翼⑬，共武之服⑭，共武之服，以定王国。

猃狁匪茹⑮，整居焦获⑯，侵镐及方，至于泾阳。织⑰文鸟章，白旆⑱中央，元⑲戎十乘，以先启行。

戎也既安，如轾如轩⑳，四牡既佶㉑，既佶且闲。薄伐猃狁，至于大原，文武吉甫，万邦为宪。

吉甫燕喜，既多受祉㉒，来归自镐㉓，我行永久。饮御㉔诸友，炰鳖脍鲤㉕，侯㉖谁在矣，张仲㉗孝友。

## 【注释】

①栖栖：惶惶不安之貌。

②饬：整顿。

③骙骙：音葵，马强壮貌。

④常服：常，画者日月有垂饰的大旗。服，戎服。一说旗之属。

⑤炽：盛也。

⑥急：紧急。

⑦比物：指力气均衡。

⑧服：军服。

⑨于三十里：行军三十里。

⑩修：长。广：大。

⑪颙：音永，二声，大头。引申为大貌。

⑫奏：为。肤：大。公：功。

⑬严：威严。翼：谨肃。

⑭共武之服：共同作战。

⑮茹：度。匪茹，不自量力。

⑯焦、获：周之地名。

⑰织：旗帜。

⑱白旆：帛做的旗。

⑲元：大。

⑳辁：音质，车子前低后高。轩：音宣，车子前高后低。

㉑佶（jí）：健壮貌。

㉒祉：福。

㉓镐（hào）：古都名。

㉔御：进。

㉕炰（páo）：烹煮。脍（kuài）：生食的鱼片。

㉖侯：作语助。

㉗张仲：尹吉甫之友。

## 【赏析】

《六月》描写了周宣王时期，猃狁侵犯，尹吉甫带兵出征，打败敌人，胜利还朝的史事，赞扬了尹吉甫的赫赫战功，刻画了尹吉甫忠心为国，勇往直前，指挥若定的形象，突出了他能文能武的才略。前四章主要叙述这次战争的起因、时间，以及周军在主帅指挥下所做的迅速勇猛的应急反应。诗一开首，作者就以追述的口吻，铺写在忙于农事的六月里战报传来时，刀出鞘、箭上弦、人喊马嘶的紧急气氛。二、三章作者转向对周军训练有素、应变迅速的赞叹，从侧面烘托出主将的治军有方。第四章作者以对比之法，先写猃狁的凶猛来势，次写车坚马快、旌旗招展的周军先头部队"元戎十乘，以先启行"的军威。一场恶战即将开始，至此，紧张的气氛达到了顶峰。第五章作者并没有被时空逻辑的局限所束缚，凌空纵笔，接连使用了三个"既"字，描写己方军队以无坚不克之凛然气势将来犯之敌击退至靠近边界的太原，很自然地从战果辉煌的喜悦之中流露出对主帅的赞美和叹服。从紧张的战斗过渡到享受胜利的平和喜悦，文势为之一变，如飞瀑落山，又如河过险滩，浩荡而雄阔。最末一章，作者由对记忆的描绘转向眼前共庆凯旋的欢宴。"来归自镐"是将记忆与眼前之事联系起来，而"我行永久"说明作者也曾随军远征，定国安邦，与有荣焉。然而自己的光荣之获得，又与主帅的领导有关，可谓自豪与赞扬俱在其中。吴闿生《诗义会通》引旧评云："通篇俱摹写'文武'二字，至末始行点出。'吉甫燕喜'以下，余霞成绮，变卓荦为纤徐。末赞张仲，正为吉甫添豪。"分析可谓鞭辟入里。诗有叙事、描写，也有抒情，按照时间的先后叙述战事的经过，特别是正面描写战争场面是一大特点。